Manfred Rebhandl

LÖCHER, NOCH UND NÖCHER

GEGRÜNDET
1999

Manfred Rebhandl wurde 1966 in Oberösterreich geboren.
Seit 1995 ist er als freier Autor von diversen Drehbüchern für Film und Fernsehen tätig. Er lebt in Wien.

Manfred Rebhandl

LÖCHER, NOCH UND NÖCHER

Ein Biermösel-Krimi

Czernin Verlag, Wien

Gedruckt mit Unterstützung der Stadt Wien / MA 7

Bibliografische Information der Deutschen Bibliothek
Rebhandl, Manfred: Löcher, noch und nöcher /
Manfred Rebhandl
ISBN-10: 3-7076-0206-0
ISBN-13: 978-3-3-7076-0206-7

Landschaften und Personen sind frei erfunden.

2. Auflage

Umschlaggestaltung: Bernd Püribauer
Satz: Burghard List
Lektorat: Florian Huber
Druck: Druckerei Theiss GmbH, A-9431 St. Stefan
ISBN-10: 3-7076-0206-0
ISBN-13: 978-3-3-7076-0206-7

Für Tina und Coco

Inhalt

Prolog

Einmal, Kruzifix, einmal nur, dass auch ihn die gewisse vorweihnachtliche Stimmung ummanteln und er sich von Strass und Lametta blenden lassen könnte!

Einmal nur, dass auch er den Heiligen Abend mit einer rassigen Schönheit auf dem Schaffell vor ihrem offenen Kamin verbringen und dabei Lebkuchen mit Streusel essen könnte! Einmal nur, dass er nicht stattdessen immer als Einziger alleine unterm Christbaum herum liegenmuss, komplett besoffen und einsamer noch als der Herr Jesus Christus zu Ostern oben am Kreuz!

Oder einmal wenigstens, dass er den weihnachtlichen Bereitschaftsdienst rechtzeitig an den Grasmuck abtreten könnte! Einmal nur, dass er dann das letzte Fenster am Adventkalender von der Schnapsmanufaktur Tötschinger erst am 24. aufreißen und den Jackpot in Ruhe zwitschern könnte! Einmal nur, dass er dann von allen Sorgen befreit den Posten zusperren und zur Weihnachtsgans im Auerhahn hinüberfahren könnte, die selbstverständlich ein Weihnachtsschweinderl ist, was denn sonst! Dann noch sieben, acht Besoffene Kapuziner mit viel Schlag zum Drüberstreuen, weil ihm die katholische Symbolik gerade zu Weihnachten schon auch sehr wichtig ist. Anschließend der Roswitha noch den Beschwerdekatalog vorgetragen anstatt dem Evangelium nach Matthäus. Dann hinauf in die Schlafkammer, wo als Betthupferl der Lebkuchen auf ihn wartet, und endlich im Halbkoma zufrieden einschlafen, Herrgottnocheinmal, so schaut ein perfekter Heiliger Abend aus, genau so!

Einmal, Kruzifix, einmal nur, dass ihm das Weihnachtsfest nicht komplett aus dem Ruder laufen und sich zu einem einmaligen Fest der Verheerungen auswachsen täte! Einmal nur, dass der Komet in die Punschhütte vor der Kirche einschlagen und alle dort versammelten blondierten Trotteln und toupierten Trampeln mit in den Abgrund reißen könnte! Einmal nur, dass die richtigen Leute zu Weihnachten im zugefrorenen See absaufen und nicht immer die falschen!

Oder einmal wenigstens, dass die depperte Seebachwirtin anklopfen täte, bevor sie ungefragt zu ihm auf den Posten hereingeschneit kommt und ihn aus seiner vorweihnachtlichen Ruhe reißt! Einmal nur, dass sie sich dabei die Stiefel auszieht und nicht den ganzen Dreck hereinschleppt und alles überschwemmt! Einmal nur, dass sie dann nicht mit ihren Fingern vor seinem Gesicht herumfuchtelt und hysterisch schreit wie die von den komplett rücksichtslosen Jägern angeschossene Wildsau, nur weil sie schon wieder ein Problem hat:

„Biermösel! Die Rotwildproblematik drüben an der langen Geraden im Silbertannenwald!"

„Was ist mit der?"

„Dort wird noch was Schreckliches passieren, das prophezeie ich dir!"

„Und wie kommst du drauf, du Prophetin?"

„Weil die Hirschkühe und Bambis dort alle als Ragout auf der Straße kleben, noch bevor die Jäger sie überhaupt abknallen können!"

„Und warum ist das so?"

„Weil es dort dauernd zu furchtbaren Kollisionen zwischen Autos und dem ungeschützten Rotwild kommt!"

„Und seit wann ist das so?", kichert der Biermösel, der genau weiß, warum und seit wann das so ist.

„Seit du im Spätherbst den 18-Ender und Anführer vom Hirschrudel erschossen hast, du gottloser Geselle, im Blutrausch und in der Komplettrage!"

„Und weiter, Herrgottnocheinmal!"

„Das ist nicht der Sinn dahinter!"

„Und was wäre der Sinn dahinter?"

„Dass wir Wirten den Gästen ein frisches Wildbret auftischen können!"

„Was aber wäre der Sinn dahinter“, fragt der Biermösel ruhig, „wenn ihr depperten Wirten den Gästen ein Wildbret auftischen könnt, wo doch die Roswitha drüben im Auerhahn den Schweinsbraten zu immer neuen und immer lichteren Höhen führt?“

„Red nicht so blöd daher, Biermösel!“

„Fall um und stirb, Seebachwirtin!“

Eisbär

Der Biermösel sitzt auf seinem Musentempel am Gendarmerieposten in Aussee herüben und gibt sich der Muse hin, so wie er sich in den letzten Jahren immer wieder und immer häufiger der Muse hingegeben hat. Am Anfang von seiner beispiellosen Karriere zwar auch schon sehr oft, aber noch nicht so oft wie jetzt in diesen besinnlichen Tagen vor Weihnachten. Wenn die Gendarmerie nämlich jung ist, dann jagt sie draußen in der frischen Luft die Volksgesundheit im Breitensport und scheißt auf die heimelige Besinnlichkeit vor Weihnachten. Sobald die Gendarmerie dann aber alt und buckelig geworden ist, frisst sie immer unmäßiger und trinkt sie immer häufiger in extremis, sodass sie in der Folge praktisch dauernd und nicht einmal ungern am Klo sitzen bleiben muss und sich der Muse hingibt, na gut, denkt sich der Biermösel und kratzt sich verschämt hinterm Ohrwascherl, jetzt kann er ja verraten, dass es sich um gar keinen richtigen Musentempel handelt, auf dem er so niedergeschlagen sitzt, sondern um sein Scheißhaus, aber zum Nachdenken hat er trotzdem genug.

In der gebeugten Denkerhaltung und mit dem Duftbaum von der Anni in der Hand, den sie ihm zum Abschied aufs Scheißhaus hereingehängt hat, in der klirrenden Kälte, die ihn da herinnen ummantelt, weil natürlich keiner an eine Heizung gedacht hat, wie sie den Gendarmerieposten vor hundert Jahren erbaut haben, da überlegt er zum Beispiel, warum in dieser Gegend die Winter eher immer noch kälter und immer noch länger werden, anstatt wie von der Wissenschaft vorhergesagt vielleicht doch einmal ein, zwei Monate kürzer und drei, vier Grad wärmer, mit dem 5-Volt-Heizstrahler unter seinem Arsch wird er jedenfalls Gevatter Tod nicht mehr lange draußen vor der Tür halten können. Kaum hat nämlich in dieser Gegend die Sonne einmal kurz den Zenit gestreift, macht der Biermösel jetzt die Sonne für einige seiner Probleme verantwortlich, geht die eigenwillige Dame auch schon wieder ihrer Wege und verabschiedet sich zu den Elefanten hinunter in den Süden, kaum hat sie einen kurzen Sommertag lang ein bisserl Vollgas gegeben, lässt sie ihn auch schon wieder im Stich, aber gut, denkt der Biermösel jetzt nicht nur positiv über die Sonne und die ganze übrige eigenwillige Damenwelt, lasst ihn doch alle miteinander einfach im Stich!

Gesundheitlich geht es ihm im Vergleich zur Herbstsaison auch noch ein bisserl schlechter, danke, ein bisserl schlechter geht es im Winter immer noch. Zu den ganzen depperten Problemen unten herum haben sich in letzter Zeit auch noch ein paar Probleme weiter nördlich hinzugesellt. Ein furchtbar zerstörter Schädel quält ihn seit einem ebenso fürchterlichen wie würdelosen Unfall zu Allerheiligen, der ihn verkehrt herum gekreuzigt an einer Vogelscheuche drüben im Acker vom Brunner-Bauern hat enden lassen. Fast wie der Erlöser selbst ist er dort oben gehangen, nur halt verkehrt herum, sodass ihn die Leute dann doch nicht als Religionsgründer angebetet haben und ihm nachgefolgt sind wie das Hirschrudel dem 18-Ender. Aber Herrgottnocheinmal, muss er sich erst einen Polster unter einen roten Wetterfleck stecken, sich einen weißen Bart wachsen lassen und dauernd „Ho! Ho!“ schreien, damit auch ihn einmal wer anbetet und ihm nachfolgt, wenigstens die kleinen Kinderlein?

Ein denkbar unwürdiger Ausklang von einer furchtbaren Herbstsaison war das jedenfalls, oder soll er sagen: ein denkbar unwürdiger Auftakt für eine nur umso furchtbarere Wintersaison? So kommt es dem Biermösel jedenfalls vor, seit bei ihm immer alles noch blöder läuft und er sich neuerdings sogar einbildet, dass er hin und wieder Stimmen hört. Also hat er sich nicht wundern dürfen, dass ihm der Doktor Krisper nach der eingehenden Untersuchung wegen dem Unfall tief in die Augen geschaut und ihn dann gefragt hat, ob sich bei ihm zur Grunddepression vielleicht auch noch die Winterdepression dazugeschoben hat oder ob das Problem tiefer liegt, „bist du vielleicht überhaupt schon ein Borderliner, Biermääässsel?“, hat er gefragt, und dann hat er ihm als einzig probates Mittel gegen die Borderlinerei die gelben Tabletten verschrieben, „gelb wie die Sonne müssen sie sein“, hat er versichert, „dann lacht die Welt dich wieder freundlich an!“

Aber der Biermösel rutscht nur immer noch schwerer auf seinem Musentempel herum, je mehr er von den gelben Tabletten frisst, und er versinkt nur immer noch weiter in seiner Klomuschel, je länger er jetzt mit seinen äußeren Adleraugen die sanitäre Räumlichkeit abtastet, während er gleichzeitig mit seinem inneren Adlerauge die Pläne für einen eventuellen Gesamtaus- und Umbau von seinem Musentempel entwirft, um den er, wie es heute ausschaut, sowieso nicht herumkommen wird, weil ihn zwar weiterhin keine von den rassigen Schönheiten dieser Erde auf ihrem Gabentisch unter dem Christbaum vorfinden möchte – was sein heimlicher Weihnachtswunsch wäre –, ihn aber die depperte Bundesregierung nicht und nicht aus dem Staatsdienst entlassen will, also Frage an Stararchitekt Wollatz:

„Was kann man tun?“

Der Biermösel überlegt, ob er den Zittergreis Wollatz nicht gleich anrufen und mit ihm möglichst noch vor Weihnachten einen Termin in Hinblick auf Planung von Um- und Ausbau von seinem Musentempel vereinbaren soll. Mit seinen 98 Erdenjahren auf dem Buckel wird bei dem dann auch nicht mehr die Hebamme schuld sein, wenn er vielleicht schon bald das Zeitliche segnet, keiner kann schließlich sagen, ob der hektische und nervöse Hochrisikolenker Wollatz bei seiner Fahrweise den Juppi Heesters noch überlebt.

Der Biermösel hätte dem Kurvenakrobaten seinen Führerschein schon längst abnehmen müssen, aber „eine Hand wäscht die andere“ ist seine bewährte Devise in Fragen der Führerscheinabnahme. Also will er dem Stararchitekten seinen Lappen trotz Alzheimer und Parkinson gerne lassen, wenn er ihm dafür beim Preis für den Um- und Ausbau vom Scheißhaus ein bisserl entgegenkommt und er ihm ein Billy-Regal hereinstellt für die Lagerung von den Spirituosen und eine geblümte Ausziehcouch gleich mit dazu, auf der er dann seinen Rausch ausschlafen kann. Das täte zwar auch noch keinen wohlduftenden Musentempel aus seinem Scheißhaus machen, räumt der Biermösel gerne ein, aber er täte wenigstens den ganzen Winter über nicht mehr hinaus müssen in die immer gewaltigeren Schneestürme, die jedes Jahr mit immer noch stärkerer Kraft über das Ausseerland hinwegfegen wie früher der schnelle Besen von der Anni über seinen Scheißhausboden. Wie das Eichhörnchen im dicken Baumstamm könnte er es sich da herinnen gemütlich einrichten und den langen Winterschlaf halten, der täte ihm so gut.

Der Biermösel steckt schon fast tiefer mit dem Arsch in der Muschel als die Kugel in der Kanone, als er noch einmal den abschlägigen Bescheid von der Frühpensionsversicherungsanstalt aus seinem Wetterfleck herauskramt, den er heute Früh vom Postler in Empfang genommen hat anstelle von einem sich erklärenden rosaroten Liebesbrief von der Anni, auf den er insgeheim gehofft hätte.

Den gewissen Ehrgeiz als Gendarmerie, der ihn früher stets ausgezeichnet hat (nebst allem anderen, das ihn stets ausgezeichnet hat), hat der Biermösel mit diesem Schreiben natürlich verloren. War es ihm in der Herbstsaison noch ein Anliegen, dass er Täter um Täter dingfest macht und solcherart doch noch Erwähnung in „Der Kriminalist“ findet, wäre es ihm jetzt ehrlich gesagt lieber, wenn das „Sex ohne Zensur“-Magazin über ihn als unumschränkten Beglücker der Frauen in Aussee berichten täte, über den Weiberhelden durch und durch, der auf dem weichen Schaffell von der Anni vor dem offenen Kamin herumliegt wie früher der Burt Reynolds. Aber gut, überlegt der Biermösel jetzt mit der gewissen Einsicht, den die Befunde vom Doktor Krisper und der gelegentliche Blick in den Spiegel mit sich bringen: Er ist halt nicht der Burt Reynolds, und die Anni hat auch keinen offenen Kamin, weil sie immer noch eine Putzfrau ist, wenn auch leider nicht mehr bei ihm. Also wird ihm auch dieser Traum nicht in Erfüllung gehen, weil natürlich auch jede andere Dame in Aussee lieber in den brennenden Christbaum hineinhüpft, bevor sie sich mit ihm vor den Kamin auf das Schaffell legt und fotografieren lässt.

Für den depperten Staatsdienst aber wird sich der Biermösel in Zukunft nicht mehr zerreißen. Vielmehr wird er die nächsten Jahre bis zur endgültigen Pensionierung danach trachten, dass er sich wie das Mikadostaberl überhaupt nicht mehr bewegen muss, und bis heute hat die moderne Architektur noch keinen Ort entworfen, in dem es sich so gut und ungerührt verweilen lässt wie auf der so genannten Herrentoilette, da muss er die moderne Architektur schon auch einmal loben.

Das Verbrechen, richtet der Biermösel daher einen mahnenden, wenn auch ungehörten Appell an die Verbrecherwelt da draußen, das Verbrechen soll ihm also jetzt lieber nicht blöd kommen und ihn zwingen, dass er seinen Musentempel verlassen und den Außendienst antreten muss. Er ist ja, damit das auch einmal klar ist, kein UNO-Radpanzer, der sich dauernd in die dreckigsten Höhlen der bürgerlichen Kleinfamilien hineinwagt und dort mit der Glock im Anschlag den Weihnachtsfrieden wiederherstellt. Er ist weiters kein UNO-Blauhelm, der vom Gebirgskamm herunter mit der angelegten Doppelläufigen über die Randale vor der komplett aus dem Ruder laufenden Punschhütte vor der Kirche wacht. Vielmehr ist der Biermösel nach all den schlechten Erfahrungen mit Weihnachten insgesamt der Meinung, dass keine Volksarmee der Welt die Verheerungen jemals wieder beseitigen wird können, die die Menschenkinder Jahr für Jahr zu Weihnachten anzurichten imstande sind, nicht einmal die Anni mit ihrem Putzfetzen und dem inneren und äußeren Furor könnte diese Verheerungen jemals wieder beseitigen, „Herrgottnocheinmal“, seufzt der Biermösel jetzt mit einer Träne im Knopfloch und dem Duftbaum in der Hand: „Anni! Anni! Warum hast du mich verlassen?"

Nach dem gewaltsamen Tod vom Mallinger im Spätherbst, der weiß Gott kein Heldentod war, hat der Biermösel sich in den buntesten Frühlingsfarben ausgemalt, dass er heuer zu Weihnachten auf ihr landen wird können, gerne auch für immer, als Held, der er war, nachdem er die herbstlichen Ermittlungen so erfolgreich zu Ende gebracht hat.

Allerdings ist ihm auch diese Hoffnung auf einen friedlichen Weihnachtsabend zu zweit so schnell zerstoben wie der Schweif hinterm Kometen. Während er selbst nämlich die Wochen seit dem verheerenden Überschlag im Krautacker auf seinem Musentempel verbracht und im schleichenden Dämmerzustand gelbe Tabletten in sich hineingefressen hat, hat sich über den Umweg Eislaufplatz unten am zugefrorenen See ein gewisser ortsbekannter Tunichtgut und Zahlenakrobat von der Ackerbau- und Viehzuchtbank mit Namen Kaltenböck Karli alias Jackpot Charlie zwischen ihn und die Anni geschoben, und wenn der Biermösel was überhaupt nicht leiden kann, dann sind das Zahlenakrobaten von der Ackerbau- und Viehzuchtbank, die Eislaufen können und sich zwischen ihn und die Anni schieben und jetzt statt ihm mit ihr auf dem Schaffell liegen und Lebkuchen essen, wohingegen er auch diese Weihnachten wieder alleine dastehen wird wie der Nordstern oben am weiten Himmelszelt in der winterklaren Abenddämmerung, das kann er wirklich überhaupt nicht leiden.

Wehmütig und immer wehmütiger schaut der Biermösel jetzt immer wieder den Duftbaum an, den ihm die Anni zum Abschied auf den Musentempel hereingehängt hat. Fehlt nur noch, dass sie ihm auch ein Schneegestöber mit der Staumauer in Kaprun als Weihnachtsgeschenk in den Ort seiner größten Niederlage hereingestellt hätte, kränkt er sich jetzt bitter, damit er sich auch zu Weihnachten und darüber hinaus jeden Tag daran erinnert, dass bei ihm damals der Damm gebrochen ist und er sich angebrunzt hat, wie er sie im Herbst am Scheißhaus hat packen wollen.

Freilich, nicht zuletzt wegen diesem kleinen Malheur versteht auch der Biermösel, dass ihn die Anni nicht haben will. Er täte sich auch nicht freuen, wenn er sich selbst unter dem Christbaum als Geschenk vorfinden täte. Er ist ja kein neuer Föhn oder eine fesche Strumpfhose, mit der man einer Frau eine Freude machen könnte, vielmehr gleicht er einem Indianerkanu mit 1000 Löchern drinnen, die bald auch der Doktor Krisper nicht mehr wird stopfen können.

Zufrieden aber ist er nicht mit sich, dass er neuerdings alles versteht und sich mit allem abfindet, dass er zu allem ja und amen sagt und ein richtig verweichlichter „Ich bin okay, du bist okay"-Typ geworden ist, seit er die Tabletten vom Doktor Krisper frisst, die dann noch nicht einmal imstande sind, seine gewaltigen Zahnschmerzen zu lindern.

„Aua!", schreit der Biermösel auf einmal und hält sich die schmerzende rechte Wange. „Aua! Das tut so weh!"

Die ganze gesundheitliche Malaise wird nämlich noch zusätzlich durch ein besonders ungustiöses Schmankerl abgerundet. Was früher ein Eckzahn in seinem Mund war, ist heute eine Ruine, und in der stecken die Grammeln von den ganzen Schmalzbroten, die ihm die Roswitha in den letzten Tagen zwar ebenfalls immer distanzierter, aber ansonsten doch der häuslichen Routine folgend als Jause in den Rucksack gepackt hat. Sobald nämlich in dieser Gegend die Temperatur im Spätsommer auf unter 15 Grad fällt, lässt sich der Biermösel von der Roswitha immer die dreifache Ration Schmalzbrote einpacken, weil wie der Eisbär im kalten Polar natürlich auch er bei der klirrenden Kälte während der langen Fahrten auf seiner Fips durch das bitterkalte Ausseerland mehr Fettreserven verbrennt als die Giraffe unter der hoch stehenden Sonne des Südens. Er und der Eisbär sind sich halt überhaupt in vielem sehr ähnlich, vergleicht sich der Biermösel gerne mit den Kronen der Schöpfung, nur dass er persönlich den Lachs ablehnt und das Schwein vorzieht, da sieht er wirklich keine Ähnlichkeit zwischen sich und dem Eisbären, da bleiben sie sich auf ewig fremd und unversöhnlich.

Wie der Biermösel auf seinem Musentempel schon ganz in der Muschel zu versinken droht; wie ihm schön langsam auch die Äuglein zufallen, weil ihn die Last der Erinnerung an die schönen Zeiten mit der Anni gar so niederdrückt; wie er sich langsam seinem ganz persönlichen Gefrierpunkt samt Gefriertod nähert, der allerdings laut dem Doktor Krisper mit einer der schönsten Abgänge überhaupt sein soll; wie er sich also im Prinzip schon darauf freut, dass er von den Zehenspitzen herauf langsam einfriert und als Eisskulptur das Zeitliche segnet, da poltert es schon wieder an der Tür, und der Biermösel fragt besorgt:

„Wer klopfet an?“

Sind es die Sternsinger, die ihm heuer in kompletter Abweichung von der weihnachtlichen Routine schon vor dem Heiligen Abend auf die Nerven gehen wollen? Das kann er sich dann eher nicht vorstellen, weil die verlässlich immer erst nach Heiligen Drei Könige auftauchen und ihm erst dann auf die Nerven gehen, bevor er sie ebenso verlässlich wieder hinausschmeißt, „Dort ist die Tür!“

Dann die Zeugen Jehovas vielleicht, die ihm wieder erklären wollen, dass auch für ihn noch alles gut ausgehen kann, wenn er sich nur ja bei der nächsten Operation kein neues Blut einfüllen lässt? Kann er sich auch wieder nicht vorstellen, weil die seine Nähe überhaupt meiden, seit er ihnen gepredigt hat, was er von ihrer Zeugenschaft hält und wie konfessionslos er durch und durch ist, also hat er auch bei ihnen seine Trompete ertönen lassen: „Dort ist die Tür!“

Vielleicht und hoffentlich ist es also doch die Anni im weißen Engelskostüm, die sich bei ihm entschuldigen will für ihren Fehltritt und spät, aber doch noch mit ihm wegfliegen möchte in Richtung gemeinsames Glück? Eine schöne Weihnachtsüberraschung wäre das, denkt sich der Biermösel, die erste in seinem Leben, über die er sich wirklich freuen täte.

Aber wie er schon die Mon Chéri aus dem Schreibtisch kramt und sich erwartungsvoll der Tür nähert und sie aufmacht, steht da draußen natürlich nicht die Anni, eingehüllt in ihren Citrus-Duft, sondern schon wieder die depperte Seebachwirtin, umweht von ihrem Zwiebelduft, und bevor er ihr die Tür auf die Nase schlagen kann, kommt die blöde Kuh schon wieder hereingeschneit und richtet mit dem vielen nassen Schnee an ihren Stiefeln wieder so eine Sauerei bei ihm an, dass er sich erst recht wieder nur nach der Anni sehnt.

„Meine Goldhaube!“, schreit die Depperte. Und wie er sie fragt, was mit ihrer Goldhaube ist, erzählt sie ihm, dass sie gestohlen worden ist, dass sie den Fetzen aber unbedingt braucht, und zwar am Heiligen Abend, weil sie da im Kirchenchor an vorderster Front „Stille Nacht“ singen muss, also soll er sich jetzt darum kümmern, „ich hab auch schon einen Anfangsverdacht, Biermösel!“

„Und zwar?“, schreit der Biermösel sie an.

„Die Jennifer, das eine Rotzmäderl von der Anni.“

„Und wieso die Jennifer!“

„Die hat eine Schnupperlehre als Zwiebelschälerin bei uns gemacht.“

„Und weiter!“

„Aber nur einen Tag lang.“

„Und dann!“

„Dann ist sie verschwunden.“

„Und jetzt?“

„Jetzt will ich, dass du dich darum kümmerst, Biermösel!“

„Dort ist die Tür!“, schreit der Biermösel, wie er sie mit der gebotenen Grandezza und dem harten Griff in den Nacken hinauskomplimentiert. Und nur weil er in der gewissen vorweihnachtlichen Geberlaune ist, schickt er ihr noch ein nettes Wort hinterher:

„Depperte!“

Verweichlichung

„Wer durch der Missgunst Brillen schaut, sieht Spinnen selbst im Sauerkraut", denkt der Biermösel abschließend noch einmal nur negativ über die depperte Seebachwirtin, bevor er dann aber nur noch positiv über eine Schüssel voll mit Sauerkraut und einen Teller mit geselchtem Schweinefleisch dazu samt ein paar Grießknöderl denkt, das ist halt auch was ganz was Einmaliges.

Was ein Gendarm von seinem Format, mit seiner Erfahrung, mit seiner Brillanz und seiner Bilanz aber gar nicht brauchen kann, das ist eine radikalkatholische Wirtin, die untertags ungestraft Schnitzel mit Reis serviert, am Abend aber auf Forensikerin und Täterpsychologin macht und ungefragt Anfangsverdachtsmomente äußert, immer sind die Katholischen die Missgünstigsten, das weiß auch ein jeder, der sich wie er gerne ein bisserl mit dem Katholizismus beschäftigt und zum Beispiel Weihnachten nicht ohne Besoffene Kapuziner feiern möchte, je besoffener, desto besser, ganz ohne katholische Symbolik kommt halt in diesem Land auch er nicht aus.

„Greifst du den Scheißhaufen nicht an, dann stinkt er auch nicht", hat ihm der alte Biermösel als erstes Gebot der Gendarmeriearbeit mit auf den weiteren Karriereweg gegeben, also wird er jetzt mit der Goldhaubenproblematik entsprechend verfahren und den Akt schließen, noch bevor er ihn überhaupt angelegt hat.

Jedoch muss er sich dabei schon ein bisserl ärgern, dass er der Erzkatholischen nicht gleich eine betoniert hat, „Ritscheratsche eine Watsche!" wäre ein weiterer guter Rat vom Alten gewesen, den er aber leider nicht beherzigt hat!

Irgendwie hat er seit der Bruchlandung im Krautacker vom Brunner-Bauern und der anschließenden Behandlung beim Doktor Krisper den Punch verloren. Die äußerliche Umsetzung von der inneren Rage lässt seither gehörig zu wünschen übrig, aber ohne Extremrage macht das Leben überhaupt keinen Spaß!

Der Biermösel fragt sich also besorgt, wie er langsam vom Musentempel aufsteht und hinausgeht zum Schreibtisch: Ist denn der Liebeskummer alleine wirklich imstande, dass er ein gestandenes Gendarmenmannsbild wie ihn, einen Haudrauf und Rübezahl, wie nur noch der Don Camillo einer war, einen Zornbinkel der allerersten Güte und Abkömmling vom King Kong ganz und gar niederdrücken kann wie der späte Schnee im Frühling die ersten Knospen der Blumenwiese, ist denn das möglich?

Der Biermösel mag sich jetzt gar nicht mehr mit sich selbst versöhnen, weil er die Jennifer nicht gegen das Geschnatter von der Seebachwirtin und ihren Anfangsverdacht verteidigt hat wie die Löwin in der Savanne ihr Löwenbaby gegen die gierige Hyäne.

Er schämt sich tief in den Boden hinein, weil er der missgünstigen Drecksau nicht gleich gesagt hat, dass die Zwillinge von der Anni trotz gewisser Auffälligkeiten im Spätherbst, während der sie sich überraschend als Handtaschendiebinnen entpuppt haben, bei ihm sowohl für die Alarm- als auch für die Rasterfahndung tabu sind und sicher nicht als Verdächtige für einen Goldhaubendiebstahl in Frage kommen. Selbst wenn der Ede Zimmermann oben in Mainz sie zur Treibjagd freigeben täte, täte der Biermösel sie herunten in Aussee nicht jagen, weil er von ihrer Unschuld zutiefst überzeugt ist, das Wichtigste im Leben ist halt einfach die tiefe Überzeugung.

Was, bitte, hätte er sie fragen sollen, können denn die heutigen Jugendlichen dafür, dass ihnen keiner mehr unter die Arme greifen mag, außer der Doktor Krisper vielleicht, der schon den Lindbichler bei der Straßenmeisterei (dickes Plus!) und den Jackpot Charlie bei der Ackerbau- und Viehzuchtbank (dickes Minus!) untergebracht und auch den beiden Zwillingen nach ihrem Hinauswurf aus der Hotelfachschule drüben in

Ischl infolge Ecstacy-Missbrauchs gerne und bereitwillig eine Schnupperlehre vermittelt hat. Die Manu sägt und schweißt heute brav und vorbildlich beim Eckert-Schmied im männerdominierten Beruf vom Werkzeugmacher am Metall herum, dass es eine Freude ist und die Funken sprühen und sie dabei hoffentlich was lernt, was sie einmal fürs Leben brauchen kann. Nur für die arme Jennifer ist dann leider nur der Bodensatz übrig geblieben, die Zwiebelschälerei bei der Seebachwirtin nämlich, vor der schon ganz andere Kaliber geflüchtet sind (wie im Spätherbst der Scheinasylant Mao Tse Tung, nicht verwandt, nicht verschwägert). Aber für die Tochter von einer lustigen Putzfrau ist in diesen Tagen scheinbar nicht mehr drinnen, wo die Heuschrecken aus der Wirtschaft die Sonne verfinstern und jeden entlassen, der nicht Vorstand oder Aufsichtsrat oder Gesamtbetriebsrat heißt. Nur ihn alten Trottel will der Gesetzgeber nicht und nicht aus dem Staatsdienst entlassen. Einmal mehr bereut er mit den bitteren Tränen von denen, die komplett an der richtigen Berufswahl vorbeigegangen sind, dass er nicht mehr aus seinem Leben gemacht hat und Bierfahrer geworden ist.

Der Biermösel hat sich den Wetterfleck übergeworfen und steht jetzt noch ein bisserl beim Fenster herum. Er schaut aber nicht mehr deppert auf den See hinaus, wie er das früher immer getan hat. Das Fenster ist nämlich mit schweren Eiszapfen verhangen, die von der Dachrinne herunterwachsen und ihm die Sicht hinaus versperren. Dick wie die Gitterstäbe in den Straflagern jenseits vom Ural sind sie, mächtig wie die Stalagtiten drüben in den Eishöhlen vom Dachstein, auf die er als Radikalpatriot natürlich auch sehr stolz ist.

Aber der Biermösel braucht sowieso schon lange keine freie Sicht mehr beim Fenster hinaus, damit er sich ungefähr vorstellen kann, was ihn draußen an Eiseskälte und Winterstürmen alles erwarten wird, wenn er gleich die mächtige Nase und dann alles Übrige von seinem gequälten Körper in die steife

Nordwindbrise hinaushalten wird, die sich mittlerweile freilich zu einem gewaltigen Schneesturm ausgewachsen hat, wie der heulende Kojote streicht er über das vorweihnachtliche Land.

Was das Wetter betrifft und seine Vorhersagen, verlässt sich der Biermösel seit langem auf seine eigene persönliche Wetterwarte, die er an seinen Unterschenkeln mit sich herumträgt, wo die Krampfadern ein einmalig schönes Flussdelta ergeben. Die schöne blaue Donau unten in Rumänien hätte ihre ausgesprochene Freude, wenn sie sich durch so ein herrliches Delta ins Schwarze Meer wälzen könnte, vielleicht, denkt er sich jetzt, wie ihn die schwarzgallige Melancholie immer noch weiter niederdrückt, vielleicht, dass er ja das Zeug zum Flussdelta gehabt hätte? Dick wie die Pipeline im Nordkaukasus und verstopft wie der Abfluss im Slumviertel unten in Kalkutta sind seine Venen. Jede minimalste Veränderung in Temperatur und Luftdruck ruft dort unten verlässlichst die verheerendsten Schmerzen hervor, darum will der Biermösel jetzt gar nicht verstehen, warum der Staatsfunk nicht schon längst ihn als einzig verlässliche Wetterfee in die Abendnachrichten gestellt hat und ihm so die Verehrung durch die Volksmassen als Wettergott vergönnt wäre, muss er denn wirklich erst eine Religion gründen, damit auch ihn die Volksmassen endlich verehren?

Seine Venen haben sich jedenfalls zu perfekten Kündern der hiesigen Wetterkapriolen ausgewachsen, und heute melden sie ihm, dass er die Heimreise bitte nicht ohne seinen sicheren Führer Lindbichler antreten soll, so ein Sauwetter hat es beisammen.

Der Biermösel macht die Augen zu, wie er immer noch beim Fenster steht und darauf wartet, dass sich die Dämmerung über das weite Land legt, und dann hört er endlich den Lindbichler in seinem Unimog draußen in der winterlichen Natur herumfahren, und seine Schaufel hört er über den Asphalt donnern, und er weiß, dass er jetzt beruhigt in den unwirtlichen Abend hinaustreten und mit der Fips durch die lange Gerade im Silbertannenwald hinüber in Richtung Auerhahn fahren kann, wo das Nachtmahl von der Roswitha auf ihn wartet. Der Lindbichler täte ihn nämlich finden, falls es ihn irgendwo herstreut, so wie er ihn schon zu Allerheiligen drüben im Krautacker vom Brunner-Bauern gefunden hat, und er täte ihn retten wie der Erlöser den Sünder, bevor es ihn zuschneit, was bei diesen Straßenverhältnissen und in letzter Zeit nur allzu oft passiert.

Bis vor kurzem aber ist der Biermösel noch wie der böse Bruder vom Django ohne Wetterfleck und mit offenem Flanellhemd durch die Winterstürme Richtung Auerhahn hinübergeritten und hat dabei zur Not die Rollen sogar umgedreht und die Fips geschultert und ist mit ihr querfeldein durch den brusthohen Schnee gestapft wie der Eisbär durch die Arktis. Aber seit seinem Unfall im Krautacker und nach der sonnengelben Medikamentierung durch den Doktor Krisper ist er jetzt allzu vorsichtig geworden. Und er setzt sich heute sogar die gestrickte Pudelhaube mit den Ohrenschützern auf, die ihm die Roswitha jedes Jahr wieder zu Weihnachten schenkt, heiliger Bimbam, er erkennt sich selbst nicht wieder!

„Deine Gesundheit steht auf wackeliges Bein", hat der Doktor Krisper während der letzten Untersuchung zu ihm gesagt, „sprich: In klirrende Kälte lauert endgültige Tod auf dich, falls du nicht dich einpackst wie Schnitzel in Panier, sprich: Schon das normale Mensch besteht aus Wasser zu 90 per cent, du aber, Biermääääsel, bestehst aus Bier zu 100 per cent, also setzt lieber Pudelhaube auf, sonst bist du schneller eingefrorenes Bierfass, als du kannst schauen."

Warum, bitte, fragt sich der Biermösel innerlich, ist ihm denn nicht früher schon aufgefallen, was der Herr Doktor dauernd für einen Blödsinn daherredet.

Wie der Biermösel dann mit seinen gewaltigen Bergschuhen die ersten tiefen Spuren in den jungfräulichen Schnee vor dem Gendarmerieposten draußen pflügt, findet er die Fips erst nach langem Suchen und bis über beide Bremskabel hinaus eingeschneit vor, nur der Rückspiegel ragt noch ein bisserl aus dem ganzen Schneechaos heraus wie der lange Stiel von der vergessenen Schneeschaufel neben der Almhütte. Er schiebt und zerrt die Fips mit der verbliebenen halben Kraft aus dem Schneehaufen heraus auf die geräumte Straße und wischt mit der flachen Hand schwach über den Mopedsitz. Dann steckt er seine gewaltigen Pratzen in ein Paar gewalkte Fäustlinge, was ihm früher auch nie in den Sinn gekommen wäre, und rüttelt sanft wie ein Engel am Rückspiegel, anstatt dass er wie früher stark und rücksichtslos mit der nackten Faust dagegenschlägt, sodass der Rückspiegel zittert wie der Delinquent vorm Genickschuss und sich selbst vom Schnee befreit.

Wie der Biermösel dann aber den Windschutz an seiner Fips anschaut, kann und will er sich dann doch noch nicht mit der breiten verweichlichten Volksmasse verbünden und zu allem ja und amen sagen. In einem kurzen äußerlichen Aufbäumen drischt er mit der Faust dagegen wie früher der Ali gegen den Kiefer vom Joe Frazier, und dann wackelt der Windschutz endlich eine halbe Ewigkeit lang wie der Zitteraal und beruhigt sich erst wieder, wie der Biermösel ihn zufrieden mit dem ausgestreckten Zeigefinger stoppt.

„Herrlich!“, denkt sich der Biermösel. Dieses kurze Aufflackern von nackter Gewalt hat ihm jetzt gut getan und ihn an vergangene Kraft und Größe erinnert. Aber kaum hat er den rechten Haken platziert, gähnt er schon wieder wie das Nilpferd im Okawango-Delta, und er fragt sich:

„Verweichlichung, Verweichlichung, bin ich denn überhaupt schon der König der Verweichlichung?“

Was ist denn eigentlich los auf der Welt, hadert er mit sich und der Welt, dass die Verweichlichung gar so um sich greift und er sich als Gendarmerie nur noch mit gestohlenen Goldhauben herumschlagen muss, während das Kapitalverbrechen, der Eifersuchtsmord, der Raub und die Stammesfehde aus niedrigen Beweggründen außen vor bleiben? Was sind denn das überhaupt für Leute, die Goldhauben stehlen, fragt er sich fassungslos. Schleichen sie jeden Tag unter seinem Fenster vorbei oder grüßen sie ihn sogar jeden Sonntag mit dem Gamshut von der Kirche her, wenn er auf der Fips daran vorbeituscht, weil er die Kirche ebenso meidet wie die Punschhütte davor?

Sind ja alles Hypochonder heutzutage, ärgert sich der Biermösel immer wieder über alle anderen. Sind doch vom Verhalten her alle verweichlichte Bürgerstöchter in dieser Gegend. Anders bei ihm! Bei ihm sind die Probleme ehrlich und hausgemacht, da ist nichts gespielt, da ist nichts vorgetäuscht, da gibt es kein falsches „Au!“ und kein verlogenes „Weh!“, nur ehrliche und grundsolide Selbstvernichtung ohne Hang zur gesunden Ernährung. Gemüse? Geh hör auf! Obst? Schnell in den Kübel! Milch und Brot macht Wangen rot? Ist doch ihm wurscht!

Nur mit dem depperten Windschutz haben sie ihn am falschen Fuß erwischt, wie er vor zwei Wochen ein Packerl vom Innenministerium mit schönem Gruß von der Bundesregierung bekommen hat samt dringender Aufforderung, das rot-weiß-rot gestreifte Teil auf seiner Fips zu montieren, aus Gründen der Vorbildwirkung im Straßenverkehr, wie sie geschrieben haben, weil nämlich ein Gendarm kein Gartenzaun ist, der sich zuschneien lässt beziehungsweise kein Vogelhäuschen mit einer dicken Schneehaube drauf. Aber Herrgottnocheinmal, müssen sie ihm deswegen gleich einen Windschutz schicken und ihm jeden Spaß bei der Mopedfahrt verleiden?

Wie eine komplett verweichlichte Religionslehrerin schaut er seither aus, wenn er irgendwo überraschend auf der Fips mit dem Windschutz vorne drauf um die Kurve biegt! Wer, fragt er sich, soll denn noch einen Respekt vor ihm haben, wenn er so deppert daherkommt? Mit einem Windschutz auf seinem Bronco vorne drauf hätte auch der John Wayne keinen Indianer in die Hose scheißen lassen! Der hat sich auch nur seinen Schnäuzfetzen vor den Mund gehalten, wenn er gegen den stürmischen Wind angeritten ist, das hat genügt, das hat genügen müssen. Also für was bitte braucht einer wie er einen Windschutz, wenn der John Wayne auch keinen gebraucht hat?

Da zieht der Biermösel die orange Schibrille von der Ackerbau- und Viehzuchtbank, Modell Lake Placid '80, aus seinem Hosensack heraus und stülpt sie sich über die Pudelhaube auf die markante Nase. Er hat jetzt einfach keine Kraft mehr, dass er gegen den Windschutz rebelliert und vielleicht als Speerspitze den Kampf gegen die Verweichlichung anführt. Die Fußtritte, die Negerbussis und Gnackwatschen, die immense Komplettrage samt der Biermöselschen Extraspezialpädagogik hinten am Schießstand vom Auerhahn, die ihn früher ausgezeichnet hat – all das fällt auch ihm immer schwerer, sodass der heroische Kampf gegen die immer weiter um sich greifende Verweichlichung der Volksmassen jedenfalls bis auf weiteres ohne ihn auskommen wird müssen. Ihn treibt es nach Hause in den Auerhahn, wo er sich heute Früh bei der Roswitha drüben den Besoffenen Kapuziner als Nachspeise für das Nachtmahl bestellt hat. „Aber schon mit viel Schlag, du Trampel!", hat er sie noch angeschrien, wie er schon bei der Tür draußen war. Heiliges Kanonenrohr, denkt sich der Biermösel und legt endlich den ersten Gang ein, bei seiner Schwester hindert ihn nicht einmal die fortschreitende Verweichlichung am allzu lauten Wort. Hoffentlich kommt ihm die nicht auch noch abhanden!

Via Dolorosa

Zitternd fährt er durch die Gassen, alles sieht so festlich aus. Aber wie es ihn schon nach kurzer Fahrt trotz Windschutz wieder komplett zugeschneit hat, sinniert der Biermösel kurz sehr grundsätzlich und sehr negativ über die nördliche Hemisphäre, in die er als kleiner Biermösel hineingeboren worden ist, also zu der ganzen depperten Sache mit dem Wetter in dieser Gegend von ihm jetzt vielleicht ein paar sehr grundsätzliche Worte:

Der Mensch soll zwar keine Meinung haben zu dem ganzen Wahnsinn mit den vier Jahreszeiten, lehrt in diesem Land die katholische Kirche. Er soll sich bitteschön nicht aufregen über das dauernde Hin und Her mit den Temperaturan- und -abstiegen und dem Erblühen der Bäume im Frühling und ihrem Verwelken im Herbst. Der Mensch soll „Ja!" sagen zum Hitzestau im Sommer und „Nur her damit!" zum Permafrost im Winter, weil der Herrgott alleine weiß, was wettermäßig zu tun ist. Aber der Winter geht dem Biermösel so furchtbar auf die Nerven, dass er seinen Wetterfleck um die Erde hauen könnte, wenn er nur an die Frau Holle denkt.

Jedoch! Sosehr er auch als Privatier den Winter ablehnt, sosehr favorisiert er ihn als Gendarmerie, weil im Winter infolge der klirrenden Kälte auch bei den Panzerknackern der Langfinger einfriert, weil beim gewaltigen Schneesturm auch der zielsicherste Amokläufer nicht einmal mit der Schrotflinte trifft, und weil im Winter sogar die seit Jahrzehnten verfeindeten und nur noch im gegenseitigen Hass verbundenen Eheleute das unausweichliche Massaker bis weit in den Frühling hinein verschieben, weil sie sich bei der Saukälte dann doch lieber noch einen letzten, einen allerletzten Winter in der Schlafkammer aneinanderschmiegen und wärmen, bevor sie dann bei den ersten Strahlen der Sonne im Überschwang der Frühlingsgefühle mit Küchenmesser hier und Husqvarna-Kettensäge da endgültig aufeinander losgehen und das in Gendarmeriekreisen besonders gefürchtete kombinierte Küchenmesser-Kettensägen-Massaker anrichten, nie haben der Ede Zimmermann oben in Mainz und der Biermösel herunten in Aussee weniger zu tun als im tiefsten Ausseer Winter, also eins zu null für die Saukälte, wenn man die damit einhergehenden Vorteile für die Gendarmerie bedenkt.

Der Biermösel lenkt die Fips im tiefen vorweihnachtlichen Unfrieden mit sich selbst durch das Ortsgebiet, und ganz gegen seine Gewohnheit und seine heimliche Leidenschaft – die Eisspeedwayfahrerei! – lenkt er sie jetzt im viel zu dosierten Schritttempo. Wie die Oma ihr Einkaufswagerl, hat er sein Dienstfahrzeug vorher immer wieder anschieben und den ersten Gang einwerfen müssen, und erst nach gefühlten fünftausend Metern Schinderei ist der Motor dann endlich angesprungen, es nützt halt einfach nichts: Die Fips, der Windschutz und er ergeben keine harmonische Dreifaltigkeit, er kommt mit dem Windschutz vorne drauf einfach überhaupt nicht mehr in die Gänge. Der Windschutz hemmt das Fahrerlebnis, er raubt ihm die Sicht für die gewagten Fahrmanöver und lässt seinen Wetterfleck nicht wie gewohnt im Fahrtwind flattern. Vor allem aber verunmöglicht er die gewisse Aerodynamik, ohne die das Mopedfahren einfach keinen Spaß macht. Hat er sich früher wie der Eisspeedwayfahrer in die Kurven gelegt, kriecht er heute dahin wie der Sieche in Richtung Tod, und je öfter er in seinem Leben dem Weihnachtsfest mit seinen ganzen Verheerungen insbesondere auch im visuellen Bereich entgegenrobbt, desto mehr verlässt den Biermösel die Kraft und desto öfter wünscht er sich, dass er mit dem Alten drüben im Sterbeheim in Goisern tauschen könnte, wo sie seinen Körper nach und nach abräumen wie einen Christbaum und ihm alles abschneiden, was früher an ihm dran war, es ist einfach furchtbar.

„Weihnachtsbeleuchtung, Weihnachtsbeleuchtung!“, flucht der Biermösel jetzt innerlich mit schwacher Stimme, „gibt es denn bei den depperten Leuten und auf ihren furchtbaren

Architekturjuwelen überhaupt nichts anderes mehr als immer nur noch mehr Weihnachtsbeleuchtung?"

An, vor, auf und über den grauslichen Häusern von den ganzen grauslichen Leuten sieht der Biermösel neuerdings fliegende Rentiere, leuchtende Christbäume, blinkende Autos und kreisende Fußbälle, es hängen Schleifen und Girlanden um das ganze Haus, es stehen Schneemänner davor und Kutschen hinten im Garten und was weiß der Teufel noch alles, was sich der Vati unbedingt für einen Jahreslohn aufs Einfamilienhaus draufmontieren hat müssen, nicht selten mit einem glatten Genickbruch extra bezahlt, wenn ihn die Dachlawine vom Dach heruntergeholt hat, noch bevor er den Schalter überhaupt umlegen und sich sein Weltwunder hat anschauen können. Milliarden und Abermilliarden von Sternen stehen oben am Himmelszelt, und herunten in Aussee stechen Milliarden und Abermilliarden von Glühbirnen wie kleine Nadeln ins Auge vom Betrachter, und immer muss es das ganze Programm von A bis Z sein, sonst gilt es nicht.

„Gibt es denn so was?", fragt sich der Biermösel verzweifelt und haut sich gegen den Schädel. „Gibt es denn so was?" Schon überlegt er wegen der schmerzenden Augen, ob er sich nicht von der Roswitha zu Weihnachten eine Schweißerbrille vom Werkzeugmacher Eckert schenken lassen soll anstatt einer weiteren Pudelhaube, das wird er tun müssen, wenn er auch den nächsten und den übernächsten Winter den Wahnsinn mit der immer weiter um sich greifenden Weihnachtsbeleuchtung halbwegs unbeschadet an der Netzhaut überstehen will.

Schnell weg von hier, wimmert er, weg, weg, weg von den ganzen Einfamilienhäusern und ihren putzigen Kleinfamilien!

Aber der Biermösel kommt überhaupt nicht mehr richtig vom Fleck, so schwer fällt ihm alles, so schwer. Zusätzlich zu den dicken Schneeflocken auf seinem Wetterfleck hat sich der späte Liebeskummer um seine alte und ungeschützte Seele gelegt wie die Dornenkrone um die Rockerfrisur vom Gekreuzigten. Am liebsten täte der Biermösel heute drüben im Auerhahn seine Seele herausnehmen und über Nacht in die Selchkammer hineinhängen, damit er sie morgen in der Früh gut eingeselcht und also unempfindlich für die Verletzungen der Weihnachtszeit wieder herausnehmen und zurückstecken kann in seine Seelchenkammer. Aber das geht natürlich nicht, wie auch ein jeder weiß, der sich wie er ein bisserl mit der gut abgehangenen, harten, geselchten Schweinswurst beschäftigt, Herrgottnocheinmal, er hat schon so einen Hunger beisammen!

Er hat schon so einen Hunger beisammen, dass ihm während der Fahrt das Wasser aus den Mundwinkeln herausläuft und auf die Straße unter ihm tropft, wo es augenblicklich gefriert. Er hat so einen Hunger, dass die Wassermassen richtig herauslaufen und eine Eisbahn unter seiner Fips bilden, leerer Magen fährt nicht gerne! Also darf sich der Biermösel gar nicht wundern, dass ihm auf einmal das Hinterrad wegrutscht, wie er die Kurve beim Fleischermeister Brunner mit leichtem Engagement nehmen will, damit er nicht hineingeht und den Sauschädel stiehlt, der da in der Auslage liegt, und – hoppala! – jetzt geht es los: Der Biermösel fällt zum ersten Mal unter die Fips.

Noch ist es nicht wirklich dramatisch, versucht er sich selbst zu beruhigen, weil er die Fips noch nicht im hohen Gang dahingejagt hat wie das gesunde Volksempfinden den Depp durch das Dorf. Aber im Prinzip ist natürlich jeder weitere Sturz auf die rechte Hüfte und den rechten Ellenbogen mit anschließender Abfederung vom ganzen übrigen Körper durch die ungeschützte und sowieso schon weitgehend ruinierte rechte Schädelhälfte einer zu viel. Poing-poing-poing schlittert er Schädel voran noch ein paar Meter dahin, bevor er an der Auslage vom Fleischermeister mit dem Sauschädel drinnen beinahe zerschellt – großes, schmerzhaftes Poing!

Kurz glaubt der Biermösel, dass er im Paradies gelandet ist und endlich für den ganzen Blödsinn entschädigt wird, der ihm die ganze Zeit widerfährt. Was nämlich dem Muselmanen die

Jungfrau, das ist dem Biermösel das Schwein, auf das er sich freut und von dem er jetzt inständig hofft, dass es ihn dereinst auch im Paradies erwarten wird wie seit 35 Jahren jeden Abend im Auerhahn, also „bitte, lieber Gott“, fleht der Biermösel, „nimm es nicht vom Speiseplan, nur weil neuerdings alle verweichlicht sind und der Ali Baba die Weltherrschaft anstrebt!“

Die Augen von dem Schweinderl da drinnen in der Auslage sind wirklich einmalig, denkt sich der Biermösel. Sie schauen ihn verständnisvoll an und trösten ihn über die Schmerzen hinweg, die er fortwährend erleidet, sie zwinkern ihm zu und sagen: „Nimm mich!“

Eine unsanfte Schaufel Schnee aber, die man über ihm ausleert, reißt ihn wieder aus seinen Träumen.

„Bist deppert?“, schreit er in das undurchdringliche Schneetreiben hinein.

Weil er Bruchpilot mittlerweile im Hinfallen aber so geübt ist wie der Vietnamveteran im Dschungelkrieg, kann er sich noch einmal ohne fremde Hilfe aufrappeln. Er schüttelt sich den Schnee von den Wollstutzen und vom Wetterfleck, schnappt seine Fips, schaut noch einmal das Schwein im Schaufenster an, verabschiedet sich mit Wehmut und Knurren im Magen, und gemma gemma, Biermösel, aber leider keine Aerodynamik mehr, seit ihn die schweren Gedanken und der depperte Windschutz daran hindern!

Mit seinen eingefrorenen Bergschuhen als Stützkufen kann er dann den kompletten Kontrollverlust über sich und die Fips auf den nächsten paar Metern zwar verhindern, aber unruhig geht es dahin, sehr sehr unruhig, unruhiger noch als auf einem Fischkutter in der allzu unruhigen Nordsee. Kaum dass der Biermösel dann auf seiner ganz persönlichen Via Dolorosa zwanzig Meter zurückgelegt hat, hat es ihn trotz rot-weiß-rotem Windschutz von der depperten Bundesregierung schon wieder von oben bis unten angezuckert wie den Faschingskrapfen vom Meisterbäcker, und noch bevor er die Kirche erreicht, ist er zugeschneit wie ein Vogelhaus, obwohl das Ministerium genau das hat verhindern wollen.

Der Biermösel nähert sich im Schritttempo der Punschhütte vor der Kirche. Die Punschhütte versammelt die gesamten Sir-Irish-Moos-Trotteln und Haartaft-Trampeln um sich herum. Sie ist das neuzeitliche vorweihnachtliche Gotteshaus von den ganzen parfümierten Versicherungsmaklern und blondierten Pelzträgerinnen, der Biermösel denkt sich jedes Mal, wenn er an der Punschhütte vorbeifährt: Wie oft hab ich schon darauf hingewiesen, dass sich das mit den Punschhütten einerseits und Weihnachten andererseits einfach hinten und vorne nicht ausgeht!

Kaum brennt am Adventkranz nämlich die erste Kerze, leuchtet sie auch schon das unausweichliche Familiendrama aus, und spätestens nach dem zweiten brennenden Kerzerl auf dem Adventkranz ist der ganze abfahrende Zug in Richtung Blutbad am Heiligen Abend nicht mehr zu stoppen. Der rauschige Vati, wenn er heimkommt; die ausgerutschte Hand, wenn er dann durchdreht; die weinenden Kinderaugen, wenn die Watsche wieder so wehtut – das alles folgt unweigerlich auf den Besuch bei der Punschhütte wie der Unfalltod auf den Geschwindigkeitsrausch.

Wie sich der Biermösel jetzt möglichst unauffällig und unerkannt an der Punschhütte vorbeimanövrieren will und wie er dabei die ganzen Besoffenen dort vor und zurück wanken sieht wie die Birken im Frühlingssturm, da denkt er weiters: Nach dem Rausch ist vor dem Rausch! Also gilt auch: Nach Weihnachten ist vor Weihnachten! Das vorweihnachtliche Besäufnis hört ja heutzutage das ganze Jahr über nicht mehr auf. Bei einer russischen Zuhälter-Hochzeit kann es nicht grauslicher zugehen als jedes Jahr zu Weihnachten an den Punschhütten im Ausseerland! Wenn heute zwei Japaner aus Sapporo in Österreich einen Haufen Depperte aus Österreich anschauen wollten, denkt sich der Biermösel oft, weil das Land ja gerade auch diesbezüglich sehr viel zu bieten hat, dann täten sie nicht mehr extra in die Nervenheilanstalt nach Linz hinauffahren müssen. Da täte es genügen, wenn er sie an der Hand nimmt und mit ihnen einen kurzen Abstecher zur Punschhütte am Hauptplatz macht, dann hätten sie Depperte genug gesehen, aber wirklich mehr als genug!

Die Punschhütte, denkt sich der Biermösel, macht die Leute gleicher als jede kommunistische Gesetzgebung, aber unwürdiger und geistesgestörter macht sie die Leute leider auch. Also lebt er in unversöhnlicher Feindschaft zur Punschhütte und will jeden Abend nur unbeschadet an ihr vorbeifahren, aber – hoppla! – schon rutscht ihm das Vorderrad seitlich weg, weil er sich gar so über die Punschhütte und die ganzen Depperten davor ärgern muss, und der Biermösel fällt zum zweiten Mal unter die Fips.

Es haut ihn so gewaltig auf den Schädel, dass er Sternderl sieht, wo gar keine sind. Und wie er so daliegt mit seinen Schmerzen, die seinen Körper martern, wie er sich fragt, wie sehr er in seinem Leben eigentlich noch leiden muss und ob vielleicht doch einmal das Ende von der Fahnenstange erreicht sein wird, da muss er sehen, dass alle Augen von der Punschhütte her auf ihn gerichtet sind, dass aber unter all den Augen weit und breit keines ist, das ihn einfühlsam oder gar mitleidig anschaut. Der Biermösel spürt vielmehr, dass dort am Wegesrand keiner steht, der sich seiner erbarmen und ihm das Schnäuztuch reichen möchte, damit er sich den Schnee aus dem Gesicht wischen und wieder Mensch werden könnte anstatt Schneemann. Hoffentlich, denkt der Biermösel im Angesicht dieser geballten Kaltblütigkeit, hoffentlich ist von denen keiner bei der Freiwilligen Feuerwehr oder gar beim Roten Kreuz!

Besonders bitter und schmerzhaft: Der Biermösel sieht insbesondere auch keine Sünderin, die ihn an der Hand nehmen und ihn in ihre warme Stube samt offenem Kamin und Schaffell davor führen wollte, damit er ihr die Absolution erteilt. Auch sieht er keine mitfühlende Mutti weit und breit, die zu ihm herüberkommt und an seiner Seite niederkniet und ihn tröstet in dieser Stunde der Anfechtung. Statt einer mitfühlenden Mutti und einer heißblütigen Sünderin hört und sieht er bei der Punschhütte nur blondierte Weiber in ihre Pelzjacken hinein kichern, die bis unter ihre gezupften Augenbrauen besoffen sind, und er atmet den furchtbaren Gestank vom Punschgesöff, der sogar noch den Gestank vom Sir Irish Moos zu überdecken vermag. Er sieht und riecht Bankangestellte vom Schlage eines Jackpot Charlie, der neuerdings in einem futtierten Rauledermantel mit Pelzkragen steckt, der ihm bis zu den genagelten Schuhen hinunterhängt. „Da schau her!", denkt sich der Biermösel. „Wieso kann sich denn die depperte Sau auf einmal einen futtierten Rauledermantel mit Pelzkragen leisten?"

„Erkennt mich denn keiner?", schreit der Biermösel innerlich unter seiner Schneedecke hervor, „hat denn keiner mehr Respekt vor mir, nicht einer, der Mitleid hat?"

Da merkt der Biermösel, dass sie ihn alle sehr wohl erkennen, und dann merkt er auch, dass sie alle genau deswegen keinen Respekt vor ihm haben, weil nämlich die Gendarmerie der natürliche Feind von einem jeden Punschhüttenbesäufnis samt anschließender Heimfahrt im PKW durch den Schleichweg im Silbertannenwald ist. Der Biermösel spürt, wie sie sich daran ergötzen, dass der ansonsten furchteinflößende Gendarm schwach und ausgesetzt vor ihnen auf der Straße im Schnee liegt, und er sieht die nackten Finger, mit denen sie auf ihn deuten.

„Lacht's nicht so deppert!", schreit der Biermösel mit schwacher Stimme. Aber die lachen trotzdem alle deppert. Und sie lachen sogar immer noch höhnischer und immer noch depperter, je länger er vor ihnen herumliegt. Da fängt ausgerechnet der Jackpot Charlie in seinem gefütterten Ledermantel an, als Erster sein leeres Punschhäferl nach ihm zu werfen, und schon schießt ein Zweiter mit seinem vollen nach ihm, und bald brechen überhaupt alle Dämme, und alle schießen ihre Leergebinde oder vollen Behältnisse nach ihm.

Da macht der Biermösel die Augen zu, damit er sie alle miteinander nicht mehr sehen muss, und er presst die riesigen Pratzen mit den gewalkten Fäustlingen gegen seine Lauscher, damit er sie alle miteinander auch nicht mehr hören muss. Aber er hört sie nur umso lauter schreien und lachen, wie aus den Tiefen der Hölle klingen ihre Stimmen, metallisch und fern.

„Was bin ich?", fragt sich der Biermösel jetzt in Anlehnung an den Robert Lembke, den er noch gerne im Staatsfunk angeschaut hat, bevor auch der Staatsfunk zur kompletten Irrenanstalt verkommen ist. „Bin ich denn überhaupt schon tot?"

Die ganzen Besoffenen, die sich in Massen hinter der Punschhütte entleeren, kommen auf einmal immer näher, und auch die, die sich dort den ganzen hinuntergeschütteten Punsch noch einmal durch den Kopf gehen lassen und sich von oben bis unten das Lodenkostüm (die Weiber) oder den Jägerrock (die Trotteln) vollspeiben, torkeln jetzt langsam auf ihn zu wie eine Kompanie Untoter aus den finstersten Ecken der Hölle. Als zäher, träger, brauner Strom wälzen sich die Ausscheidungen von der breiten besoffenen Volksmasse in seine Richtung. Zwar wird ihm der unwürdige Tod in Einsamkeit früher oder später sowieso nicht erspart bleiben, wie es seit längerem ausschaut, einsam und verzweifelt wie der Jesus oben am Kreuz wird er sterben, verlassen und von allen vergessen.

Aber inmitten von den ganzen Ausscheidungen von den Dreckschweinderln will der Biermösel jetzt doch nicht sein Leben aushauchen, den Gefallen will er ihnen nicht tun, dass er vor ihren Augen stirbt und sie ungestört weiter saufen und weiter wüten können, also „Reiß dich zusammen, Biermösel!", feuert er sich selbst an, „Steh noch einmal auf, schnapp deine Fips, und gemma, gemma, flott, flott, flott!"

Mit letzter verbliebener Kraft noch einmal dem furchtbarsten aller Tode entronnen, richtet sich der Biermösel dann sofort an den Herrn Jesus Christus in seiner Kirche drinnen persönlich, wie er die Fahrt fortsetzt und die Punschhütte mitsamt der Kirche hinter sich lässt:

„War denn das alles wirklich so geplant?", schreit er ihn mit innerlicher Verzweiflung an, „wie du dich drunten in Bethlehem in den Stall mit dem Ochs und dem Esel hineingelegt und Weihnachten erfunden hast? Idee gut, Ausführung schlecht!", muss der Biermösel das Jesukind in der Krippe drinnen nach seiner jahrelangen Erfahrung mit dem Weihnachtsfest leider auch einmal ein bisserl schimpfen. „Wäre es nicht überhaupt gescheiter", fragt der Biermösel den Jesus, „wenn du das Weihnachtsfest nach all den leidvollen Erfahrungen überhaupt streichen und vielleicht das Oktoberfest in den Dezember hinein verlegen könntest, meinen Segen hättest du! Und mit dem ganzen anderen Zinnober fängst du halt noch einmal ganz von vorne an oder wirst vielleicht überhaupt Bierfahrer, sag selbst, wäre das nicht gescheiter?"

Aber der Jesus antwortet nicht, und so kündigt der Biermösel für demnächst einen Besuch in seiner Kirche an, wo er das alles mit ihm auf Augenhöhe besprechen wird müssen. Jetzt hat er nämlich nicht mehr die Zeit, dass er dem Jesus erklärt, wo bei seiner Idee genau der Hund begraben liegt und wo exakt man die Hebel ansetzen müsste, damit aus der vielversprechenden Knospe Christentum vielleicht doch noch eine wohlduftende Blume wird. Nach dem ganzen ungeplanten Zeitverlust bei der Punschhütte muss er nämlich schauen, dass er endlich in den Auerhahn hinüber kommt, weil sein Hunger minütlich stärker wird, „also nicht mir böse sein", verabschiedet sich der Biermösel vom Jesus, „dass du auf meine Verbesserungsvorschläge für heute verzichten musst!"

Stattdessen auf zur dritten Station, die ihm auf seiner tagtäglichen Heimfahrt leider auch nie erspart bleibt. Der Biermösel fängt schon zum Blutschwitzen an, wenn er nur an das Gebäude von der Ackerbau- und Viehzuchtbank denkt! Es zittern seine gewaltigen Pratzen wie ein Lammschweif, sodass er den Lenker kaum mehr richtig halten kann und dahinschlingert wie der besoffene Rodeoreiter auf seinem Bronco in Texas. Wenn er sich dann aber noch genau vorstellt, wie es auf seinem Konto im Gebäude drinnen ausschaut, dann öffnen sich ihm überhaupt die Wundmale unter den gewalkten Handschuhen und in den schon lange nicht mehr gelüfteten Bergschuhen, und schon haut es ihn wieder auf den Scheißer, und er fällt zum dritten Mal unter die Fips, diesmal sind es Hinter- und Vorderrad gleichzeitig, die ihm seitlich wegrutschen, weil er mit Vollgas möglichst schnell von der Ackerbau- und Viehzuchtbank mit ihrem Bausparvertragsterror hat wegrasen wollen.

Wie er jetzt wieder so daliegt auf seinem Scheißer und wie es ihm wieder den Schädel dutzende Mal geprellt hat, da fragt sich der Biermösel, warum sein Leben neben dem sexuellen Desaster auch noch von seinem finanziellen Debakel als Zugabe begleitet werden muss, und leider kann er auch in diesem Bereich dem Jesus Christus drüben in seiner Kirche den gewissen Tadel nicht ersparen, weil:

Zumindest Landvogt hätte er werden können, wenn nicht die vom Herrn Jesus Christus gegründete und seither alles dominierende katholische Kirche sein Geschäft mit dem Rotbuchenholz komplett ruiniert hätte, seit sie die Silbertanne ohne Not zum allein seligmachenden Weihnachtsbaum erklärt hat anstatt der Rotbuche, was bitte kann denn die Silbertanne als Christbaum leisten, fragt er sich, was seine Rotbuchen nicht auch leisten könnten?

Nicht zuletzt wegen dieser einsamen Entscheidung der katholischen Kirche ist der Biermösel komplett an einer Vermögensbildung vorbeigegangen, weil sich ja heute keiner mehr eine Rotbuche als Christbaum in seine eigenen vier Wände hineinstellt, die Rotbuche als Christbaum ist ja heute ganz aus der Mode gekommen, dabei hätte er weiß Gott genug davon!

Natürlich war gerade auch die Roswitha einige Male ein bisserl sehr eingeschnappt in den letzten 35 Jahren, wenn er ihr auseinander gesetzt hat, dass ihm keine Silbertanne als Christbaum ins Haus kommt, weil er die Silbertanne als Christbaum meidet wie der Muselmane das Schwein. Und solange die Silbertannenmafia von der katholischen Kirche im Verein mit den Bundesforsten das Christbaumgeschäft monopolartig beherrscht, hat er seine Schwester angeschrien, wird er bis in die eingewachsenen Zehennägel hinein unversöhnlich bleiben. Was nämlich die Christbaumfrage betrifft, findet der Biermösel, ist die Trennung von Kirche und Staat noch immer nicht weit genug fortgeschritten.

Jetzt aber, wo der Biermösel im Todeskampf liegt, gibt er mit der gewissen Rest-Einsicht gerne zu, dass es auch andere Gründe für seine fortschreitende Verarmung gibt. Dass er Zeit seines Lebens die feinen Rädchen der Weltwirtschaft nach Kräften am Laufen gehalten und das meiste von seinem Geld für Schweinehälften, Bierfässer und Marillenschnäpse ausgegeben hat, wird auch eine Rolle gespielt haben, während er den Rest einfach verprasst hat, das gibt er ja auch gerne zu.

Warum die Weltwirtschaft aber trotz all seiner Bemühungen im Argen liegt, das versteht er nicht. Er selbst und die Weltwirtschaft kommen aus ihrem tiefen schwarzen Loch einfach nicht mehr heraus, in das sie vor geraumer Zeit hineingefallen sind.

Es ist jetzt aber nicht nur der beklagenswerte Zustand von seinem Konto, der den Biermösel so zittern und Blut schwitzen lässt wie den Todeskandidaten drüben in Kalifornien vor der schlechten Laune vom Schwarzenegger. Es sind auch und vor allem die Gedanken an den Schalterbeamten Kaltenböck Karli alias Jackpot Charlie, wie der Trottel sich selber nennt, Gedanken der Eifersucht, die den Biermösel niederdrücken.

Warum, fragt er sich noch einmal bitter, hat der einen Ledermantel mit einem Pelzkragen dran, und warum er nicht?

Wo hat denn der das Geld dafür her, ermittelt der Biermösel jetzt innerlich, wo doch jeder im Ort weiß, dass ihm die Schulden um die Ohren pfeifen, weil er ein lupenreiner Spielsüchtiger ist?

Schwach ist der Biermösel, und immer noch schwächer wird er. Den Gefallen aber will er jetzt auch und gerade der Ackerbau- und Viehzuchtbank nicht tun, dass er ausgerechnet vor ihr sein schwaches Fleisch über seinen noch schwächeren Willen obsiegen lässt und vor ihrer prunkvollen Kathedrale des Bösen verendet wie ein von besoffenen Jägern angeschossenes Rotwild.

Also weg von hier, ist sein Impuls, weg, weg, weg, bevor der Jackpot Charlie von der Punschhütte herübergetaumelt kommt und ihm die angedrohte Pfändung als eingeschriebenen Brief persönlich in die Hand drückt. „Ihr kriegt nichts von mir!", ist dem Biermösel seine entschiedene Haltung zu seiner Hausbank, „weder den Auerhahn noch meinen Wetterfleck, weder mein Moped noch meinen Schnapskeller, also weg mit euch, weg, weg, weg!", fantasiert sich der Biermösel jetzt das Näherkommen von den gierigen Blutsaugern zusammen, die nach ihm greifen wollen wie die Besoffenen nach dem Laternenmast. „Lasst mich in Ruhe mit euren Bausparverträgen und Umschuldungen und Finanzierungsplänen!", schreit er in die finstere Nacht hinein, und verzweifelt schlägt er um sich, bevor es dann endlich wirklich so weit ist und er sich einbildet, dass er die Stimme vom Herrn Jesus Christus selbst hört:

„Scheiß dich nicht an, Biermösel, scheiß dich bitte nicht an", sagt der zu ihm. „Steh lieber auf, schnapp deine Fips und hopp hopp, gemma gemma, was ist denn los mit dir, bist du denn überhaupt schon komplett metrosexuell?"

„Sicher nicht!", schreit der Biermösel verzweifelt und strampelt mit Händen und Füßen gegen die Mauer der Ackerbau- und Viehzuchtbank. „Ganz sicher nicht!"

Silbertannenwald

Es war dann aber natürlich nicht der Herr Jesus Christus selbst, der den Biermösel der Metrosexualität geziehen hat, sondern der Fleischhauerschnupperlehrling Pepi auf dem Heimweg von der Arbeit, beide praktisch ohne jede Ähnlichkeit und sicher nicht miteinander zu vergleichen. Der eine ein Religionsstifter und von Grund auf friedlich, der andere ein tätowierter Rocker und Radaubruder. Aber selbst der tätowierteste Rocker tritt nicht auf einen Gendarmen ein, wenn er zuvor seine Wut über die schlechte Bezahlung als Schnupperlehrling an den Schweinen und Kühen ausgelassen hat und nach einem 20-Stunden-Tag rechtschaffen müde ist. Stattdessen hat der Pepi dem Biermösel sogar auf die Füße geholfen und ihn auf die Fips gesetzt, aber nicht ohne Hintergedanken, weil:

„Das rechnest mir hoch an, wenn du mich das nächste Mal von der Zündapp herunterholst, weil ich mir den Auspuff aufgebohrt habe!“, hat er gesagt.

„Wenn ich dich das nächste Mal von der Zündapp herunterhole, zeig ich dir meine Venen, du Rotzbub!“, hat der Biermösel zurückgeschnauzt, und da ist der Pepi vor ihm auf die Knie gefallen und hat gebettelt:

„Nicht die Venen, Biermösel, bitte nicht die Venen!“

So ist es recht, hat sich der Biermösel gefreut, die schlichte Androhung der Pädagogik funktioniert also doch noch. Dann hat er den Pepi mit einem Arschtritt nach Hause geschickt, und ihn für dieses eine Mal lebend davonkommen lassen, in seinem Alter muss man nicht mehr überreagieren.

Wenn der Biermösel dann seinen täglichen Kreuzweg im Ortsgebiet hinter sich gelassen hat, taucht er ein in die komplette Finsternis der voralpinen Winterlandschaft, und je weiter er sich vom Ortskern entfernt, desto kälter wird die Luft und desto höher türmen sich die gewaltigen Schneemassen entlang der Bundesstraße vor ihm auf. Statt der furchtbaren Einfamilienhäuser samt furchtbarer Weihnachtsbeleuchtung begleiten ihn dann immer dichtere Reihen von Baumriesen rechts und links der eisigen Straße, und sie wirken mit jedem Tag, an dem der Biermösel die gelben Tabletten vom Doktor Krisper schluckt, immer noch bedrohlicher und feindseliger.

Der Biermösel schaltet dann sogar in die Zweite, wie er an der Abzweigung nach Goisern von der Bundesstraße abbiegt hinein in die lange Gerade im Silbertannenwald, die von den ganzen ortsbekannten Schnapsdrosseln und Sexsüchtigen als so genannter Schleichweg missbraucht wird, auf dem sie von ihren Alkoholexzessen an der Punschhütte in Aussee hinüber zum Sexexzess im Puff von der gachblonden Discowirtin in Goisern schleichen, gerade vor Weihnachten sucht der besoffene Mann ja den Sexexzess verzweifelter als das Kleinkind die Liebe der Mutti. Manchmal sucht er ihn nach der Weihnachtsfeier bei seiner Sekretärin auf dem Firmenklo, meistens aber macht er es sich einfach und sucht ihn im Puff drüben bei der gachblonden Discowirtin, wo neuerdings die Preise purzeln, wie ihm der Grasmuck erzählt hat. Und wenn sich die Punschhüttensteher dort drüben schändlich befriedigt haben, dann geht es wieder retour zum häuslichen Unglück und husch husch und komplett besoffen hinein unter die Bettdecken von ihren verhassten Gattinnen respektive aufs Schaffell von der Anni, wie das beim Jackpot Charlie der Fall ist, der einer der häufigsten Gäste im Silbertannenwald ist.

Der rechte Straßenrand von der langen Gerade im Silbertannenwald ist in Fahrtrichtung Goisern hinüber zum Puff von der Discowirtin mit Sir-Irish-Moos-Flascherln und Viagra-Schachteln verseucht, mit dem sich die ganzen Experten einsprühen beziehungsweise in Form bringen wollen, bevor sie den verschwitzten Kontakt mit den leichten Damen suchen. Der linke Straßenrand und Weg zurück vom Puff zu den Filzpatschen ist mit Mundsprayflaschen und zusätzlich noch mit Blumenpapier verseucht, mit dem sich die Sünder zusprühen beziehungsweise den Ablass von der Mutti erwirken wollen, von den Tonnen Hundescheiße und Hundepisse will der Biermösel gar nicht reden, die die Straßenränder an der langen Gerade im Silbertannenwald zieren, am liebsten täte er die ganzen Hundsviecher alle miteinander über den Haufen schießen, wenn er mit der Fips wieder einmal auf einem schönen Hundstrümmerlhaufen seitlich wegrutscht und mit dem Schädel in einem weiteren sehr schönen Hundstrümmerlhaufen landet, das Land ist einfach so zugeschissen!

Wenn der Biermösel mit sich selbst und der Welt unzufrieden ist, dann stellt er sich in die lange Gerade im Silbertannenwald und wartet. Gefühle, hat er oben in der Gendarmerieschule in Linz gelernt, haben zwar bei der Ausübung vom Beruf nichts verloren. Vor Weihnachten darf er sich aber wohl auch einmal Gefühle erlauben, und bis heute hat der Mensch kein besseres Gefühl erfunden als die nackte Freude über das Unglück der anderen. Richtig gefühlsselig wird er, wenn er daran denkt, wie viele Rauschige er schon aus dem Auto herausgeholt hat wegen ihrer geschätzen 4–6 Promille, was ein verlässlicher Durchschnittswert in dieser Gegend ist, und wie viele Führerscheine er schon mit auf den Posten genommen und sie erst wieder im Rahmen vom Biermösel'schen Tatausgleich ausgehändigt hat, nach der gewissen Bedenkzeit natürlich, während der die Besoffenen beim Fahrradtreten auf dem Weg zur Arbeit Zeit zum Nachdenken gehabt haben.

„Kommt Zeit, kommt Tatausgleich", hat ihn der alte Biermösel gelehrt. Nur keine unnötige Hast, wenn einer seinen Führerschein wieder zurück haben will. Je länger er danach giert wie nach dem nächsten Schnaps, desto mehr ist er bereit zu geben.

Im Sommer ein beschaulich-idyllischer Streifen Forststraße, erinnert sich der Biermösel mit Wehmut an den Sommer und an die beschauliche Idylle, ist die lange Gerade im Silbertannenwald im Winter die sprichwörtliche weiße Hölle und eine nur sehr schwer zu befahrende und noch schwerer zu räumende Herausforderung. Nur weil der Bürgermeister selbst wegen seinem persönlichen sexuellen Interesse an der gachblonden Discowirtin eine entsprechende Verordnung erlassen hat, muss der arme Lindbichler sich darum auch noch kümmern und die Forststraße als Schleichweg immer blitzblank sauber halten.

Wenn dem Biermösel dann inmitten der ganzen gewaltigen Schneemassen immer wieder der Motor abstirbt und er ganz alleine und ausgesetzt in dieser tiefen finsteren Nacht herumsteht, hört er auch noch seltsame Geräusche, unheimlich und bedrohlich sind sie, wie aus den Tiefen der fernsten Zeiten. Keine Besoffenen aus der breiten Volksmasse schauen ihn dann mit geröteten Augen an, dafür aber Rehe aus halbverhungerten Augen heraus, wie verarmte Waisenkinder schauen sie, die zu Weihnachten immer leer ausgehen, traurig und immer trauriger schauen die Rehe ihn an.

„Schaut's nicht so traurig!", schreit der Biermösel sie an.

Die schauen aber trotzdem traurig, und es geht ihm mitten ins Herz hinein. Was wollen sie ihm denn mit ihren traurigen Augen sagen, fragt sich der Biermösel. Dass die depperte Seebachwirtin doch Recht hat und er an ihrer traurigen Lage schuld ist, weil er ihren Anführer, den 18-Ender, über den Haufen geschossen hat?

„Sicher nicht!", schreit der Biermösel dann und wehrt sich verzweifelt gegen diese bisher ungekannten Gefühle von Schuld. Hört doch endlich alle miteinander auf mit dieser alten Geschichte, wehrt sich der Biermösel weiter gegen diese blöden Gedanken, die immer noch blöder werden, je öfter es ihn herstreut und auf den Schädel haut. Es kommt doch bitteschön nichts dabei heraus, wenn man Vergangenes immer wieder aufwärmt. Die Vergangenheit muss man doch auch einmal ruhen lassen können wie eine gute Schweinswurst in der Selchkammer, ist seine feste Überzeugung, und das Wichtigste im Leben ist halt die feste Überzeugung.

Der Biermösel schlingert durch die immer finsterere Gerade, vorbei an immer noch mehr Verheerungen der nächtlichen Fahrten. Früher, erinnert sich der Biermösel mit einem auf einmal warmen Gefühl im eingefrorenen rechten Abzugfinger, war das außerdem ganz normal, dass er einmal in der Woche die Doppelläufige gegen ein Stück Rotwild gerichtet hat. Immer nur auf Schnapsflaschen auf dem Schießstand hinter dem Auerhahn zu ballern ist nämlich auf Dauer auch keine Befriedigung.

Da entdeckt er hinter einem „Vorsicht Wildwechsel!"-Schild die Hirschkuh Bernadette, die ihren Schädel aus dem Wald herausreckt und ihn eingeschnappt anschaut wie die Ballkönigin, mit der keiner tanzen will. Und wie der Biermösel den Blick von ihr abwendet, da schaut ihn von der anderen Straßenseite her auf einmal das Rehkitz Bambi mit noch viel traurigeren Augen an, weil ihm der 18-Ender-Vati fehlt, der es immer zum Fressi Fressi in der Wildfütterung geführt hat, damit es nicht verhungert. Wie ihn Mutter und Tochter mit ihren verweinten Augenpaaren in den Zangengriff nehmen, da reißt der Biermösel seine Hände vors Gesicht, weil er das ganze Elend im Rotwildmilieu nicht mehr erträgt, und er kracht ungebremst in die linke gefrorene Schneewand, wo es ihn abrupt abstoppt und – hoppla! – Kopf voran gegen eine Silbertanne katapultiert, von der es ihn wieder zurückschleudert auf die Straße, und dann ist es so weit: Der Biermösel fällt – ganz gegen den Brauch – zum vierten Mal unter die Fips, und er fragt sich ganz deppert im Schädel: Gibt es denn so was?

Wie der Jesus am Ölberg liegt er jetzt unter seiner Fips herum, von allen guten Geistern verlassen. Seine Pudelhaube hängt ihm ins Gesicht herein, seine Augen darunter sind nach oben verdreht, die Zunge hängt ihm heraus fast bis zu den Schuhen. Der weiße Nebel Atemluft züngelt nur noch schwach aus seinen Nasenlöchern wie der heiße Rauch aus der Selch drüben im Auerhahn. Bald ist es vorbei mit ihm. Fehlt nur noch, denkt er im Todeskampf bei sich, dass der Grasmuck mit ein paar schwer bewaffneten Jägern aus dem Silbertannenwald herauskommt und den Judaslohn einsackt, bevor er ihm ein Bussi auf die Wange drückt und sagt:

„Der da war's! Der hat im Herbst den Hirschen über den Haufen geschossen!"

„Grasmuck!", schreit der Biermösel in die Stille hinein, aber der hört ihn natürlich nicht. Der sitzt wahrscheinlich bei der Discowirtin drüben im Puff und bekämpft dort seine Einsamkeit mit teuren Weibern, die er sich nicht leisten kann. Er macht sich mit den ganzen Besoffenen gemein, die bald über ihn hinwegrasen werden, wenn er noch lange so deppert da herumliegt.

„Grasmuck", schreit der Biermösel noch einmal. „Du Judas!"

Hilft ihm denn gar keiner, jammert er weiter. Leuchtet denn nirgendwo ein Stern, der ihn hinausführt aus der finsteren Hölle?

Es ist still um den Biermösel herum, wie nach einem alles klärenden Schuss aus der Doppelläufigen. So still ist es, dass er sogar leise den Schnee auf die Silbertannen rieseln hört, und so reglos liegt er da, dass er jede einzelne Flocke in seinem Gesicht spüren kann, die sich auf ihn legt wie der Streusel auf den Lebkuchen, Herrgottnocheinmal, denkt er mit immer größerem Hunger, auf den Lebkuchen mit Streusel in der Keksdose, die ihm die Roswitha immer auf sein Nachtkasterl stellt, hätte er sich auch schon so gefreut!

Advent, Advent, kein Lichtlein brennt. Der Biermösel kneift die Adleraugen immer noch weiter zusammen, aber er sieht nichts, weil die Bundesregierung neuerdings sogar an den Glühbirnen für die Straßenlaternen spart. Hauptsache, denkt der Biermösel jetzt nur negativ über die Bundesregierung, sie schicken ihm einen rot-weiß-roten Windschutz für die Fips, für so was ist dann immer Geld da! Wenn man aber gerade kein rot-weiß-roter Windschutz ist und kein sündteurer Abfangjäger, wenn man kein Werbeplakat in eigener Sache ist und kein Weihrauch zur Selbstbeweihräucherung, dann lässt die Bundesregierung in Wien kein Geld mehr aus. Sollen die Leute sich in der Finsternis ruhig den Schädel einschlagen und dann mit ausgebreiteten Armen daliegen, denkt sich die Bundesregierung, sollen sie ruhig verkehrt herum gekreuzigt auf einer Vogelscheuche im Krautacker verenden – Hauptsache es schaut katholisch aus! Oder sollen am besten überhaupt alle daheim bleiben und Kinder kriegen, gibt die Bundesregierung die Parole aus, von uns kriegen die jedenfalls keine Straßenbeleuchtung, die ihnen dann vielleicht noch den falschen Weg von der Punschhütte bei der Kirche in die Disco von der gachblonden Wirtin hinüberleuchtet, wo sie dann blöd herumtanzen und herumschmusen, aber „Kruzifixnocheinmal!", schreit der Biermösel in die komplett unbeleuchtete Winterlandschaft hinein, „ich will ja gar nicht in die Disco hinüberfahren und herumtanzen und herumschmusen, ich will ja nur heim in den Auerhahn!"

Schon muss sich der Biermösel wegen der ganzen Verzögerungen und Selbstfaller auch um sein noch relativ gutes Verhältnis zur Roswitha Sorgen machen, die sich umgekehrt hoffentlich auch schon ein paar Sorgen um ihn macht. In den 35 Jahren geschwisterlichen Zusammenlebens und häuslicher Routine ist er ja nur eine einzige Nacht nicht nach Hause gekommen, und da hat er an ihrer rasenden Eifersucht gemerkt, dass sie ganz und gar nicht auf ein Leben ohne ihn eingestellt ist. Das hat ihm dann schon sehr gut getan, auch wenn er neuerdings das blöde Gefühl hat, dass sogar die Roswitha den Kopf in den Wolken trägt, wenn sie ihm am Abend den Schweinsbraten serviert. Sind denn auch ihre Gedanken bei einem anderen, fragt er sich besorgt.

Kann ja sein, dass er manches Mal sehr streng mit seiner Schwester umgeht und das Regelwerk der häuslichen Routine vielleicht manches Mal ein bisserl zu eng schnürt, das kann schon sein. Vielleicht könnte er da und dort in Zukunft die eine oder andere Schraube wirklich ein bisserl lockern, allerdings ist das jetzt nicht der richtige Zeitpunkt und ganz sicher der falsche Ort, um Schrauben zu lockern, der Gefriertod kriecht ihm schon zu tief ins Knochengebälk hinein, als dass der Mensch noch gute Vorsätze fassen könnte.

„Gibt es denn keinen Gott da oben bei den Sternen, der mich rettet?", schreit er verzweifelt.

Da ertastet er prompt inmitten der ganzen schwarzen Tinte, in der er sich zu verlieren droht, die Satteltasche von seiner Fips, und wie dem Jointler das Haschisch fährt dem Biermösel die Hoffnung zurück in die Venen.

„Also doch?" fragt er sich kleinlaut.

Wenn nämlich jetzt die mitgebrachte Schnapsflasche in der Satteltasche noch unversehrt ist, und wenn er mit der jetzt eine weitere Schachtel von den Pillen vom Doktor Krisper hinunterspülen kann, die ihm immer besser schmecken, dann will er vielleicht doch noch an einen Gott glauben, und – Simsalabim! – schon ertastet er die unversehrte Flasche!

Kaum dass der Biermösel seinen neu gefundenen Gottesbeweis umfasst, schlägt er dankbar das Kreuz und schreit aus voller Kehle zum Himmel hinauf:

„Danke, lieber Gott! Bist ein klasser Bursche!"

Ganz ohne spirituellen Halt kommt der Mensch nämlich in so einer ausweglosen Situation dann doch nicht aus, und bis jetzt hat Gott (und die Spirituosenindustrie) noch keinen besseren Halt im Todeskampf entwickelt als die wohlgeformte Schnapsflasche.

Nachdem der Biermösel die Schnapsflasche ratzeputz geleert und die Pillen dazu mit steigendem Genuss geschluckt hat, werden ihm die Augen ganz schwer, und mit „Schlafe, Kindlein, schlafe süß, und jetzt deine Ruh genieß" singt er sich selbst in den Schlaf, bis ihm der Sabber aus den Mundwinkeln auf den Wetterfleck rinnt. Mit einem Kinderlied auf den Lippen stirbt es sich einfach leichter. Schön warm wird es ihm von den Füßen herauf, so gut ist es ihm schon lange nicht mehr gegangen.

„Gute Nacht, schöne Welt“, verabschiedet er sich in seiner kompletten Verweichlichung. „Du warst nicht immer gut zu mir. Aber drauf wird jetzt auch geschissen.“

Falsches Fest

Lange war der Biermösel noch nicht halbtot, da reißen ihn schon wieder näher kommende Motorengeräusche aus dem wohligen Dämmer der tiefen Finsternis, in die er abgetaucht war, und stoßen ihn zurück ins Leben. Nacheinander rasen sie auf einmal alle wie die gesengten Säue an ihm vorbei – der Bürgermeister, der Seebachwirt, der Landtagsabgeordnete von der „Hilf dir selbst, wir helfen dir nicht!"-Partei samt dem Gebietsvertreter von der Knochenbruch-Versicherung am Beifahrersitz, und als Nachhut gewissermaßen, aber immer noch mit weit über 100 Sachen, sogar der alte Wollatz in seinem Puch 500. Wie der geölte Blitz donnert er knapp an ihm vorbei, mit einem Karacho, das den Hirschen im Wald die Paarhufe auszieht. Kein Wunder, denkt sich der Biermösel, dass der so schwer zu erreichen ist.

Nachdem die Karawane der „Kreuzritter vom Sir Irish Moos", wie er sie nennt, an ihm vorübergezogen ist und die Abgase sich im Schnee zum anderen Dreck dazugesellen, ist es wieder still um ihn herum, und der Biermösel verliert bald jedes Gefühl dafür, wie lange diese Stille schon anhält. Liegt er seit drei Minuten da, oder sind es schon 300.000 Jahre?

„Mir doch wurscht!", denkt er sich jetzt, wo er dem Erfrierungstod immer mehr abgewinnen kann. Leicht wie ein Baby im Wasser fühlt er sich, und obwohl ihm eigentlich immer kälter werden sollte, wird es ihm immer wohliger und wärmer, „Danke, lieber Gott", wendet sich der Biermösel in einer Art Dankgebet an den da oben, „der Erfrierungstod ist eine wirklich erstklassige Einrichtung."

Dann taucht er ab. Langsam sinkt er hinunter in ferne, ungekannte Welten. Seltsam, denkt er sich, dass es hinuntergeht und nicht hinauf. Seltsam, denkt er sich auch, dass er nicht fliegt, sondern schwimmt. Aber wurscht, denkt er sich, Hauptsache warm ist es. Und wie er den schweren Brummschädel schwach zur Seite legt, da sieht er – das Licht.

„Das Licht", stammelt der Biermösel glücklich wie das Kleinkind, das zum ersten Mal den Christbaum sieht, „das schöne orange Licht."

Von einem orangen Licht war aber in den Nahtoderfahrungsberichten im Nachmittags-Staatsfunk nie die Rede, also hätte der Biermösel skeptisch sein müssen, wie er das Licht näher kommen sieht. Der Biermösel ist aber nie skeptisch, wenn er besoffen ist. Und jetzt ist er schon so besoffen und so sehr auf den nahenden Erfrierungstod eingestellt, dass er erst gar nicht sieht, dass es sich beim näher kommenden Licht um den als U-Boot verkleideten Unimog vom Lindbichler handelt. In jahrelanger Kleinarbeit hat der sein Dienstfahrzeug von der Straßenmeisterei mit tausenden Glühbirnen in eine täuschend echte Nachbildung der Nautilus verwandelt, besser als der Windschutz auf seinem Dienstfahrzeug schaut das aus, und darum sieht ihm der Biermösel diesen Weihnachtsbeleuchtungsexzess auch gerne nach, wie er dem Lindbichler überhaupt alles nachsieht. Er ist ihm jetzt nicht einmal böse, dass er ihn aus seiner wohlig-warmen Nahtoderfahrung zurückholt!

„Servas Biermösel, was machst denn du da?", fragt der Lindbichler deppert, wie er aus seinem Unimog herausspringt und den Biermösel aus seinem weißen Grab schaufelt.

„Nach was schaut's denn aus?", fragt der Biermösel deppert zurück, die Chemie zwischen ihnen beiden stimmt einfach.

Wie die Anni früher sein Scheißhaus, räumt der Lindbichler dann schnell, schnell alles zusammen, was nach dem Durchzug der „Kreuzritter vom Sir Irish Moos" auf der Straße herumliegt – Bierdosen, umgerissene Hinweisschilder, den einen oder anderen Hirschkadaver, Zigarettenschachteln, hochhackige Schuhe, hochprozentige Schnapsflaschen, alles kommt auf die Ladefläche vom Unimog. Und dann schnappt er endlich mit seiner rechten Hand, die den Biermösel neidvoll an die seligen Zeiten denken lässt, wie er selbst noch ein Rübezahl war, ihn selbst und wuchtet ihn auf seine linke Schulter, bevor er mit der linken Hand die Triumph greift und sie auf seine rechte Schulter wuchtet, genau so, wie er es schon zu Allerheiligen getan, als er den Biermösel nach drei Tagen Todeskampf endlich im Acker vom Brunner-Bauern gefunden und von der Vogelscheuche heruntergepflückt hat wie die reife Frucht vom Baum, nachdem zuvor der halbe Ort an ihm vorbeigefahren ist, ohne ihn zu retten.

Fast wie der Bodybuilder seine zwei gebräunten und blondierten Weiber trägt der Lindbichler den Biermösel und die Fips jetzt auf seinen Schultern zurück ins Leben und stellt sie hinter seinem U-Boot wieder auf. Und weil er aufs Saubermachen trainiert ist, wischt er dem Biermösel auch gleich noch den Sitz trocken, guter Mensch, der er ist, und setzt ihn in Fahrtrichtung darauf. Hauruck schiebt er ihn an wie ein olympischer Zweierbob-Bremser in Innsbruck-Igls seinen Bob, eins-zwo, eins-zwo, und endlich springt der Motor von der Fips wieder an, gemma, gemma! Es gibt, denkt sich der Biermösel immer wieder, auf der ganzen Welt keinen besseren Menschen als den Lindbichler, wenn der endlich eine Religion gründen täte, er täte ihm ungeschaut nachfolgen!

Wie das U-Boot durch die kalten Gewässer der arktischen See, pflügt der Lindbichler dann mit seinem Unimog durch die ungeheuren Schneemassen vom Ausseer Land, und wie der Moses das Meer, teilt der Lindbichler die weiße Flockenpracht, während der Biermösel im Windschatten hinter ihm herrast, Erste, Zweite, Dritte, Vierte und endlich zumindest Windschatten, wenn schon keine Aerodynamik, herrlich ist das, es ist einfach immer wieder unbeschreiblich!

Auf einmal erinnert sich der Biermösel mit dem neu gefassten Lebensmut, dass er ja neben dem Gottesbeweis auch noch irgendwo ein Schmalzbrot haben müsste, das er vorgestern zunächst verschmäht und in der Satteltasche zwischengelagert hat, weil die Roswitha in der Früh zwar brav die Grammeln und die Zwiebeln auf das zentimeterdick geschmierte Schmalz draufgelegt, dann aber vergessen hat, dass sie es noch mit der Prise Salz extra veredeln muss, damit ihm das Ganze auch perfekt schmeckt. Der Biermösel holt jetzt das Schmalzbrot aus der Satteltasche heraus und hält es kurz unter den großen Salzstreuer, der hinten am Unimog dranhängt, und dann verschlingt er es mit einem einzigen Bissen. So ein gesalzenes Schmalzbrot nach der unverhofften Auferstehung ist fast besser als ein Schwamm mit Essig.

Was aber ist mit seiner Schwester los, fragt er sich wieder, dass sie in letzter Zeit einen Fehler nach dem anderen macht und dauernd aus der häuslichen Routine ausschert wie jetzt der Lindbichler mit seinem U-Boot, der beim Christophorus-Marterl abzweigt und nach Goisern hinüberfährt ins Puff, wo er die Franzi Kubelik besuchen wird, die dort Einläufe mit Zwetschkenkompott verabreicht, obwohl sie lieber Liftboy geworden wäre (aber versuch Liftboy zu werden in diesem Land!).

„Servas Biermösel!", hört er den Lindbichler schreien, wie er mit seinem U-Boot in die Tiefen der Wälder hinein verschwindet.

„Servas Lindbichler!", schreit ihm der Biermösel hinterher, mit einer tiefen Dankbarkeit im Herzen, weil er ihn schon wieder gerettet hat.

Ganz ohne seinen Stern von Bethlehem vor sich wird der Landeanflug auf den Auerhahn jetzt aber kein Kinderspiel, weiß er aus einer gewissen leidvollen Erfahrung heraus. Hinter welcher immensen Schneeverwehung könnte er sich denn heute ungefähr verstecken, lautet die alles entscheidende Frage.

Wie der Jumbojet-Pilot im dichten Nebel beim Anflug auf die Arktis kommt er sich vor, „Biermösel, Biermösel an Roswitha, erbitte Landerlaubnis. Biermösel, Biermösel an Roswitha, wo bist du denn, häng doch bitte endlich die Laterne heraus!", funkt er gegen den pfeifenden Nordwind an. Aber natürlich, wenn man sie einmal brauchen könnte, hört man nichts von den Weibern. Zeit wird es, denkt er sich, dass er endlich ein Zeichen setzt und beim Auerhahn eine 100 Meter hohe Rotbuche als Christbaum aufstellt und sie mit 1000 Blaulichtern behängt, das ganze Jahr über, als Rache für den Silbertannenbaumwahnsinn der katholischen Kirche einerseits, als Orientierungshilfe für ihn andererseits. Aber für heute muss er den Weg noch ohne finden, also reißt er sich – wieder einmal ganz auf sich allein gestellt –, die Schibrille herunter und hängt sich seitlich auf die Fips wie der Indianer auf sein Halbblut. Er hält den Riechkolben in den Wind und stellt die Lauscher auf Empfang, aber da ist nichts. Der furchtbare Lärm aus der Gaststube, der sonst seine entzundenen Ohren quält; der liebliche Schweinsbratenduft aus dem Bratrohr, der ihn normalerweise die Witterung aufnehmen lässt; der Rauch aus der Selch, der ihm für gewöhnlich von weitem in den Augen brennt – die ganzen verlässlichen Koordinaten, mit denen er sich an normalen Tagen orientiert, sind verschwunden, Kruzifixnocheinmal, was ist denn heute los?

Auf einmal merkt der Biermösel mit einem gewaltigen Schnalzer, dass er gar nicht mehr so weit vom Zielflughafen weg gewesen ist, wie er geglaubt hat. Unverhofft staucht es ihn gewaltig zusammen. Heute aber nicht deshalb, weil er willentlich und wissentlich die Schleife um den Buchenscheiter-Nordturm auf seinem Schießstand hinter dem Auerhahn gezogen hätte und dann dagegengekracht wäre, sondern weil er überraschend in der kompletten Orientierungslosigkeit gegen die schwere Eingangstür vom Auerhahn gekracht ist und sich schon wieder so unglaublich den Schädel angehaut hat, dass ihm bald auch die gelben Tabletten vom Doktor Krisper nicht mehr helfen werden.

Der rot-weiß-rote Windschutz hat natürlich auch nichts von der gewaltigen Energie abfedern können. Und wie der Biermösel dann endlich in seiner Schreckensstarre in Kombination mit der Kältestarre wie ein Fischstäbchen seitlich von seiner Fips hinunterfällt, da fragt er sich schon, warum sein Leben ausgerechnet vor Weihnachten immer zum Kreuzweg wird. Aber pass auf, Biermösel, falsches Fest! Du tanzt die ganze Zeit am komplett falschen Fest!

Versuchung

Wie der Biermösel dann knapp vor Mitternacht im dichtesten Schneetreiben und steifsten Nordwind über eine Viertelstunde lang halb verhungert und fast ganz erfroren von draußen gegen die Holztür poltert, wie er dabei immer wieder mit der Schulter und mit der Faust und mit dem breiten Kreuz dagegenrennt wie der Esel gegen den Zaun, da ist es einzig und alleine die immense Vorfreude auf das späte Abendmahl, die ihn noch die Kraft dafür finden lässt, weil: Wie der Jesus drinnen in seinem Grab auf seine Auferstehung, so freut der Biermösel sich jeden Tag auf sein Nachtmahl, das natürlich auch heute wieder ein Schweinsbraterl sein wird, genauso wie am Heiligen Abend die Weihnachtsgans und am Ostersonntag das Osterlamm ein Schweinsbraterl sein werden; was gut ist, soll eben gut bleiben!

Und wie der Biermösel dann endlich doch noch die Tür zur Gaststube im Auerhahn mit seinem gewaltigen Dickschädel aufstößt wie der Ritter im Mittelalter mit dem Rammbock das Burgtor, wie er dann halbtot hereinstolpert in die Wirtsstube und die eisigen Stürme ihn herumwerfen wie die weggeworfene Zeitung im Windfang, da ist es wiederum nur der Gedanke an den Besoffenen Kapuziner, der ihn sich der Selbstaufgabe widersetzen lässt, weil die Roswitha das Gottesgeschenk hoffentlich wieder im Most geradezu ertränkt und im Schlagobers praktisch erstickt hat, bevor sie es ihm verspätet, aber doch gleich servieren wird.

Und wie er sich jetzt mit der allerletzten verbliebenen Kraft doch noch von innen gegen die Tür stemmen und sie zudrücken kann, bevor der Nordwind den ganzen Schnee von der Frau Holle meterhoch hereinbläst und ihm dann auch der gute Mensch Lindbichler in seinem Unimog nicht mehr helfen kann, da ist es nur die gewaltige Vorfreude auf den Lebkuchen mit Streusel, den ihm die Roswitha immer in die Keksdose auf seinem Nachttisch als Betthupferl hinstellt, die ihn die Kraft dazu finden lässt.

Aber wo den Biermösel sonst die harte Faust der Buchenscheiter-Hitze aus der Küche empfängt, wenn er aus der Kälte nach Hause kommt, da packt ihn heute ganz ungewohnt nur die eisige Zugluft aus der zugefrorenen Hölle am Schlafittchen, es ist so kalt da herinnen, dass der Biermösel den Wetterfleck erst gar nicht in die Ecke schmeißen und „Roswitha! Das Schwein!“ rufen kann. Die lose Glühbirne im Hirschgeweihluster flackert in ihren letzten Zügen, die Buchenscheiter im Kachelofen sind eingefroren, eine dicke Schicht Raureif hat sich über die gesamte Möblierung gelegt, aber am schlimmsten und wirklich beängstigend: Kein Schweinsbraterlduft umweht heute seine empfindliche Nase, sondern nur der furchtbare Gestank von faulen Eiern. Da kann er seiner Schwester die Frage wirklich nicht mehr ersparen:

„Roswitha! Bist denn du deppert?“

Verdächtig hätte es ihm schon seit Tagen vorkommen müssen, sinniert der Biermösel jetzt, wie er sich den Wetterfleck über den Schädel zieht und die Pratzen noch tiefer in den Säcken von seiner Lodenhose bunkert, dass die Roswitha seit ein paar Tagen so fröhlich ist, so fröhlich, so fröhlich, so fröhlich war sie nie. Wie wenn sie 16 wäre und sich in einen Jungbauern vom Jungbauernkalender verliebt hätte, der bei ihr in der Küche herumhängt (und den er ihr heute noch herunterreißen wird!). Ein, zwei Tanzschritte hat sie immer wieder eingelegt, wenn sie aus der Küche herausgekommen ist und ihm der häuslichen Routine folgend das Nachtmahl aufgetischt hat, so weit war alles vorschriftsmäßig. Aber wenn sie dann brav und folgsam abgeräumt hat, dann hat er sie in den letzten Tagen immer wieder beschwingt mit dem Arsch wackeln gesehen, und das sicher nicht wegen ihm.

„Richtig!“, hört der Biermösel auf einmal eine tiefe Bassstimme, tief wie aus dem Loch in seinem Zahn hört sie sich an, und da zuckt sogar er hart gesottener Ordnungshüter zusammen wie die Jungfrau in der ersten Nacht. Aber selbst mit den zusammengekniffensten Adleraugen vermag er dann in dem diffusen Licht keinen zu erkennen, dem diese Stimme gehört.

„Wird doch nicht der geschnitzte Herrgott im Winkel mit mir reden", fragt er sich besorgt.

„Geh sei doch bitte nicht so deppert, Biermösel!", hört er wieder den tiefen Bass antworten, obwohl er den gar nicht gefragt hat. „Was soll denn der Jesus Christ Superstar mit dir reden, der spielt in einer anderen Liga, andere Augenhöhe, andere Wellenlänge, das ist ja Hoffart, wenn du glaubst, dass der mit dir redet!"

Da endlich entdeckt der Biermösel am Stammtisch, wo sonst die Vertreter der unwürdigen Berufe sitzen, drei Jäger. Scheinbar unorganisiert und ohne jede Absicht sitzen sie da, aber such einen Jäger, der unorganisiert und ohne jede Absicht dasitzt, es wird dir nicht gelingen! Schon mit ihrer schlichten Anwesenheit signalisieren sie ihm, dass sie den Schweinsbraten zurückdrängen und das Wildbret salonfähig machen wollen, also Alarmstufe Rot.

Der Biermösel behält die drei seltsamen Gesellen aus den Augenwinkeln heraus im Auge, wie er sich endlich auf sein Schafwollpolsterl im Herrgottswinkel setzt, das zwar auch eingefroren ist, aber das braucht er jetzt sowieso nicht. Er braucht den gußeisernen Aschenbecher, den er jetzt auf Verdacht aus der Hüfte heraus in Richtung Stammtisch hinüber feuert, bevor das depperte Gerede von dort drüben zur schlechten Gewohnheit wird, und zack! Schon sitzt der Wortführer wie von ihm beabsichtigt mit gespaltenem Schädel da, aber entgegen seiner Absicht fällt er nicht auseinander, der blöde Hund sitzt einfach nur weiter ruhig da und stopft sich mit deppertem Grinsen seine Jägerpfeife. Sapperlot, denkt sich der Biermösel, so was hat er dann auch noch nie gesehen!

Da wird sich die Roswitha was anhören können, macht der Biermösel jetzt die Roswitha für die seltsamen Ereignisse verantwortlich, wenn er ihr am Heiligen Abend den alljährlichen Beschwerdekatalog vorträgt, erweitert um die heutigen Abweichungen von der häuslichen Routine, „Herrgottnocheinmal, Roswitha!", schreit er, „wo bleibst du denn heute, und wo bleibt das Schwein?!"

Dass die drei Jäger dort drüben am Stammtisch heuer ihre Weihnachtsfeier bei ihnen abhalten wollen, das schließt der Biermösel nach einer ersten Ad-hoc-Einschätzung der gefährlichen Lage eher aus. Im Auerhahn gibt es nämlich keine Weihnachtsfeiern, das weiß auch ein jeder, der sich ein bisserl mit Weihnachtsfeiern in der Gegend beschäftigt. Gott sei Dank waren er und die Roswitha nämlich so gescheit und haben sich den Wahnsinn mit den verlässlich aus dem Ruder laufenden Weihnachtsfeiern und den damit einhergehenden Verwüstungen und ruinierten Ehegemeinschaften erst gar nie angefangen. Versicherungsmakler, Bankkaufleute vom Format eines Jackpot Charlie, Orthopäden, Architekten, Geistliche und politische Versager, alle haben sie schon bei ihnen angefragt, ob sie das Schweinsbraterl in seiner weihnachtlichen Reinheit im Rahmen einer Feier bei ihnen verschlingen dürfen. Aber der Biermösel hat es immer abgelehnt, dass sich die Roswitha zum Erfüllungsgehilfen dieser Unart namens Weihnachtsfeier macht, weil er es im Grunde immer komplett abgelehnt hat, dass er das Schweinsbraterl mit anderen teilen muss. („Aber wehe!", hat er die Roswitha dann einmal angeschrien. „Wehe wehe, wenn einmal der Schlachthof oben in Wels, Unterabteilung Schwein, anruft und seine Weihnachtsfeier bei uns veranstalten will, dann machst du gefälligst eine Ausnahme, verstanden, weil mit denen könnte ich mich auch einmal gut unterhalten, mit dir weiß ich ja oft genug überhaupt nicht mehr, was ich reden soll!")

Halleluja, denkt sich der Biermösel und kratzt sich verschämt hinterm Ohrwascherl, manchmal hat sich die Roswitha schon was anhören können!

Jetzt sitzen also Jäger dort, wo noch nie Jäger gesessen sind, muss sich der Biermösel mit der neuen Situation abfinden, obwohl diese fehlgeleitete Bagage normalerweise das Schwein meidet und den Tempel vom Schwein erst recht. Drei besoffene Jäger also anstatt dreier Besoffener Kapuziner, auf die er sich schon so gefreut hat. Geduckt sitzen sie dort drüben unter ihren Gamsbarthüten, hinterfotzig paffen sie an ihren gebogenen Pfeifen, das Schießgewehr immer in Griffweite. Still wie in einem Gemälde sitzen sie da und schauen ihn aus ihren toten Augen heraus an, sodass es dem Biermösel auf einmal einen kalten Schauder über den Rücken jagt, wie er ihn nicht mehr gekannt hat, seit ihn der Ausbildner in der Gendarmerieschule oben in Linz im Winter bei offenem Fenster und minus 30 Grad Außentemperatur kalt duschen geschickt hat, er und der Grasmuck waren nämlich die einzigen zwei Aufrechten inmitten von 120 anderen Schweinderln im Schlafsaal, die ein Nachthemd getragen haben anstatt einen Pyjama, der Mensch kommt im Nachthemd einfach schneller aufs Klo, um den selbsternannten Ästheten im Ausbildner haben sie sich mit ihren ganzen Problemen unten herum wirklich nicht kümmern können! Und auch um das Gekichere und Gelächter der Kameraden nicht, das genauso höhnisch war wie jenes, welches er jetzt von den drei Jägern herüber hört.

„Lachts nicht so deppert!“, schreit der Biermösel sie an.

Die lachen aber trotzdem deppert, und sie zeigen sogar mit ihren verdorrten Fingern auf ihn.

„Ein Nachthemdträger!“, hört er sie lachen.

„Na und!“, schreit der Biermösel sie an und öffnet langsam das Halfter von seiner Glock, jetzt wird es nämlich persönlich. Er hält vorsichtig die Hand drauf und zieht mit der anderen die Doppelläufige langsam zu sich her. Dann riskiert er einen kurzen Blick durch die Schwingtür hinein in die Küche, wo normalerweise die Roswitha hinter dem Herd steht, aus dem wiederum normalerweise der heiße Saharawind herausströmt und ihm den Duft vom Schweinsbraterl in die Nase weht, sodass ihm jedes Mal wieder das Wasser im Mund zusammenläuft, wenn er nur daran denkt.

Aber heute ist alles anders, muss er feststellen. Heute lodert im Herd nicht einmal das Feuer, was die letzten 35 Jahre noch nie vorgekommen ist, und jetzt muss er endgültig ein bisserl lauter werden:

„Roswitha, du Trampel! Wo bleibt denn heute das Schweinsbraterl?"

Aber auch dieser verzweifelte Schrei wird von der Roswitha nicht erwidert. Nicht einmal ihr lautes Schnarchen hört er, das ihm sonst oft den Schlaf raubt und das in seinem Beschwerdekatalog ganz oben steht. Wie es ausschaut, ist der Biermösel mit den drei Jägern ganz alleine da herinnen in der Wirtsstube, und schön langsam scheißt er sich ein bisserl in die Hosen, wenn er sich die Situation vor Augen führt. Wie die NATO und der Warschauer Pakt stehen sich unversöhnlich die zwei Blöcke einer natürlich gewachsenen Feindschaft gegenüber, die auch vor Weihnachten keine Aussicht auf Versöhnung kennt, wie der gesetzliche Mindestlohn und der freie Markt stehen die Jäger und die Biermösels zueinander.

Es gibt nämlich auf der Welt keine feigere Brut als die Jägerschaft, ärgert sich der Biermösel jedes Mal wieder, wenn er einen Jäger sieht. Lauern, tarnen, täuschen, aus dem Hinterhalt heraus feuern, dann meistens nicht einmal richtig treffen, dann das angeschossene Wild nicht finden und am Schluss jede Schuld von sich weisen – so sind die Jäger.

Jedes Mal, wenn der Biermösel auf seinen Streifendiensten an der langen Gerade drüben im Silbertannenwald einen Jäger aufspürt, juckt es ihn ganz ordentlich in der Schusshand, dass er ihn packt und 100 Meter von sich entfernt aufstellt wie der

Charles Bronson im Wilden Westen den Peter Fonda. Dann täte er sich den Hut tief ins Gesicht ziehen, den Wetterfleck hinter das Halfter von der Glock ein bisserl zur Seite schieben, mit den Bergschuhen langsam die Zigarette ausdämpfen, und dann – halleluja! – täte er mit einem eingesprungenen Biermösel die Glock aus dem Halfter reißen und aus der Hüfte heraus feuern, peng, peng, peng!

Daran denkt der Biermösel jedes Mal, wenn er einen Jäger sieht. Aber die Jäger sind immer sofort ganz Bambi, wenn ihnen der Biermösel über den Weg läuft und sie zum Duell fordern will. Da sind sie sofort mit ihrem Jägerlatein am Ende, wenn er ihnen mit seinen zusammengekniffenen Augen und seiner furchteinflößenden Aura ihren angestammten Platz in der Hundeecke zuweisen möchte, bevor er mit seiner unverhohlenen Verachtung die eindeutige Botschaft nachschickt wie normalerweise der Jäger den Jagdhund zum waidwunden Wild:

Ich bin der Herrscher über den Wald!

Heute aber ist gar nichts furchteinflößend am Biermösel, heute ist er nur müde und schwach. Auf einmal will er nur noch schlafen, was wirklich noch nie vorgekommen ist, wenn er nicht vorher das Schweinsbraterl verschlungen hat. Der Biermösel muss so furchtbar gähnen, und unverhofft hat er das sehr depperte Gefühl, dass seine Seele aus seinem geknechteten Körper heraustritt und hinüber zum Selchofen fliegt, und wie er dann seinen schweren Schädel hebt und hinschaut, sieht er, dass dort auf einmal „Seelchenofen" draufsteht anstatt wie sonst immer „Selchofen", und auf einmal sind ein vierter und fünfter Jäger auch noch da, und die räumen den gut abgehangenen Selchspeck und die harten geselchten Schweinswürste heraus und stattdessen das Wildbret hinein, und zwar direkt neben seine Seele, die da jetzt drinnen hängt wie ein Gefangener, der per Folter an das ganze Wildbretteufelszeug gewöhnt werden muss, kann denn das sein?

„Na sicher, du Hosenscheißer!"

Schon merken die Jäger am Stammtisch, dass es mit dem Biermösel körperlich bergab geht, wenn ihn seine Seele nicht mehr stützt, und sie hoffen, dass er bald so weit sein wird und dem Schwein abschwört. Langsam stecken sie ihre Pfeifen in die Lodenjacken, sie richten sich den Gamsbarthut gerade und strecken ihre gierigen Pranken lockend nach ihm aus.

„Komm herüber zu uns, Biermösel!", raspeln sie Süßholz, „Komm, komm, komm!"

„Ist es schön bei euch?", droht der Biermösel dem Locken schon zu erliegen. „Und krieg ich dort was zu essen?"

„So viel du willst!"

Der Biermösel richtet sich schon auf und will hinübergehen. Aber weil er so schwach ist, kann er die Gase nicht mehr an sich halten, und ein Junggesellenlied fährt ihm in die Hose, so ordinär und laut, wie auch er es nur selten schafft. Durch den nachhallenden Donner aber ist er auf einmal wieder hellwach, und er hört, wie der Anführer von den Teufeln ihn wütend anschreit: „Im Jenseits wird aber nicht gefurzt! Das mögen sie weder im Himmel noch in der Hölle, wenn dort drüben aus allen Löchern geschossen wird!"

„Aber wenn dort drüben nicht gefurzt wird, dass der Luther vor Freude springt", schießt der Biermösel aus allen Rohren zurück, „dann bleib ich sowieso lieber da, damit das auch einmal klar ist!"

Da ist es auf einmal noch stiller als still, und der Biermösel kann sehen, wie die drei Jäger ihre Köpfe zusammenstecken und sich furchtbar ärgern über den einen, der das Maul zu weit aufgerissen und so dem Biermösel wieder Kraft eingeflößt hat, und mit bloßen Händen zerreißen sie ihn, Himmelmutter hilf!

Erst jetzt fällt dem Biermösel auf, dass er bei den vier verbliebenen Jägern den heißen Atem nicht sieht, der normalerweise wie bei der Kuh im Stall als weißer Nebel aus den Nüstern in die kalte Luft hinausströmt, und er fragt sich besorgt:

Sind denn das überhaupt Jäger? Oder sind das vielleicht die lebenden Toten, von denen er im Nachmittagsfernsehen vom depperten Staatsfunk schon so viel gehört hat? Und wenn ja, was wollen die von ihm?

„Komm endlich herüber zu uns", folgt postwendend die Antwort, und er sieht sie mit ihren grauslichen Pratzen nach ihm greifen. „Komm herüber, herüber, herüber, und wir reden nicht mehr über deine Sünde."

„Welche Sünde denn?", fragt der Biermösel und stellt sich blöder, als er ist.

„Der kapitale Hirsch im Spätherbst."

„Und weiter!", schreit der Biermösel.

„Na, du hast ihn über den Haufen geschossen, und das tut man einfach nicht!"

Der Biermösel greift nach der Doppelläufigen und will auf sie ballern, aber da sind sie schon wieder schneller: Wie von Zauberhand serviert, steht auf einmal ein Rehrücken vor ihm auf dem Tisch, und wenn er nicht so einen Hunger hätte, täte er sich sofort anspeiben. Aber unter diesen Umständen? Er schämt sich fürchterlich, dass ihm jetzt wegen einem Rehrücken das Wasser im Mund zusammenläuft, und nur mit einem übermenschlichen Kraftakt kann er sich mit seiner gewaltigen Pratze eine runterhauen und sich selbst vor dem Fehlgriff bewahren, und mit Tränen der Wut in den Augen schreit er die Jäger an:

„Führet mich nicht in Versuchung! Bitte, führet mich nicht in Versuchung! Den nächsten Hirsch werde ich schultern und auf der Fips ins Landeskrankenhaus bringen, ich schwöre, aber führet mich jetzt bitte nicht in Versuchung!"

Da haben die drei Jäger ein bisserl die Schnauze voll von seiner Resistenz. Sie packen ihre Pfeifen zusammen und rücken ihre Gamsbarthüte zurecht. Dann stehen sie auf, langsam wie

Zombies, und wie sie in seine Richtung herkommen, sieht der Biermösel, dass sie alle trotz Sauwetter gar keine Bergschuhe tragen, sondern nur Hufe, und jetzt kapiert er endlich, dass das gar keine Jäger sind und auch keine lebenden Toten, sondern nichts weniger als eine Abordnung von Teufeln direkt aus der Hölle.

„Komm mit uns, Biermösel", locken ihn jetzt alle fünf Teufel mit süßlicher Stimme, wie Vertreter von der Ackerbau- und Viehzuchtbank betteln sie, die ihm dauernd einen Bausparvertrag andrehen wollen. „Dir hängt doch eh schon der Magen bis zu den Knien hinunter, also sei doch nicht so stur und hau dir endlich einen Rehrücken hinein oder ein Hirschragout mit Blaukraut oder was immer du willst, Hauptsache ein Wildbret!"

„Sicher nicht!", wehrt sich der Biermösel verzweifelt und versucht sie mit schwachen Tritten zu vertreiben. „Sicher nicht!"

„Jetzt sei doch nicht so stur und folge uns nach!", säuselt der sechste Jäger, der auf einmal auch wieder da ist, obwohl sie den gerade vorhin zerfetzt haben, und er erzählt ihm, dass sie ihn hinaufführen werden zum Gebirgskamm und ihn von dort oben auf das stille Örtchen Goisern im braunen Gatsch drüben hinunterschauen lassen wollen, wo sie ihm drüben im Puff von der Gachblonden alle verfügbaren Weiber auftischen könnten …

„Ich will die Anni!", schreit der Biermösel.

„Also gut, dann kriegst halt die Anni!", sagt der Anführer schon ein bisserl angespeist. „Du wirst mit ihr auf dem Schaffell vorm Kamin neben einer als Christbaum geschmückten Rotbuche für die Weihnachtsnummer vom „Sex ohne Zensur"-Magazin fotografiert werden, wenn du das unbedingt willst, kurz: Wir erfüllen dir jeden von deinen peinlichen Wünschen, wenn du nur endlich …"

„Wenn ich endlich *was*?", fragt der Biermösel schwach.

„Ja wenn du halt in Teufels Namen endlich auf unsere Seite herüber wechselst, dem verdammten Schwein abschwören und zu Weihnachten als Zeichen deiner Umkehr einen Hirschschlögel oder wenigstens den geschmorten Hasen verschlingen tätest, jedenfalls keinen Schweinsbraten!"

Da streckt der Biermösel erschöpft die Flügerl aus und klammert sich mit seinen beiden Pranken an die Lehne von der Holzbank hinter ihm. Er wirft den Schädel zurück und schaut hinauf zum gekreuzigten Herrn Jesus Christus, der über ihm hängt, im Prinzip in derselben blöden Lage wie er. Und wie er sich jetzt seine Pratzen links und rechts anschaut, sieht er sogar schon die Löcher in seinen Handflächen und das dicke rote Blut herausrinnen, bald ist es wirklich so weit, dass er dem Schwein abschwören und „Es ist vollbracht!" schreien wird.

Stattdessen aber richtet er sich noch einmal mit letzter Kraft auf und schreit die Bande an:

„Ich widersage! Habt ihr mich verstanden? Ich widersage! Ich widersage!" Und wie wenn er vom Doktor Krisper medikamentös endlich richtig eingestellt worden wäre, springt er in die Selchkammer hinein, reißt seine Seele heraus und schluckt sie wieder hinunter. Dann greift er nach zwei ordentlich geselchten harten Schweinswürsten, die er aber nicht in den Mund hineinstopft und mit Genuss verschlingt. Er kreuzt die zwei Trümmer vielmehr und hält sie der verteufelten Jäger-Bande vors Gesicht, und dann schreit er „Harte Würste!" anstatt richtigerweise „Weiche, Satan!". Das genügt, die teuflischen Jäger haben seine Botschaft verstanden. Sie lösen sich in einer gewaltigen Stichflamme auf und ziehen durch den Rauchfang vom Holzofen ab, in dem die Roswitha sonst dem Schwein noch einmal Vollgas einheizt, und der Biermösel schreit in seiner immensen letzten Erleichterung, die den ganzen Auerhahn erzittern lässt:

„Herrgott, Roswitha! Wo bleibt denn heute das Schweinsbraterl? Musst du es erst erfinden?!"

Nachbarn in Not

Die Nacht dann natürlich furchtbar! Die Roswitha ein einziger eiskalter Fisch drüben in ihrer Kammer, der kein einziges Mal sehnsuchtsvoll „Kommst du dann?" geschrien hat, wie er noch alleine unten in der Gaststube gesessen ist und gegen die furchtbaren Jäger-Teufel angekämpft und sie endlich heldenhaft zurückgedrängt und besiegt hat. Soll ihm ja keiner mehr daherkommen und von ihm verlangen, dass er dem Schweinsbraterl abschwört, da ist er dann trotz Verweichlichung immer noch ganz der Bud Spencer.

Die Roswitha aber hat ihm nicht geholfen, das wird notiert. Die Tür zu ihrer Kammer war verriegelt wie der Tresor von der Kirche in der Ackerbau- und Viehzuchtbank, sodass er sich das „BITTE NICHT STÖREN!"-Schild gleich selbst mit dazu hat denken können. Keinen Spalt breit war sie geöffnet, wie er mit letzter Kraft und schwer angeschlagen heraufgekrochen ist in den ersten Stock, aber weiter als bis Untergeschoss Fegefeuer hat er es dabei leider nicht geschafft, von der Himmelstür ist er heute weiter entfernt denn je.

„Das ist ja wirklich nicht normal!", ist der Biermösel jetzt endgültig ein bisserl sehr angefressen auf die Roswitha, „wie sehr du dich in letzter Zeit zum Schlechteren verändert hast!"

Seit die Roswitha nicht mehr pariert und springt wie ein Gämslein, wenn er nach ihr schreit, seit sie ihm nicht mehr alles zum Arsch trägt, was er von ihr verlangt, kurz: Seit sie ein bisserl sehr deppert geworden ist und sich mehr an der Neuzeit orientiert als am Alten Testament, ist ihm zusätzlich zu seiner sowieso schon komplett verfahrenen Lebensplanung auch noch seine bis dato wenigstens halbwegs verlässliche Tagesplanung entlang am Schweinsbraterl zu Hause im Auerhahn verloren gegangen.

Der Biermösel hat sich nach dem ganzen Chaos mit den Teufeln unten in der gefrorenen Hölle die Bergschuhe erst gar nicht ausgezogen, weil die Schuhbänder komplett vereist waren. Früher, muss er sagen, wie noch alles in Ordnung war zwischen ihm und seiner Schwester, ist halt sie immer bereitwillig in der ihr zugedachten Demutspose vor ihm in die Knie gegangen und hat ihm die Schuhe ausgezogen, wenn er selbst nicht mehr können hat, und auch die unvermeidliche Geruchsattacke hat sie dabei immer anstandslos akzeptiert (und wenn sie es nicht anstandslos akzeptiert hat, dann hat er sie halt angeschrien und ihr auseinander gesetzt, dass ein Gendarmenfuß kein duftendes Kräuterbeet ist, „du Trampel!").

Heute aber hat er sich nur schnellschnell selbst die Hose aufgeknöpft und selbstverständlich genau dort hinuntergelassen, wo er gerade gestanden ist, weil das auch ein eingespielter Usus zwischen ihnen beiden war, dass die Roswitha immer hinter ihm her rennt und alles wegräumt, wohingegen er überall stehen bleibt und alles fallen lässt, wie und wo es ihm gerade passt, ein echter Pluspunkt ist das bisher gewesen für die Roswitha. Dann hat er ein Flanellnachthemd vom Stapel mit der gebügelten Flanellwäsche draußen am Gang heruntergerissen und den ganzen restlichen Haufen hinuntergeschmissen, als Wink mit dem Zaunpfahl gewissermaßen, weil der Stapel auch immer kleiner wird, seit die Roswitha das Bügeln genauso vernachlässigt wie den zuvorkommenden Umgang mit ihm, ganz ganz dickes Minus! Und weil dann eh schon alles wurscht war, ist er ohne falsche Scham im Nachthemd und mitsamt den Bergschuhen an den Stinkern in die Kiste gehüpft. „Sind die Füße warm, ist alles warm!", hat ihn der Alte auch gelehrt. Außerdem gibt es ja sowieso weit und breit keine, für die es sich lohnen täte, dass er die Schuhe auszieht (und sich wäscht), schon die vierte Nacht liegt er einsam in seiner Kammer herum wie der Jesus Christus am Karsamstag in seinem Grab, der Jesus Christus und er sind sich halt wirklich in sehr vielem sehr sehr ähnlich, auch wenn sie sich in manchem gar nicht treffen – kann es denn wirklich sein, dass er der Sünderin verziehen hat?

Eingeschnappt auf den Herrn Jesus und seinen Hang zur Nachsicht mit den Weibern, schiebt der Biermösel seine Erstkommunionsbibel auf dem Nachtkasterl zur Seite. Weg mit dem irreführenden Ratgeber und seiner verweichlichten Linke-Backe-rechte-Wange-Weltsicht! Lieber klammert er sich an die Kekserldose auf seinem Nachttisch, die neben der wohlgeformten Schnapsflasche das einzig wirklich probate Mittel gegen die weihnachtliche Einsamkeit ist, allerdings nur dann, wenn sie gut gefüllt ist, „Roswitha!", schreit er in ihre Kammer hinüber, „Wo sind denn heute die Lebkuchen mit den Streuseln dran, die du mir ansonst immer verlässlich als Betthupferl herstellst, die sind doch viel tröstlicher als jeder Psalm!"

35 Jahre lang, ärgert er sich über die Roswitha, hat er sie jeden Abend in die Spur geschickt, damit sie den Schweinsbraten holt und ihm die Keksdose auffüllt, und immer hat sie pariert. 35 Jahre lang hat es keine wesentlichen Abweichungen von der Norm gegeben, einmalig, vorbildlich und brav war sie. Und heute?

Leise rückt der Biermösel das Nachtkasterl ein Stückerl zur Seite und findet in der Wand – Weihnachtsüberraschung! – ein Loch, das er gleich am Anfang von ihrem Zusammenleben dort hineingebohrt hat, damit er immer den prüfenden Blick in ihre Kammer hat werfen und die Schrauben enger hat ziehen können, wenn vielleicht früher schon alles aus dem Ruder gelaufen wäre und sie – Gott behüte! – ihren eigenen Schädel entwickelt hätte. Was die gelungene Zweierbeziehung anbelangt, schwört der Biermösel immer noch mehr auf den Kontrollzwang als auf die lange Leine.

Was der Biermösel aber jetzt beim ersten prüfenden Blick hinüber in die Nachbarkammer erkennen kann, macht ihn nicht wirklich schlauer. Er sieht, wie die Roswitha in ihrem Bett liegt, vier Honigwachskerzen anzündet, irgendwas in ihren Kellnerinnenblock hineinkritzelt und dann das Transistorradio ganz eng an sich schmiegt, und dann hört er mit ihr – Hölle auch! – den Shubidu Jack in „Schmalzmusik auf Bestellung“, einem nachmitternächtlichen Special für die einsamen Herzen auf Sender *Radio Schmalz*, das er gar nicht leiden kann, weil es ihn an seine eigene Einsamkeit erinnert.

Der Biermösel glaubt jetzt in ihren verweinten Augen eine gewisse Sehnsucht nach einem erfüllteren Leben als dem an seiner Seite zu erkennen, so wie er sich immer nach einem erfüllten Leben in der Bierfahrerei und Vielweiberei gesehnt hat, und er fragt sich ein bisserl bitter:

Was passt ihr denn nicht an ihm, dass sie sich nach einem anderen Leben sehnt, wo doch für eine Frau letztlich nichts erfüllender sein kann, als an seiner Seite für ihn da zu sein?

Bis heute hat er ja das Gefühl, dass sie trotz seiner naturgegebenen männlichen Überlegenheit im geschwisterlichen Haushalt nie ganz verstanden hat, dass sie den falschen Weg einschlägt, wenn sie nicht brav in seinen Furchen tritt. Aber du meine Güte, so sind halt die Weiber, eigensinnig und uneinsichtig sind sie, schwach und ohne festen Charakter. Er könnte weinen, wenn er an die Roswitha und ihre Schwächen denkt samt ihrem ungefestigten Charakter. Sag den Weibern, sie sollen den geraden Gehweg an deiner Seite marschieren, schon kratzen sie mit ihren langen Fingernägeln Serpentinen in die Landschaft, es ist einfach furchtbar mit den Weibern und ihrem Dickschädel!

Wie sich der Biermösel beleidigt mit dem Arsch zur Wand dreht, fährt die Roswitha natürlich erst recht die Lautstärke von ihrem Radio hoch, und jetzt kann er sich das Gewinsel vom Shubidu Jack auf Vollgas anhören, scheinbar ist ihr der ein bisserl ans Herz gewachsen, ihm aber gar nicht, weil: Was kann denn der Shubidu Jack, was seine Lieblingsband, die Radinger Spitzbuben, nicht auch können, fragt er sich beleidigt.

Natürlich, fällt dem Biermösel jetzt in seiner hilflosen Wut ein, war er für gewisse Vorschläge für ein gedeihliches Zusammenleben auf beiden Ohren taub, aber glauben denn die Weiber wirklich, sie scheißen Zimttörtchen, wenn sie scheißen? Und natürlich, fällt ihm Weiteres ein, war Weihnachten mit ihm und der Roswitha nicht jedes Jahr das romantische Dinner für zwei, er persönlich hält ja wenig von der Romantik pur, was die Romantik pur betrifft, ist er durch und durch schießwütiger Gendarm! Aber selbst für seine unromantischen Verhältnisse ist das Christfest mit der Roswitha das eine oder andere Mal doch sehr einmalig aus dem Ruder gelaufen, da war bei Gott nicht nur der Kapuziner besoffen, muss er gestehen, da war insbesondere und vor allem auch er angezwitschert und fett wie die russische Erde, oh du Fröhliche! Manchmal hat sich die Roswitha schon auch was anhören können, wenn der zehnte Besoffene Kapuziner in ihm die Zunge gelöst und ihn zur Beichte gedrängt hat, „jetzt sag ihr endlich, was sich bei dir über das ganze zurückliegende Jahr angestaut hat!“, haben ihm die Stimmen von den Besoffenen Kapuzinern eingeflüstert, und ihr Rat war ihm immer Befehl. Zwar ist das alles entscheidende Schweinsbraterl, das sie zubereitet, perfektest, und auch die Knödeln dazu sind einmaligst, und vom warmen Kraut mit Selchspeck allein könnte er sich monatelang ernähren, so gut ist es. Aber darf man das vielleicht als Blankoscheck für all die anderen Verfehlungen missverstehen?

„Sicher nicht!“, ist dem Biermösel seine entschiedene Haltung zum Blankoscheck und den damit einhergehenden Verfehlungen von den Weibern. Darum ist gerade in der funktionierenden Lebensgemeinschaft die Daumenschraube der einzige Kitt, der die Leute zusammenhält, eher jedenfalls als die rote Rose oder die Schachtel Mon Chéri, auf die scheißt er nämlich.

„Die Anni, du Trampel, ist aber ein anderes Kaliber als du!“, hat er der Roswitha jedes Mal an den Kopf geworfen, wenn ihm das letztlich Unerfüllte an ihrer geschwisterlichen Zweisamkeit selbst sauer aufgestoßen ist und sie ihm vorgeworfen hat, dass er sich sowieso immer auswärts den Appetit holt und dann zu Hause nur den Schweinsbraten verschlingt und „nicht dich, du Trampel!". Du meine Güte, schüttelt der Biermösel den Kopf und gräbt sich noch weiter in seinen Polster hinein, hat er wirklich so oft „du Trampel!" zu ihr gesagt? König Alkohol macht aus wenig oft viel! Aber wer Sorgen hat, hat auch Likör, redet er sich dann gerne auf seine Sorgen heraus, und wer Schmerzen hat, säuft umso mehr.

Der Biermösel greift jetzt doch nach der Erstkommunionsbibel, wie er zutiefst besorgt daran denkt, dass ihm die Roswitha ja schon das eine oder andere Mal sehr deutlich zu verstehen gegeben hat, dass er sicher nicht der Mann ihrer Träume ist. Also an welche Hand denkt sie denn, fragt er sich jetzt mit aufkeimender Eifersucht, wenn er ihr die Politur gegen den furchtbaren Ausschlag auf das Arschgestell aufträgt, und nach welchem Finger sehnt sie sich, wenn er dabei öfter, als ihm selbst lieb ist, das Unsagbare tut und ins Schwarze hinein zielt, tiefer und immer tiefer?

Wie der Biermösel jetzt so mit seinem Schicksal und einem abermaligen Weihnachtsfest in Einsamkeit hadert, wie er sich wie ein Embryo in seiner Bettstatt zusammenkrümmt und die längst vergangene Geborgenheit im Mutterleib herbeisehnt, da hadert er auch wieder mit dem Religionsgründer selbst und mit seiner schicksalhaften Geburt drüben im Stall zu Bethlehem, weil natürlich die es war, die ihm das Weihnachtsfest in Einsamkeit erst eingebrockt hat. Und wo er schon dabei ist, hadert er auch gleich mit seiner eigenen Geburt, an die er sich jetzt wieder erinnert, beziehungsweise stellt er sich halt in etwa vor, wie das damals gewesen sein muss, weil letztlich nicht einmal er so perfekt ist, dass er sich an seine eigene Geburt erinnert, vorstellen aber kann er sich sehr gut, was damals alles schief gelaufen ist.

Zwar will er sich jetzt nicht eins zu eins mit dem Jesukindi im Stall von Bethlehem vergleichen, auch und schon gar nicht, was die Dramatik der jeweiligen Geburten betrifft. Aber auch seine Geburt ist unter keinem sehr guten Stern gestanden, und auch er ist in einem Stall zur Welt gekommen, zwar ohne Esel und Ochs, aber mit vielen kleinen Schafen drinnen, die der Alte damals gehabt hat und die sich furchtbar über ihn gefreut haben, „Mäh! Mäh! Mäh!“, haben sie geschrien, das war dann schon auch sehr göttlich.

Es war zur Zeit der Regentschaft von der depperten Drecksau Hitler, erinnert sich der Biermösel jetzt wieder überraschend deutlich an die depperte Drecksau Hitler, und es war in einer furchtbar kalten, abweisend-winterlichen Vollmondnacht samt Bombenhagel, wie der alte Biermösel mit der Biermösel-Trümmermama durch das zerstörte Ausseerland herumgezogen ist, kein Nazi-Wirt hat ihnen Obdach gegeben, keiner eine Herberge, kein Krankenhaus hat sie aufgenommen und kein Kloster ihnen die Tür geöffnet, so waren sie immer und sind die Leute in dem depperten Land auch heute noch, engherzig und unbarmherzig sind sie, abweisend und böse.

Aber dann! Auf einmal! Aus dem Nichts heraus!, erinnert sich der Biermösel jetzt besonders dramatisch an die dramatischen Minuten, wie er noch eine Schachtel von den gelben Tabletten frisst, die ihm mittlerweile fast besser schmecken als der Marillenbrand: ein Stern oben am Himmelszelt und ein Stall in der Nähe vom Gebirgskamm, beides zusammen nichts weniger als eine Einladung, auf einem Haufen Stroh ein engelsgleiches, goldgelocktes Kind auf die Welt zu bringen, einen strammen Jungen, halleluja! Und so schnell hat der Alte dann zur Feier des Tages gar nicht die erste Flasche aufreißen können, waren schon die Heiligen Drei Könige da und haben ihm ein paar Sachen gebracht, einen Wetterfleck 0–3 Jahre, einen Schnapsnuki mit viel Honig drauf, und ein paar Kaugummizigaretten waren auch dabei.

Na gut, räumt der Biermösel jetzt ein, wie er die letzte Tablette verschluckt hat: Möglich ist es ja, dass er manches Mal ein klein wenig übertreibt und sich mit fremden Federn schmückt.

Aber auch wenn man den Stern und den Stall und die Könige und den Honig abzieht, war seine Niederkunft immer noch dramatisch genug! Und wenn der Mensch vom Liebeskummer und dem ganzen Leid der Welt niedergedrückt wird, dann darf er sich ja wohl ein bisserl interessanter machen, als er ist, oder ist denn das auch schon verboten?

Vielleicht wäre ja alles ganz anders gekommen, wenn der Ur-Biermösel sich damals drüben in Goisern angesiedelt hätte, wie es auch hätte passieren können, wenn er nicht der bindungsscheue einsame Viehhirt gewesen wäre mit den selbstgedrehten Sauerampfer-Zigaretten in der Pappalatur und dem Ur-Poncho, aus dem die Einheimischen dann den Wetterfleck geschneidert haben, jedenfalls:

1847, Goisern im braunen Gatsch:

„Dieses Goisern", hat der Ur-Biermösel zu einer gachblonden Saloon-Löwin gesagt, wie er bei ihr in der Schwenktür von ihrem Saloon gestanden ist und sich abgezeichnet hat, dass aus dem Haufen Scheißhäuser, die die Einheimischen in dem braunen Gatsch gebaut haben, vielleicht einmal so was wie eine Haufensiedlung werden könnte und die Gachblonde aus ihrem Saloon ein Puff machen wird, „dieses Goisern wird vielleicht irgendwann einmal ein ganz ein schönes stilles Örtchen", hat er gesagt, und sofort hat ihn die Gachblonde sehnsüchtigschmachtend angeschaut, und zwar so dermaßen sehnsüchtigschmachtend, dass man sich die Mundharmonika-Musik dazu gleich hat vorstellen können, und dann hat sie geseufzt:

„Goisern wartet auf dich."

Aber der Ur-Biermösel hat sich nur den braunen Gatsch von den genagelten Bergschuhen gestreift und den Blick nach vorne gerichtet, hinauf zu den Gämsen am Gebirgskamm, hinter dem Aussee gelegen ist, und er hat gesagt: „Irgendeiner wartet immer."

Damit war die Sache im Prinzip besprochen. Der Siegeszug der Biermösels herüben in Aussee war angetreten. Und ihm ist es Gott sei Dank erspart geblieben, dass er zum Grasmuck wird und sein Leben in Goisern fristen muss, darauf hätte er wirklich geschissen.

Der Biermösel will darüber aber gar nicht weiter nachdenken. Lieber greift er jetzt nach der Venensalbe auf seinem Nachtkasterl. Wenn er schon nicht der Roswitha das Hintergestell mit der Ausschlagsalbe einschmieren darf, dann will er sich heute einmal ein bisserl um sich selber kümmern und sich verwöhnen, zum Einschmieren gibt es ja auch bei ihm weiß Gott genug, kilometerlang ziehen sich die Krampfadern seine Wadeln entlang! Also fährt er halt mit der rechten Pranke geschmeidig in den Venensalbentiegel hinein und fängt er halt an, sich von den Unterschenkeln herauf eine Krampfaderwurst nach der anderen einzuschmieren, erst den rechten Lauf, dann den linken, langsam und einfühlsam, von unten nach oben und dann immer weiter herauf bis zu den Kniekehlen. Aber hoppala, denkt sich der Biermösel, das tut jetzt richtig gut in den Kniekehlen! Ein Wohlgefühl übermannt ihn, wie es ihn immer in der Gendarmerieschule oben in Linz übermannt hat, wenn er alleine mit dem Grasmuck im großen Schlafsaal war, weil alle anderen übers Wochenende mit den jungen Damen ausschweifen gegangen sind, er und der Grasmuck aber bestenfalls an die jungen Damen im „Playboy" haben denken können, allerdings schon sehr intensiv.

Der Biermösel entspannt sich immer mehr, und es wird ihm ganz warm im Kreuz, wie wenn er in die hypnotisierenden Augen vom Doktor Krisper schauen täte, und je einfühlsamer er in seinen Kniekehlen herumschmiert, desto stärker holt er jetzt die Goldhaubenproblematik ins Private herein und stellt sich das depperte Ding wahlweise auf der rassigen Mähne von der Annemarie Pröll vor, während sie ihrem Abfahrtsgold in Lake Placid entgegenrast, sehr schön, jawohl, fühlt sich gut an. Dann aber stellt er sich die Goldhaube lieber doch auf der Anni vor, wie sie bei ihm auf Knien herumrutscht und das Scheißhaus putzt, in ihrer engen Putzschürze selbstverständlich, in der sie ihm immer so unwiderstehlich vorgekommen ist. Und wie er sich dann sogar vorstellt, dass sie ihre Putzschürze dort fallen lässt, wo sie gerade steht, und dass er hinter ihr herrutscht und sie ihr nachträgt, und wie sich dann aber nach kurzem Süßholzraspeln herausstellt, dass sie die Schürze gar nicht mehr haben will, sondern „meinen kleinen Säbelzahntiger", wie sie ihn auf einmal nennt, wie er sich dann weiters vorstellt, dass sie ihm in ihrer herrlichen Nacktheit den Salbentiegel wegnimmt und anfängt, an ihm herumzuschmieren, damit er sich zurücklehnen und ganz und gar entspannen kann, wie sie sich dabei nicht so lange bei den Kniekehlen und bei seinen Wetterstationen in den Unterschenkeln aufhält, sondern mehr die Problemzone entlang der Oberschenkel hinaufschmiert, da schmiert der Biermösel schon so intensiv und immer weiter heroben an sich herum, dass er sogar schon das Nachthemd bis über den Bauch heraufgezogen hat und dort herumschmiert, wo in den langen Nächten in Aussee nicht einmal der Gedanke Gottes hinkommt, und auf einmal – heiliges Kanonenrohr! – öffnen sich alle Schleusen wie bei der Staumauer in Kaprun, und alles, was sich seit der Gendarmerieschule oben in Linz bei ihm in den zwei Behältnissen angestaut hat, schießt heraus wie das Blut aus der abgestochenen Sau, und er denkt sich: Herrlich ist das! Gelobt sei Jesus Christus!

Nordstaulage

Der deutsche Konzernlenker sitzt auf der Bordtoilette der konzerneigenen Gulfstream und möchte sich gerne vor Angst in die Hosen scheißen, wenn er sich denn vor Angst in die Hosen scheißen könnte. Aber die schwarzen Briketts in seinem Bauch drücken nur gegen seine Darmwände, und das so schmerzhaft, dass er sich nun beinahe wünscht, der Polanski da vorne am Steuerknüppel möge den Ritt über den Wolken mit ein paar gepfefferten Manövern würzen, damit die Rakete in seinem Arsch endlich zündet. Nach all den Monaten, in denen ihm kein einziges kleines Mäusefürzchen ausgekommen ist, wäre das wirklich eine schöne Weihnachtsüberraschung, „Aua!", schreit er und krümmt sich auf der engen Muschel, „Aua! Mir tut es im Arsch so weh!"

Wie eine einsam verirrte Heuschrecke schwebt er hilflos über der dichten Wolkendecke Westösterreichs mit Zielflughafen Salzburg und blickt durch das kleine Fensterchen hinaus. Zwar hat er früher schon mal von der berühmt-berüchtigten Nordstaulage entlang der Alpen gehört, doch glaubte er bisher, die hätte was mit seiner Domäne Autos und verstopften Verkehrswegen zu tun und nicht mit dem verdammten Haufen Wolken da unten, in dem sich einfach kein Loch auftun will.

Noch vor ein paar Minuten war er beim Wojtek vorne im Cockpit und hat ihm – gar nicht nobel! – seinen Mont-Blanc-Füller „Noblesse Oblige Collection" an den Hals gesetzt. Dann hat er ihm die Pilotenbrillen weggenommen und eine Lehrstunde in *management by drohing* erteilt, „Jetzt hör mir mal genau zu, du Spaßaffe, Jean-Dominique Raff-Kahn mein Name, dein Konzernlenker, dein Herr, dein Gott", hat er zu ihm gesagt und ihn zunächst noch bei seiner Ehre als König der Lüfte zu packen versucht, „wenn der beschissene Weihnachtsmann in einem Kamin landen kann, dann wirst wohl du blinde Sau endlich da unten landen können, geht nicht gibt's nicht!".Nur um dann doch ein wenig persönlicher zu werden: „Wo kommst du denn überhaupt her, du schnauzbärtiges Teiggesicht – ah, aus Polen, sagst du? Dann verpiss dich gefälligst mal wieder dorthin zurück, wo deine Mutti dem Kommunismus nachweint, bevor ich dir einen Arschtritt verpasse!"

Da freilich hat er nicht bedacht, dass sie noch 12.000 Fuß über jenem Gebirgskamm in Aussee schwebten, auf dem der Flachdachneubau steht, den er erst kürzlich über diesen kleinen Scheißer Kaltenböck Karli von der Ackerbau- und Viehzuchtbank erworben hat. Also sagt der Wlatscheslav einfach zu ihm: „Musst du fliegen Flugzeug selber auf Sicht, großer Meister, weil habe ich kein GPS, was leitet mich auf sichere Wege, hab ich nur Rosenkranz." Und dann nimmt der tatsächlich die Flossen vom Steuerknüppel und lacht bis über beide Ohren, als würde ihn der Papst persönlich beschützen, er hält diese Polen mit ihrem zittrigen Karol wirklich nur schwer aus, also Frage an *Radio Vatikan*: „Do I run out of luck?", wie der Amerikaner in Detroit sagt.

Als Konzernlenker kann er zwar selbstverständlich alles lenken, nur halt leider kein Flugzeug. Das stand nicht auf seinem Stundenplan in der „Economic school of Montgomery Burns" in Springfield, wo er den Schnellkurs *Heuschrecking* belegte und als Klassenbester abschloss. Wenn du aber das Steuer auf einem Riesendampfer namens Autokonzern übernimmst, dann nützt es dir ohnehin nichts, wenn du zuerst Kurse belegst und anschließend mal hier an einem Rädchen drehst und dann dort einen Schalter umlegst. Du weißt einfach nie, was unten beim Arsch herauskommt, wenn du die Riesensau oben fütterst.

Also bleibt dir als einzige Möglichkeit nur die Axt, wenn du Manager des Jahres werden willst, soll heißen: Wirf möglichst viele von deinen stets jammernden, stets wimmernden, stets ängstlichen Arbeitern und Schnupperlehrlingen mit einem Arschtritt aus deinem Konzern hinaus und überantworte sie alle dem insgesamt völlig überflüssigen Staat mit seiner Sozialhilfe. Allerdings wirst du selbst als „Schlächter“ und „eiskalter Engel“, wie er einer ist, diese verdammten Kletten nie vollständig los, und es tun sich immer wieder Nischen auf, in denen sie dir einfach überlegen sind, „also nimm das mal nicht so persönlich, Krasimir!“, hat er dann zu ihm gesagt und seine Hände zurück auf den Steuerknüppel gelegt, „flieg mal schön du auf Sicht weiter“. Dann hat er ihm noch die Pilotenbrille geputzt und „der Gattin auch frohe Weihnachten!“ ausgerichtet, bevor er auf seinen dürren Beinchen im gebeugten Krebsgang aus dem Cockpit hinausgeschlichen ist, nie zuvor hat sich ein Konzernlenker vor einem Arbeiter mehr blamiert.

Als ihn vor einigen Tagen die ersten beunruhigenden Meldungen aus dem Qualitätsmanagement erreichten, dass es beim neu ausgelieferten Geländewagen MONTY gravierende Probleme mit dem GPS geben würde, hat er die Techniker angewiesen, dieses Teufelszeug zunächst aus der konzerneigenen Flugzeugflotte auszubauen und wieder auf Handbetrieb umzustellen, um die verunfallten Karren sollten sich die Vertragswerkstätten dann später kümmern.

Jetzt aber wird die Landung bei diesem Scheißwetter eine Frage des Vertrauens, und genau das hat er nicht, seit ihm Papi zu Weihnachten vor 43 Jahren den Arsch versohlt hat, weil er sich unter dem Christbaum in die Hosen geschissen hat, „aua, Papi“, könnte er auch nach all den vielen Jahren immer noch schreien, „hör doch bitte auf, mir tut der Arsch schon so weh!“

War es am Ende ein wenig übertrieben, als er vor wenigen Tagen – anstatt eine Weihnachtsfeier auszurichten – noch einmal 6.000 (oder waren es 8.000?) von diesen Arbeitern in die freie Wirtschaft entlassen hat, weil die eingesparten Millionen in einem prima Gestüt in Dubai viel besser angelegt sind? Ach, seine Pferdchen, seine über alles geliebten Pferdchen!

Genau genommen reißt er nämlich immer ganze Wirtschaftszweige mit in den Abgrund, wenn er zur Axt greift, und einige Tausend Kauf- und Konsumgemeinschaften namens Familie gehen den Bach hinunter und können bald nicht einmal mehr bei Aldi Dosenfutter kaufen. Dann weinen die traurigen Kinderaugen, weil der böse Onkel Konzernlenker dem braven Papi Lohnsklaven den Strohhalm weggenommen hat, an den er sich sein ganzes beschissenes Leben lang geklammert hat. Und trotzdem geht seit Jahren alles ohne rote Fahnen und Trillerpfeifchen über die Bühne, sodass er sich oft genug selber fragt, was denn aus den einst so stolzen Arbeitern geworden ist?

Seit es das Sowjetreich in kleine Teilchen zerlegt und der Raubtierkapitalismus seinen verdienten Siegeszug angetreten hat (bis hinüber zu den wieselflinken Schlitzaugen), macht das mit den Gewerkschaften überhaupt keinen Spaß mehr! Diese verweichlichten Jammerlappen sagen einfach zu allen Schweinereien, die er ihnen zumutet, ja und amen, solange sie nur im Gegenzug ihre bescheuerte Arbeitsplatzgarantie kriegen.

„Die könnt ihr gerne haben!“, ruft er ihnen dann immer frohen Herzens zu, denn morgen schon kümmert ihn sein Geschwätz von gestern überhaupt nicht mehr. Wenn die Konzernmutti nämlich Fett angesetzt hat, dann muss der Konzernvati mit dem Kärcher-Dampfreiniger hineingehen und ordentlich aufräumen, he just got to clear house, wie der Amerikaner drüben in Sacramento sagt, immer schön das Häuschen aufräumen!

Da erinnert sich der Konzernlenker auch, dass er beim letzten Großreinemachen zu Ostern auch gleich die drei Piloten der konzerneigenen Flugzeugflotte samt ihren zusammen fünf Millionen unfallfreien Flugstunden gefeuert hat, weil deren Gehälter einfach unverantwortlich auf die Ausgabenseite gedrückt haben. „Das kann ein verarmter Akademiker aus der polnischen Putzkübeltruppe auch“, war seine grandiose Management-Idee, und sofort hat er drei von denen mit dem Klobesen (= Steuerknüppel) und den ausgestreckten Armen (= Tragflächen) erklärt, was er von ihnen erwartet („Du fliegi fliegi!"). Anschließend hat er die drei Lernwilligsten in die Wüste von Arizona geschickt, wo er sie einen Pilotenschnellkurs absolvieren ließ, bevor er dem einen, der auch wieder zurückgekommen ist, die Schlüssel für die Gulfstream-Flotte übertragen hat.

An diese kolossale Fehlentscheidung will der Konzernlenker jetzt gar nicht mehr denken, und an die Probleme mit dem völlig missglückten neuen Geländewagen samt dem tödlich fehlerhaften GPS erst recht nicht. Lieber fokussiert er seine Gedanken auf den eigentlichen Grund seiner Reise, auf die Franzi Kubelik aus dem Hurenstall der blonden Discowirtin in Goisern, die ihm morgen und übermorgen den Extra-Special-Einlauf mit Zwetschkenkompott verpassen und ihn von seinen Qualen erlösen wird. Eieiei, freut sich der Konzernlenker trotz seiner gerade misslichen Lage schon sehr darauf, da läuft ihm gleich die Scheiße im Darm zusammen, wenn er nur daran denkt. Wie der Mustafa auf die Jungfrau im Himmel oben freut der Konzernlenker sich jetzt auf seine persönliche Erlösung, sobald ihn die Franzi Kubelik endlich behandeln wird. Er freut sich auf die kleinen, steinharten Bömbchen, die in seinem Arsch endlich zünden werden, erst eins, dann zwei, dann drei, dann vier, dann scheißt er endlich mit Plaisir. Einen gewaltigen Haufen Scheiße wird er morgen in die Muschel stellen, gewaltiger als der von Ochs und Esel im Stall von Bethlehem zusammen, und stinken soll er, dass die Hölle gefriert. Darauf freut er sich.

Als Konzernlenker fährt er ja insgeheim gerne zu den Huren, das gehört zum Geschäft wie der Arsch zum Darm. Neu ist nur, dass in letzter Zeit die Betriebsräte immer gleich mitkommen wollen, seit sie nämlich kapiert haben, dass jedes Jahr ein lecker Krümelchen vom Konzernkuchen für Huren aller Art ausgegeben wird, mehr jedenfalls als für die betriebliche Altersvorsorge, sehr viel mehr.

Die Genossen setzen ihm seither nur noch das Messer an, wenn sie nicht selbst auf Konzernkosten die dreckigsten und perversesten Parties mit den besten und erlesensten Huren feiern können, und sie drohen nur noch mit Verstaatlichung, wenn sie nicht selbst mit den Bossen zu den Huren aufs Tigerfell dürfen, Avanti Popolo war früher mal, Avanti Popotschiarschi lautet die Parole heute. Gib einer roten Sau einen schwarzen Arsch zum Ficken, schon wird sie weich wie die teigigen Oberarme seiner Frau Irm, die er überhaupt als Erste hätte kündigen müssen, als er zum Konzernlenker aufgestiegen war und sie ihm plötzlich so hässlich vorkam wie ein französischer Kleinwagen.

Der Konzernlenker holt nun das Top-secret-Fax heraus, das ihn gestern aus der Controlling-Abteilung erreicht hat, und reißt es in kleine Stücke. Darin lassen ihn die im Konzern verbliebenen Herren Kontrollore (da fällt ihm ein: Arschtritt!) nämlich „mit Bedauern" wissen, dass „aufgrund der von Ihnen eingeleiteten radikalen Sparmaßnahmen äußerst relevante Sicherheitsmängel am neuen, für den scharfen Wüstenwind und den harten Wintersturm gleichermaßen geeigneten und alleinverantwortlich von Ihnen in Auftrag gegebenen Geländewagen MONTY aufgetreten sind … (‚Bla Bla Bla!') … wir empfehlen eine Rückholaktion samt ganzseitiger Entschuldigungs-Inserate in der „FAZ", der „Welt" und der „Financial Times Deutschland", (‚Bla Bla Bla!')"

Kann ja sein, dass es ein Fehler war, den serienmäßigen Einbau des GPS-Systems ein paar Lohnbuchhaltern aus Bangladesh zu übertragen! Aber eine Rückholaktion kommt für ihn nicht in Frage, und in der Zeitung werden sie demnächst unter Dies & Das vielleicht zu lesen bekommen, dass er sich nach Brasilien verabschiedet hat, aber gewiss nicht im Wirtschaftsteil, dass er sich für irgendetwas entschuldigt. Und in Brasilien dann wird sein einziges Orientierungsproblem sein, wo er unter den weit ausgebreiteten Armen des Herrn Jesus Christus oben am Corcovado schnellstmöglich den nächstgelegenen Bumsladen findet, in dem ihm irgendeine hartarschige Chica einen Einlauf verpasst, gerne auch mit Mango-Nuss-Marmelade, heilige Scheiße, er hat es dann wirklich sehr dringend nötig!

Wie Rumpelstilzchen hüpft der Konzernlenker nun auf der engen Flugzeugtoilette herum und hält fest die Arschbacken zusammen. Dann klammert er sich an seine schwarzen Lederköfferchen, die er als Marschgepäck immer mit sich herumträgt. Ein Haufen Schwarzgeld in dem einen, ein One-way-first-class-Ticket nach Rio de Janeiro samt Reisepass und Tropenapotheke im zweiten sowie sein über alles geliebtes kleines Schaukelpferdchen im dritten, das er damals von Mama geschenkt bekommen sollte, als er noch ein kleiner Junge war und niemand wissen konnte, dass er einst der eiskalte Engel, der Schlächter mit dem Kärcher-Hochdruckreiniger unter den Managern dieser Erde werden würde.

Wehmütig erinnert sich der Konzernlenker jetzt daran, wie er damals das Pferdchen im Kleiderschrank seiner Mama entdeckt hat, lange vor dem Heiligen Abend schon, und wie Mutti ihn dann eines Tages zwischen all ihren Negligés und Combinaigen und Strumpfhaltern (und den anderen heißen Sachen!) fand, als er auf seinem Pferdchen saß und darauf herumritt, wild und ungestüm, obwohl das natürlich vorm Heiligen Abend strengstens verboten war. Aber Mutti erlaubte es ihm gerne, wenn Papi (die Drecksau!) auf Geschäftsreise war, Mutti erlaubte ihm alles.

Als das Pferdchen dann verpackt unter dem Weihnachtsbaum stand, war es natürlich keine Überraschung mehr für ihn. Überraschung war nur, dass er sich trotzdem vor Aufregung in die Hosen schiss, bis hinauf zum Nackenhaar klebte die dünne Scheiße, was in den Augen von Papi (der Drecksau!) der reine Skandal war. Sofort zog er den Gürtel aus seiner Hose und prügelte ihm den Arsch so windelweich, dass er noch heute selbst beim Zahnarzt lieber stehen bleibt.

Als der Konzernlenker nun wieder durch das Fenster hinunterblickt, ragen die Gipfel der Alpen aus der undurchdringlichen Wolkendecke heraus, die wie ein glatter Ozean unter ihm liegt. Kein Airbag wird den Aufprall bremsen, kein Sicherheitsgurt ihn retten, wenn der Oleg da vorne im Cockpit die konzerneigene Gulfstream bald dagegensteuern wird, weil ihnen bei dem Sparprogamm, das er der Muttersau verordnet hat, gewiss bald der Sprit ausgeht. Hat er sich mit seinen Sparmaßnahmen sein eigenes Grab geschaufelt?

Ein möglicher naher Tod durch Flugzeugabsturz ängstigt den Konzernlenker nun aber gar nicht mehr, im Gegenteil: Schon sieht er sich endlich erlöst von diesen entsetzlichen Qualen in seinem Arsch zusammen mit den himmlischen Heerscharen und mit einer Posaune im Mund auf seinem Schaukelpferdchen um die Wette reiten. Wenn er dann tot sein wird und sie ihn dort unten finden, tröstet er sich, können sie ja im Angedenken an ihn mit den Granitblöcken aus seinem Arsch eine Basilika des freien Marktes bauen, die Kathedrale Raff-Kahn. Kein Puups kam ihm mehr aus, seit er den Konzern übernommen hat, nur allzu selten feuerte er ein kleines schwarzes Kanonenkügelchen aus seinem Auspuff, was dann aber schon jedes Mal ein Fest der Sinnenfreuden war. Neidvoll blickt der Konzernlenker noch einmal hinunter auf die weiße Wolkendecke, in der sich immer noch kein Loch auftun will und unter der sich das kleine seltsame Völkchen der Ösis tummelt. Richtige Scheißer allesamt, gute katholische Drecksäue! Jedes Mal, wenn er die Salzburger Festspiele besuchte und sich bei irgendeiner verdammten Oper den Arsch wund saß, fuhr er anschließend mit Freund Peymann (ein wesentlich kleineres Krümelchen des Gewinnkuchens geht für Kunstsponsoring drauf!) auf eine ordentlich gepfefferte Gulaschsuppe ins Tagescafé dieser gachblonden Discowirtin in Gössern (oder wie das Scheißkaff heißt!), und dann konnte er die Exzesse des Scheißens bewundern, erste Reihe fußfrei. Auch Peymann war jedes Mal ganz aus dem Häuschen, wenn sie gemeinsam die Herrentoilette aufsuchten, „so eine gesunde katholische Verdauung!“, schrie er jedes Mal ganz entzückt, „du hättest mal den Bernhard scheißen sehen müssen!“ Und wirklich: Bei den Ösis klebte die Scheiße buchstäblich an den Wänden, während er selbst auch nach einer Portion Chili extra mit seinem verklemmten Ärschchen stundenlang auf der Muschel sitzen musste, nur um irgendwann vielleicht einmal ein Stecknadelköpfchen schwarzer Scheiße zu sehen, wenn er sich dann geschwächt umdrehte und den Spülknopf drückte, mehr war da einfach nie als Stecknadelköpfchen schwärzester Scheiße.

Als er sich schon wünscht, dass endlich das Druckausgleichssystem auf der Bordtoilette versagen und der plötzliche und überraschende Unterdruck alles aus ihm herausziehen möge, was sich da drinnen während der letzten Jahre angesammelt hat, da tut sich überraschend doch noch ein Loch in der Wolkendecke auf, durch das der Krasimir da vorne im Cockpit jetzt hindurchsticht und sicher landet. Da klammert sich der allmächtige Konzernlenker an sein Schaukelpferdchen, und eine einsame Träne benetzt die Wange des Pferdchens, die er einst selbst mit einer kleinen Träne bemalte.

„Mein Pferdchen“, seufzt er und drückt es ganz fest an sich, „mein über alles geliebtes Pferdchen, dich lass ich nicht mehr los.“

Verlorener Sohn

Der Kaltenböck Karli alias Jackpot Charlie hat sich einen weiteren Tag Krankenstand genommen und steht jetzt im Wettcafé von der gachblonden Discowirtin neben dem angeschlossenen Tages- und Nachtcafé und friert sich den Arsch ab, weil die Discowirtin schon lange keine Gas- und Stromrechnung mehr zahlen kann, er selbst kann aber bald überhaupt nichts mehr zahlen. Der Jackpot Charlie steht inmitten seiner eklatanten Sir-Irish-Moos-Duftwolke und redet auf den kleinen Plastikbaum ein, der auf der Bar steht und leuchtet (wie ein Christbaum). Der Jackpot Charlie sucht das Glück.

Seit dem frühen Vormittag schon platziert er Pferdewetten auf Rennen in Hongkong, immer tiefes Geläuf, immer regenverhangener Himmel, immer bonjour tristesse. Im ersten Rennen und zum Aufwärmen gleich flotte 1000 Euro auf Boy George gesetzt, sichere Sache eigentlich, weil heuer schon 2-fach Champ in Frankreich, aber was macht der Georgie Boy? Frisst das Gras von der Rennbahn und kommt erst ins Ziel, als die anderen längst duschen waren, Prost Mahlzeit. Dann Prix Seddouk Super – für ihn gar nicht super, weil die Fast Fury vielleicht zu den schnellsten in ihrer Familie gehört, aber sicher nicht zu den schnellsten auf der Welt, also detto Vollarsch. Und dann weiter mit Prix Fandango, Prix Lugolin, Prix Luis dingsbums, alle nix, alle nada, alle niente, alle completamente into the Hoso, also im geschmeidigen Shubidu-Walk schnell aufs Klo und dann auf einen kurzen Sprung hinüber ins Tagescafé, schwere Schlagseite schon inklusive, „Angelika, ein Stehachterl noch, eines fürs Glück!“

Und dann noch eines gegen das schlechte Gewissen, weil er der Anni eigentlich versprochen hat, dass er mit ihr heute am Abend zum Christkindlmarkt nach Ischl hinüber fährt, sich dort mit ihr bei der Punschhütte gut unterhält und anschließend Honigwachskerzen einkaufen geht, sie möchte halt für ihr Leben gerne Honigwachskerzen für die Badewanne haben, die sie sich vom Stararchitekten Wollatz in ihre bescheidene Wohnung einbauen lassen will, „jetzt hab ich ja endlich mein eigenes Konto, das du mir auf deiner Ackerbau- und Viehzuchtbank eingerichtet hast", hat sie gesagt, „danke Charlie, danke, danke und immer wieder danke."

„Bitte gerne."

Seit ihr der Biermösel im Herbst nach einem von seinen speziellen Tatausgleichen zehn große Scheine in die Hand gedrückt hat, „kann ich mir Strumpfhosen kaufen oder einen neuen Föhn, ja sogar Honigwachskerzen!", hat sie geschwärmt. Aber das mit den Honigwachskerzen wird nichts werden, Anni, und das mit dem neuen Föhn leider auch nichts, weil er gerade ihr ganzes Geld verwettet, „vor-über-gehend, Anni, ich hab's mir doch nur aus-ge-borgt."

Vor zwei Stunden hat er sie dann endlich angerufen und ihr vorgeschwindelt, dass es heute terminlich leider über-haupt nicht geht mit der Fahrt nach Ischl hinüber, weil er überraschend – „über-rasch-end auch für mich, Anni!" – den sehr wichtigen Autokonzernlenker Raff-Kahn schon heute treffen muss, der hat sich nämlich auf seine Vermittlung hin den Flachdachneubau aus der Verlassenschaft vom Puffkaiser Schlevsky oben am Gebirgshang gekauft, „das ist wichtig für mich, richtig, Anni, wichtig für uns, du hast ja so Recht!"

Die Provision aber, die er dann wie vereinbart morgen von ihm bekommen soll, „die wird er nicht mit dir teilen können, tut ihm wirklich sehr leid."

Dann schnell noch einmal aufs Klo und wieder hinüber ins Wettcafé, geschmeidig und immer geschmeidiger, in der ganzen Gegend von Goisern bis Aussee geht keiner so geschmeidig aufs Klo wie der Jackpot Charlie. Wer ihn von weitem beim Geschmeidiggehen sieht, der könnte meinen, der Jackpot Charlie ist der Shubidu Jack mit seinem berühmt-geschmeidigen Shubidu-Walk, „ja, Anni, so ähnlich wie der Moonwalk geht der, keine Ahnung, Anni, was du jetzt genau mit Mun-Sekte meinst, die tanzen den aber sicher nicht, ah, in der Zeitung hast du das gelesen?“

Als der Shubidu Jack nach schwerer Kindheit, schwerer fast als seine eigene, endlich groß herausgekommen ist, damals Anfang der 70er Jahre, als sie auf *Radio Schmalz* Tag und Nacht zuerst seinen Shabadab-Song und dann „Highway ho, highway he, highway-riders are okay!“ rauf und runter gespielt haben, sogar bei ihnen im Waisenhaus, da hat auch der kleine Karli den Shubidu-Walk probiert, und „ich war groß-artig, Anni“, hat er zu ihr gesagt, „ich war einfach der Wahn-sinn, hör zu, Anni, wir müssen dann un-be-dingt einmal tanzen gehen, ach so, lieber gehst eislaufen?“

Dann geht er halt morgen eislaufen mit ihr!

Bei der Weihnachtstombola dann, er war noch ein Taferlklassler, haben alle Kinder im Waisenhaus die Maxisingle vom Shubidu Jack gewinnen wollen, was nämlich der Jackpot war, aber nur einer hat ihn gewinnen können, „und das glaubst du jetzt nicht, Anni, der eine, der war das eine Mal ich.“

„Jackpot, Charlie! Jackpot, Charlie!“, haben sie dann im Waisenhaus alle miteinander geschrien, und seither heißt er halt Jackpot Charlie, „wie der Checkpoint Charlie in Berlin, Anni, nur halt Jackpot statt Checkpoint, geh Anni, das ist doch witzig, den Checkpoint Charlie in Berlin musst du doch kennen, nie was gelesen?“

Gewaschen, geföhnt, frisiert und voll elastisch in den Beinen ist er dann auf die Bühne hinauf, und „ich hab mich angebrunzt vor Freude, Anni, weil eins musst du mir glauben: Wenn du im Waisenhaus aufwächst, dann zählt jede Freude doppelt und dreifach, weil du einfach nie weißt, wie lange die Freude im Waisenhaus anhält.“

Kommt nämlich sofort der Schuster Ronnie daher, schwarze Haare bis zum Arsch und einen Kopf größer als er, voll der Schlager-Feind und total der ärgste Fan von den Motörhead,

„*Motör*head, Anni, ich weiß ja auch nicht, warum die Motor mit Ö schreiben!" Kommt also daher und gibt ihm eine Kopfnuss und ein Negerbussi, wie er es sich vom Biermösel in der Pädagogik-Stunde abgeschaut hat, und sagt: „Gib sofort her, du halber Arsch, oder ich dreh dir das Ohrwascherl aus dem Gewinde und spuck dir hinein!" Und dann nimmt er ihm die Maxisingle aus der Hand und springt darauf herum wie der volle Hardrocker auf dem leeren Bierbecher, und aus war es mit der Freude, „Anni, das glaubst du nicht, wie freudlos es im Waisenhaus sein kann, aber wenn dich die eigene Mutti weglegt wie ein altes Brot, dann ist das halt einfach sehr, sehr traurig, tut mir leid, Anni, aber manchmal muss auch ich immer noch weinen."

Fünf Jahre lang hat er sich dann die Motörhead aus dem Zimmer vom Schuster Ronnie anhören können und zu Ace of spade den Shubidu-Walk perfektioniert, „das kennst du auch nicht, Anni, na geh! – ‚I'm born to lose, und gambling is for fools!', singen die Rocker, hast das wirklich noch nie gehört, Anni, ich kann es leider auswendig, manchmal glaub ich, sie haben es für mich geschrieben."

Jetzt ist es auch schon wurscht, denkt sich der Jackpot Charlie, wie er auf die Uhr schaut, jetzt ist sowieso schon alles zu spät. Der Jackpot Charlie kramt in den Innen- und Außentaschen von seinem eleganten Wildledermantel („danke, Anni! Danke, danke und immer wieder danke!") und in den Säcken von seiner Bundfaltenhose. Er findet seine roten Marlboro und jede Menge verweinte Taschentücher, in die er immer hineinrotzt, wenn er an seine Zeit im Waisenhaus denkt. Er findet jede Menge Wettscheine, mit denen er vergeblich das Glück sucht, und die eine oder andere Telefonnummer von der Erni, der Irmi, der Trudi oder der Ursi – was sich herumtreibt, kommt herum! Dann findet er noch einen Tausender, den er sich von der Anni ausgeborgt hat, und wartet noch auf die späten Nachmittagsrennen in Wolverhampton, England, auch immer tiefes

Geläuf, auch immer regenverhangener Himmel, auch immer bonjour tristesse.

Warum er auf Pferde wettet? „Pass auf, Anni", hätte er ihr die Sache irgendwie erklären können, wenn die Sache irgendwie zu erklären wäre: „Mit dem Autokonzernlenker Raff-Kahn aus Deutschland bin ich ja dauernd in Kontakt, dau-ernd, Anni, nicht auf gleicher Augenhöhe zwar, und schon gar nicht auf gleicher Wellenlänge, weil er ein Konzernlenker ist und ich ein kleines Angestelltenarschloch, aber immerhin in Kontakt – Schwarzgeld, Anni, richtig, was glaubst denn du?" Und der erzählt ihm vor fünf Jahren, dass sein Konzern einen gar nicht so kleinen Teil von seinen enormen Gewinnen in Rennpferde investiert, jedenfalls mehr als in die betriebliche Altersvorsorge, „das glaubst du nicht, Anni, wo die überall Pferde haben: in Dubai, in Hongkong, in Kalifornien, Dschibuti und Cincinatiohio". „Und wenn es dich kleinen Scheißer interessiert", hat er zu ihm gesagt, wie ihm die Schulden schon gewaltig um die Ohren gepfeffert sind, „dann setz ein Monatsgehalt auf Rudy the Reindeer im dritten Rennen, und zwar auf der Rennbahn drüben in Santa Anita, California, gehört beides dem Konzern, das Rennpferd und die Rennbahn, hähä, und der Rudy ist schnell wie das neue von mir in Auftrag gegebene Sportcoupé, da kann überhaupt nichts passieren!"

Hat er gesagt. Aber dann!

„Ich hab doch auch geglaubt, Anni, dass ein Autokonzern keine langsamen Pferde kauft!" So aber war das erste Monatsgehalt durch den Kamin geschossen, und exakt seit damals versucht er mit immer neuen Wetten das Minus auszugleichen, was aber bis heute nicht gelungen ist, er hat nämlich nie wieder Glück gehabt und seit der Maxisingle vom Shubidu keine Brunzschüssel mehr gewonnen. Und seither sieht er überhaupt nur noch den regenverhangenen Himmel mit den ganzen schwarzen Wolken über der Rennbahn, auch wenn draußen die Sonne scheint, „und das macht mich so traurig, Anni, glaub mir, es gibt auf der ganzen Welt nichts Trauriges als ein Wettcafé an einem verschneiten Nachmittag kurz vor Weihnachten, nicht einmal im Waisenhaus war es vor Weihnachten so traurig wie jetzt am Nachmittag im Wettcafé."

Als sich der Jackpot Charlie im Spiegel hinter der Bar anschaut, sieht er einen Blender, einen Selbstdarsteller, einen Schwindler und Tunichtgut. Er sieht alles Mögliche, nur nicht den kühlen Burschen, der er immer hat sein wollen, den wandelbaren Mister Cool, den Boogie King, den Disco-Gott. Er sieht auch nicht den Schuster Ronnie, der die Hardrockerei längst hinter sich gelassen und heute ein Gastro-Imperium namens BAHO-GASTRO mit Schwerpunkt Bahnhofsrestaurants führt, das hinten und vorne kracht wie eine Kaisersemmel, der aber immer noch lässig und super ist, immer blondiert, immer geföhnt, immer nach dem *dernier cri* gekleidet – „geh, Anni, letzter Schrei heißt das, ein bisserl Latein sollte man schon können!" –, und der für morgen drüben in Goisern – „das glaubst du jetzt nicht, Anni!" – ein Konzert vom Shubidu Jack angesetzt hat, ausgerechnet der ärgste Schlager-Feind holt sich jetzt den ärgsten Schlager-Fuzzi ins Haus, und er selbst hat jetzt nicht einmal das Geld für zwei Karten, „Anni, ich glaub fast, ich hab verloren!"

Irgendwann hat er dann nämlich angefangen, aus den Sparschweinderln von den kleinen Volksschulkindern Geld abzuzweigen, „kleine Menschen, kleine Summen, Anni, was glaubst denn du, da ist ja nix drin in so einem Sparschweinderl!". Damit hat er aber die Löcher nicht stopfen können, die sich bei ihm aufgetan haben. Also ist er dann manches Mal länger im Büro geblieben und hat sich die Konten von den Kunden angeschaut, „aber Anni, da war auch nichts! Die Hotellerie ist ja bis unter die Schnitzelpanier verschuldet, beim Pfarrer geht alles für die Alimente drauf, und der Biermösel, geht bitte, Anni, der Biermösel hält einen Hedgefonds für einen Mähdrescher, also was soll ich bei dem leer räumen?"

„Geh, Charlie", hört er auf einmal die Discowirtin sagen, die auf einen Sprung vom Tagescafé herübergeschaut hat, um die Wetteinsätze selbst zu kassieren, weil sie sich auch kein Personal mehr leisten kann. „Hörst du bitte endlich auf, mit dem Plastikchristbaum zu plaudern, das ist ja wirklich peinlich."

Da erschrickt der Jackpot Charlie. Er schiebt verschämt das halb volle Fluchtachterl beiseite, das das eine zu viel gewesen sein mag, und stellt sich den Pelzkragen von seinem neuen Wildledermantel hoch, bevor er den Kopf tief hineinsteckt.

„Schreib alles auf, Angelika", sagt er kaum hörbar zur Discowirtin, „ich komm dann am Monatsende und zahl alles auf einmal."

„Jaja", murmelt die gachblonde Discowirtin, die immer nachsichtig war mit ihren verlorenen Söhnen, und mit dem Jackpot Charlie war sie immer am nachsichtigsten, weil der von allen der verlorenste ist.

Als er hinaustritt in die allzu kalte Luft, wird ihm auf einmal ganz schlecht. Schlecht wegen dem vielen Wein, den er gesoffen hat, und schlecht wegen seinem verpfuschten Leben, das hinter ihm liegt. Er bückt sich zur Mülltonne hinunter und bleibt dort ganz lange stehen.

„I'm born to lose", sabbert er den alten Motörhead-Heuler vor sich hin. Und dann fragt er sich, ob nicht trotz allem seine glücklichste Zeit die im Waisenhaus gewesen ist.

Schneeflöckchen, Weißröckchen

Nachdem die Roswitha letztlich doch noch das Düdldüdldü auf *Radio Schmalz* und das elende Schmachten vom Shubidu Jack abgedreht hat und er ihr „Zeit wird es, du Judas Ischariot!" hinübergeschrien hat, da ist es dann auch schon wieder halb fünf Uhr in der Früh gewesen. Und dann hat der Biermösel endlich weit draußen in den tiefen Wäldern den Lindbichler gehört, der mit seiner großen Schaufel vorne dran über den rauen Asphalt gerattert ist und noch ein paar Tonnen Schnee zur Seite geräumt hat, bevor er seinen Unimog bei Einbruch der Dämmerung wie gewohnt hinauf zu seinem Kabuff oben am Pass gelenkt hat, wo er sich den ganzen Tag über vor den Strahlen der Sonne hinter dicken Vorhängen versteckt und an seinem U-Boot bastelt, jaja der Lindbichler, denkt sich der Biermösel immer wieder über den Lindbichler, der hat es auch nicht leicht.

Der Biermösel aber kann ihm nicht genug danken, dass er letztlich kein U-Boot-Kapitän geworden ist, sondern Schneeräumer. Wenn ihn nämlich in diesen eiskalten und pechschwarzen Winternächten voller Einsamkeit und Anfechtung der Liebeskummer und der Schmachtgesang vom Shubidu Jack aus dem Zimmer von der Roswitha im Bett rotieren lassen, dann ist es nur das ferne Donnern vom Lindbichler seiner Schneeschaufel, welches der Wind früher oder später zu ihm in die Kammer und dort an sein Ohrwascherl trägt, das ihn letztlich doch noch einschlafen lässt.

Nach all der Schlaflosigkeit und den bitteren Erkenntnissen, die Damenwelt betreffend, hätte er letzte Nacht aber sogar in Kauf genommen, wenn er überhaupt nicht mehr aufgewacht wäre, weil er sich im Grunde damit abgefunden hat, dass die Schöpfung halt ihn überraschend dazu auserwählt hat, dass er das Kreuz der Welt alleine trägt, aber Vorsicht, Biermösel, schon wieder komplett falsches Fest!

Stark übermüdet sitzt der Biermösel jetzt wieder auf seinem Musentempel am Gendarmerieposten in Aussee herüben und versucht, sich doch noch an die vorweihnachtliche Stimmung anzudocken. Er nimmt den Duftbaum von der Anni herunter und schaut ihn an wie der Urmensch das Feuer. Er dreht ihn und wendet ihn und beschnuppert ihn interessiert. Aber in die gewisse weihnachtliche Stimmung will ihn auch der nicht bringen, ein Duftbaum ist halt kein Christbaum, und speziell der von der Anni weckt sowieso wieder nur wehmütige Erinnerungen in ihm.

Er steckt sich den Duftbaum tief in die Tasche von seinem Wetterfleck und verabschiedet sich innerlich komplett von der Anni, man muss auch mit Würde verlieren können, und „Liebeskummer lohnt sich nicht, my Darling" singen nicht umsonst die Radinger Spitzbuben, die ein anderes Kaliber sind als der Shubidu Jack. Der Biermösel zwitschert eine Flasche Marillenbrand vom Tötschinger als Lebewohl auf die Anni, und dann schluckt er noch eine Schachtel mit den Tabletten vom Doktor Krisper, gelb wie die Sonne müssen sie sein. Aber selbst mit dem kombinierten Cocktail kommt bei ihm keine Stimmung auf, außer die vielleicht, welche der Eskimo oben im Norden empfindet, wenn er sich ein Loch ins Eis bohrt, eine Schnur hineinhängt und dann ein paar Monate darauf wartet, bis die Mitternachtssonne endlich untergeht, auch er und der Eskimo oben im Norden sind sich in vielem sehr ähnlich.

„Pass auf!", hat er der Anni damals noch nachgerufen, wie sie den Klobesen und alles andere zusammengepackt und gekündigt hat, „pass auf, wem du dein Herz schenkst und deine Kröten anvertraust!" Aber sie hat ihn nur ausgelacht und gesagt: „Geh, hör auf, Biermösel! Du kannst vielleicht mit der Glock aus der Hüfte heraus feuern, aber der Jackpot Charlie kann mein Geld vermehren (wie der Jesus die Fische)."

Da spätestens hat den Biermösel auch die drohende Komplettverweichlichung nicht mehr davon abhalten können, dass er dem Jackpot Charlie das denkbar schlechteste, mieseste, erbärmlichste, hundsgemeinste und unwürdigste Ende an den Hals gewünscht hat, das sich der Mensch nur vorstellen kann, allerdings möglichst drüben im Zuständigkeitsbereich vom Grasmuck in Goisern, bitte, weil so ein schreckliches Ende im Blutbad für die Gendarmerie natürlich immer gar nicht schön anzuschauen und immer auch mit sehr viel Arbeiten verbunden ist, und auf die scheißt er.

(Es gibt ja, schweift der Biermösel jetzt ein bisschen ins Reich der Arbeit ab, wie er es sich für den Vormittagsschlaf auf seinem Musentempel gemütlich einrichtet, es gibt ja im Prinzip keine gute und keine schlechte Arbeit mehr, es gibt nur noch die Arbeit, bei der man sich bis oben hin anfüllen muss, damit man sie erträgt, und die, bei der man mit relativ weniger auskommt, aber es gibt weit und breit keine Arbeit mehr, die man komplett ohne Tröster schafft, also konkret: Es gibt nur die Arbeit, die einem fünf, sechs Flaschen Brand abverlangt, und eine solche, bei der man mit ein, zwei Kisten Bier am Tag auskommt, darunter aber geht gar nichts mehr, die Arbeitnehmerseite hat da heutzutage nicht mehr viel Spielraum.)

Insbesondere seine Arbeit, kehrt der Biermösel wieder von der Theorie in die Praxis zurück, wird ja auch mit jedem Tag immer noch anspruchsvoller. Die furchtbare Tschinbum-Musik zum Beispiel, die den ganzen Tag vom Eislaufplatz am See unten zu ihm in den Musentempel herauf rieselt, setzt ihm neuerdings auch gewaltig zu. Also jetzt gleich noch eine Flasche Brand gegen die Musikberieselung, und dann die Frage: Wo hat er denn schon wieder die Doppelläufige hingestellt, mit der er die ganzen Rocker da unten endlich aus den Eislaufschuhen schießen kann?

Dabei, ärgert sich der Biermösel jetzt doch noch ein bisserl über die Anni und ihre allzu rosarote Brille, ist ja keinem im Ort entgangen, dass das falsche Gold an der Fassade vom Jackpot Charlie längst blättert, dass der Sockel, auf dem sein hohes Ross steht, gefährlich bröckelt, und dass die Luft, die er dort oben atmet, immer dünner wird, weil er weit über seine Verhältnisse lebt und in ihm ein lupenreiner Problemfall heranwächst, „Derrick, Derrick an Biermösel", hört der Biermösel auf einmal die Stimme von dem Tränensackträger aus München, „das sind doch alles beunruhigende Zeichen, Hinweise, Fährten und Spuren – Mönsch, da ist doch ein Anfangsverdacht in Richtung Goldhauben-Diebstahl durchaus gegeben, oder hast du etwa Seife in den Augen?"

Dazu vom Biermösel vielleicht nur so viel: Er wüsste wirklich nicht, wieso er Seife in den Augen haben sollte!

Aber vielleicht sind das ja wirklich Zeichen, Hinweise, Fährten und Spuren genug, denkt er sich jetzt, die ihn den Jackpot Charlie als Goldhaubendieb unter Anfangsverdacht nehmen lassen sollten, weil der vielleicht wirklich aus der gewissen Überschuldung infolge Wettsucht heraus imstande wäre, dass er eine Goldhaube stiehlt und das Gold von der Haube trennt, möglich ist es, möglich ist schließlich alles.

Der Biermösel stellt sich jetzt zum Fenster, durch das er schon lange nicht mehr deppert auf den See hinausgeschaut hat. Er macht es auf und haut schwach mit der rechten Faust gegen den ersten Eiszapfen, sodass er mit einem schönen kleinen Donner auf die Straße hinunterkracht. Dann bricht er den zweiten und den fünften Zapfen ab und wirft beide hinunter, den sechsten von links aber holt er sich herein und fängt an ihn zu fressen. Langsam kaut er darauf herum, und schön langsam beruhigt die eisige Kälte den pochenden Schmerz in seiner Zahnruine, und einen kurzen Moment lang glaubt der Biermösel, dass er das erste Mal in seinem Leben überhaupt schmerzfrei ist, halleluja!

Aber dann sieht er dort unten auf dem vom Lindbichler freigeräumten Eislaufplatz am zugefrorenen See die Anni in niegelnagelneuen Schlittschuhen herumfahren, Schneeflöckchen hin, Weißröckchen her, und der Schmerz ist wieder zurück, in seinem Herzen diesmal und noch mächtiger und gewaltiger als zuvor in seinem Zahn, meine Güte, die Anni!

Elegant zieht sie ihre Runden, und das nicht etwa alleine, sondern zusammen mit ihrer Jennifer, die auch neue Eislaufschuhe hat und als arbeitslose Jugendliche noch sehr viel Tagesfreizeit mit dazu. Und wie er die beiden so sieht, da weiß der Biermösel auf einmal, dass die depperte Seebachwirtin überhaupt keinen Anfangsverdacht gegen die Jennifer gehabt hat, sondern dass sie nur eine astreine Eislaufmutti ist, eifersüchtig und missgünstig bis dort hinaus, weil ihre eigene Speckschwarte Elfriede – in etwa gleich alt wie die Zwillinge von der Anni und in etwa gleich schwer wie die beiden zusammen! – überhaupt nicht eislaufen kann und schon mit fünf Jahren 20 Mal pro Saison ins Eis eingebrochen ist. Heiliger Bimbam, erinnert sich der Biermösel an die regelmäßigen Rettungsaktionen, während derer er immer für das Walross sein Leben aufs Spiel gesetzt hat und bäuchlings hinausgerobbt ist, wo er die Fettsau heldenhaft aus dem jeweiligen Loch herausgezogen hat, in dem sie gesteckt ist, jetzt weiß er auch endlich, warum er es sich unten herum komplett vertan hat, aber wirklich komplett.

Ein paar von seinen Problemen verdankt er sicherlich der verwöhnten Fettwurst, die heute mit flotten Vierzehn immer noch lieber beim Futtertrog im Saustall von der Wirtshausküche liegt und dort ihren Schnabel aufreißt und sich von der Mutti vollstopfen lässt wie die Gans vor Weihnachten, anstatt dass sie endlich was arbeitet und vielleicht selbst als Zwiebelschälerin anfängt, wohingegen die Anni ihre Jennifer trotz bitterer Not immer noch dazu anhält, ein wertvolles Mitglied der Gesellschaft und vielleicht doch noch Eiskunstlaufolympiasiegerin zu werden.

Der Biermösel schaut sich das jetzt wirklich gerne an, wie die zwei da unten herumtanzen, schön ist das schon. Dabei ist das Eislaufen ja so gar nicht seine Lieblingsdisziplin, Biathlon auch nicht, Rodeln auch nicht, Skeleton auch nicht, eher schon kann er mit Eisstockschießen was anfangen, aber bitte ohne Besen! Seine Lieblingsdisziplin im Wintersport ist und bleibt aber der alpine Damenschilauf, obwohl: Die jungen Damen heutzutage, muss er sagen, die sind im Vergleich zu früher auch nicht mehr so seine Kragenweite, das sind ja alles gespitzte Bleistifte, außer die eine Kroatin vielleicht und die gestauchte Schwedin, an denen ist auch noch alles dran, was an einer Rennläuferin dran sein muss, damit sie kompakt auf dem Schi steht, aber schön und rassig ist natürlich was anderes, schön und rassig ist ein Haflinger gegen die eine Kroatin und die abgezwickte Schwedin, da schaut er sich heute lieber Postkarten von der Staumauer in Kaprun an, bevor er den Staatsfunk wegen dem Damenschilauf aufdreht, weder für den Damenschilauf noch für den depperten Staatsfunk kann er sich noch so richtig begeistern.

Dabei hat es der Biermösel ja selbst weder im Damenschilauf noch im Biathlon noch im Skeleton noch in der Bierfahrerei sehr weit gebracht, also hat er sich dann nicht wundern dürfen, dass er auch im Eiskunstlauf sehr früh in der Entwicklung stecken geblieben und nicht Olympiasiegerin geworden ist. Dabei reden noch heute alle Trotteln auf jedem Stammtisch im ganzen Tal von seinem eingesprungenen Biermösel, den er vor über 20 Jahren beim legendären Eisstock-Turnier Goisern vs. Aussee aufs Eis gelegt hat, und wer dabei war, kann seine Sprungeinlage noch heute genau beschreiben:

Sorgfältiges Aufwärmen mit reichlich Marillenbrand, bevor man schön angezwitschert auf wackeligen Beinen das Eis betritt. Dann Vorgleiten mit dem linken Huf, dadurch beginnender Gleichgewichtsverlust, daraus resultierend beginnendes leichtes Rudern mit der einen Hand, das sich ausweitet zu einem schon ein bisserl hektischeren Rudern mit der anderen Pratze, was schließlich den ganzen Arm erfasst, woraufhin das andere Flügerl nicht nachstehen will und also beide schwingen wie der Adler beim Start, was aber den kompletten Kontrollverlust über beide Trittwerkzeuge nicht zu verhindern vermag, im Gegenteil! Schuh, Fuß, Knie und Hüfte schieben sich sowohl gleichzeitig als auch nacheinander und gegeneinander nach vor und zurück, was die Pflicht abschließt und die Kür einläutet, die mit einem unfreiwilligen Felgeaufschwung ohne Reckstange anfängt, welcher in den gestreckten, extrem schmerzhaften Spagat übergeht, gefolgt vom abrupten Emporspringen infolge furchtbarer Schmerzen unten herum, bevor eine Arschbombe auf gefrorenem Wasser und der finale Aufprall auf dem Hinterkopf die Sache zu einem wirklich anspruchsvollen Kunstwerk abrunden, bravo! Wer dann noch die Kraft hat, der kann im Krankenhaus die anderen Leute mit seinen Erzählungen über den eingesprungenen Biermösel unterhalten, falls er irgendwann aus dem Dauerkoma erwacht.

Da schau her, denkt sich der Biermösel dann, wie sich auf einmal auch die Manu zum fröhlichen Schlittschuhlaufen dazugesellt, mit ebenfalls neuen Schlittschuhen an den Füßen und mit einem neuen Nagellack an den Fingern. Der neue Nagellack und das plötzliche Auftauchen von der Manu könnten, wenn er so negativ denken täte wie die Seebachwirtin, nichts Gutes bedeuten, wenn man nämlich berücksichtigt, dass auch für einen Schnupperlehrling in einer Werkzeugmacherbude noch längst nicht Feierabend ist.

Aber so negativ kann der Biermösel jetzt gar nicht denken, weil sich die Ereignisse unten am Eis immer noch düsterer gestalten, wie dann auch noch der Jackpot Charlie mit seinem Mazda zur geselligen Tanzrunde dazustößt, frisch von der Punschhütte, wie sich aus seinem geschmeidigen Seegang ableiten lässt, in seinem niegelnagelneuen Ledermantel mit Pelzkragen dran, den er hinter sich herschleppt wie der Herrgott die Sünden der Welt. Und sogar der JC schnallt sich jetzt ein paar Eislaufschuhe an, die nicht billig gewesen sein können, und der Biermösel fragt sich wieder einmal, wo denn der auf einmal das Geld her hat?

Wie der Chaplin im frühen Schwarzweiß-Film gleitet der Jackpot Charlie jetzt zur Anni hinaus, links-rechts, links-rechts, und unverhofft wird der Biermösel Zeuge, wie die falsche Sau hinter dem Rücken von der Anni die Jennifer aufs Gemeinste wegstößt, sodass die auf ihrem schmalen Scheißer landet, ganz so, wie wenn er sie aus dem Weg räumen möchte für seine hundsgemeinen Pläne. Dann greift seine eiskalte Hand die warme und zärtliche Tanzhand von der Anni, und was der Biermösel dann sieht, das ist bei allem gebotenen Ärger über den JC doch sehr beeindruckend, weil: Wie der Fred Astaire früher die Ginger Rogers, führt der Jackpot Charlie die Anni geschmeidig über das Eis, und der Biermösel fragt sich, ob es vielleicht doch seine geschmeidigen kleinen Trippelschrittchen sind, die die Anni so für ihn eingenommen und ihr Floß so weit von seinem Ufer weggetrieben haben, muss er denn erst tanzen lernen, fragt er sich mit Tränen der Rührung in den Augen, damit er vielleicht doch noch bei ihr landen kann?

Der JC führt die Anni immer weiter hinaus, aber anstatt mit ihr einen weiteren Doppelaxel auf das Eis zu legen, greift er sie jetzt mit beiden Händen und schleudert sie mit einem gewaltigen Schwung in Richtung Seemitte hinaus, wo das Eis bedrohlich kracht, weil der Lindbichler zu oft verbotenerweise mit seinem Unimog dort herumsteht und der Franzi Kubelik von den Fischen unten in den Ozeanen erzählt, und wo die Anni jetzt nur deshalb nicht einbricht, weil sie leicht wie eine Feder ist, seine federleichte Anni.

Der Biermösel aber weiß jetzt, dass er gerade einen lupenreinen Mordversuch beobachtet hat. Der Jackpot Charlie freut sich nämlich gar nicht darüber, dass die Anni sich dort draußen einfach niederbückt und etwas aufhebt, und wie sie dann freudenstrahlend zu ihm zurückkommt und ihm das gewisse Etwas in die Hand drückt, dreht er sich einfach weg und lässt sie stehen wie den abgeräumten Christbaum nach den Feiertagen am Sammelplatz.

Bisher hat der Biermösel ja nicht so viel vom Eifersuchtsmord gehalten, weil der immer nur eine ungeheure Sauerei am Tatort anrichtet und wer weiß was für einen Dominoeffekt auslöst. Aber da hat er aus der Sicht von der allzeit ermittelnden, adleräugigen Gendarmerie gedacht. Aus der Sicht vom einsamen Wolf gedacht, kommt ihm der Eifersuchtsmord aber auf einmal gar nicht mehr so unpassend vor, allzu gerne täte er dem Jackpot Charlie jetzt mit der Doppelläufigen ein Loch auf die Stirn malen. Allerdings täten sich dann wieder alle ganz schön wundern, wozu er imstande ist, und wer weiß, ob er nicht eine Lawine lostreten oder gar eine Büchse öffnen täte, er will sich ja gar nicht vorstellen, wer in dieser Gegend aller wen aus Gründen der Eifersucht abknallen möchte und sich dann auf ihn ausreden täte: „Der hat damit angefangen!"

Der Biermösel hat jetzt aber sowieso weder Zeit noch Gelegenheit, dass er den Eifersuchtsmord ausführt, weil schon wieder die depperte Seebachwirtin hereingestiefelt kommt, aber nicht, wie er es eventuell noch ertragen könnte, mit ihrer wiedergefundenen Goldhaube am Schädel und einer Entschuldigung auf den Lippen für die Sauerei, die sie dauernd mit ihren zotteligen Stiefeln auf seinem Holzboden anrichtet, sondern mit einer neuen depperten Geschichte.

„Biermösel, hör zu", schreit sie hysterisch, „ich war gerade in der Kirche."

„Und dann?"

„Dort hab ich den Herrn Pfarrer getroffen."

„Und dann!"

„Der ist beim Opferstock gestanden."

Herrgott, denkt sich der Biermösel, bald geht ihm wirklich die Hutschnur auf, weil auch die so schlecht erzählen kann, also mit Nachdruck:

„Und weiter, Depperte!"

„Der Opferstock war ausgeräumt. Aber nicht wie sonst vom Herrn Pfarrer selbst (Anm. Biermösel: der dann immer das ganze Geld in den Ausbau von seiner Schnapsnase investiert!), sondern von Unbekannten aufgeschweißt und aufgesägt."

„Und jetzt?"

„Jetzt musst du dich darum kümmern, Biermösel!"

Da seufzt der Biermösel tief und denkt sich:

Eher wird er die Buche mit der Tanne versöhnen, bevor er mit der Seebachwirtin jemals auf einen grünen Zweig kommt, da trifft nämlich das (blöde) Schaf auf den (schwächelnden) Löwen, wenn die zu ihm hereingeschneit kommt, da ist der Mord in der Komplettrage nicht mehr weit, wenn die ihren Schnabel aufmacht, da kann er sich sogar vorstellen, dass er nicht nur den Eifersuchtsmord salonfähig macht, sondern auch das Massaker im Affekt, also wieder einmal:

„Dort ist die Tür, Depperte!"

Melancholie im Dezember

Schon ein wenig hinfällig, aber immer noch mit einem Hauch Grandezza, der von ihrem vergangenen Glanz zeugt, in ihren schwarzen Pumps und dem viel zu kurzen Ledermini, schreitet die gachblonde Discowirtin zur Ausschank in ihrem Tages- und Nachtcafés *Chez la blonde*, wo sie sich einen weiteren Espresso mit einem weiteren Schuss Brandy genehmigt. Die Uhr an der Wand zeigt halb vier Uhr morgens, aus der Jukebox hört sie den Keith, wie er die ersten Akkorde anschlägt, und dann fängt der Mick „Angie" zu singen an, die wohl persönlichste Nummer, die er je für sie geschrieben hat, damals am Beginn vom Rock'n'Roll-Wahnsinn, als ihre schwarzen Strümpfe noch keine Löcher hatten und ihre Zehen noch nicht verknöchert und gefühllos waren, weil sie ein Leben lang das falsche Schuhwerk getragen hat. Aber soll sie jetzt noch auf Gesundheitsschuhe umsatteln, sie, die Königin der Nacht?

Die Zeit des Überganges ist ihr die liebste, die Zeit des Zwielichtes, wo die Nacht noch nicht weiß, wie sie abrechnen soll, und der Tag noch keinen Plan hat, welches Menü er den Menschenkindern auftischen wird. Aber heute fällt es auch ihr immer schwerer, die Augen offen zu halten, sie schläft ja nie, seit 30 Jahren nicht mehr. Wer rastet, der rostet, war immer ihre Devise, wenn sie schlafen wollte, hätte sie reich heiraten können. Also zählt sie noch einmal die Tageslosung in den Geldbörsen (es ist nicht viel) und gibt sie in den Tresor (er ist nicht groß). Dann holt sie ihr Säckchen mit dem schwarzen Afghanen hervor, das sie in ihrem Strumpfband bunkert, und denkt dabei ein ums andere Mal wehmütig an den Mick und an die Zeit, als noch der Glanz sie umgab und nicht die Patina. Melancholie also, jetzt im Dezember.

Die Discowirtin war immer Unternehmerin, sie war es gern. Heute freilich hat sie abgewirtschaftet, vorbei ist die Herrlichkeit des freien Unternehmertums. Sie kann ihre Gas- und

Stromrechnung nicht mehr bezahlen, die Auftragsbücher in ihrem Puff sind leer, nur ab morgen Nachmittag bis einschließlich 25. hat der Konzernlenker Raff-Kahn aus Deutschland noch die Franzi Kubelik mit dem Zwetschkenkompott-Einlauf-Package um € 1.127,– all-incl. als Hausbesuch in seinem Flachdachneubau am Gebirgskamm gebucht, ein richtiges Schwein ist der. Aber der Lindbichler wird seine Franzi im Unimog hinaufbringen und wieder abholen, da kann ihr nichts passieren. Dann wird sie die Franzi aus ihrem langfristigen Vertrag entlassen, und die zwei sollen glücklich werden, wie es ihrer beider Wunsch ist.

„Ach!", seufzt die Discowirtin. „Das Glück!"

Ansonsten? In ihrer Disco *Blondi* geht wochentags gar nichts mehr. Die Wirtschaft befindet sich in der Talsohle, die Bundesregierung treibt den einen die Freude aus und die anderen in die Armut. Das Puff wiederum, erinnert sie sich, war früher ein Selbstläufer und hat ihr wenigstens die Fixkosten gesichert. Wenn alles andere den Bach hinuntergegangen ist – die Hurerei hat sich immer rentiert. Die schwarze Perle Trinidad aus Tobago für den Mann, der sich gern im Exotischen verliert; die samthäutige, alabasterfarbene Schönheit Danuta aus Polen für die wenigen Gentlemen, die es noch gerne klassisch lieben; die scheinbar gemütliche, grobknochig-korpulente, aber zupackende Gertrude aus Garmisch-Partenkirchen für die strenge Kammer sowie die zwergwüchsige Franzi Kubelik für den Einlauf mit Zwetschkenkompott (plus Ziegenbock Ulf für den Mann mit dem besonderen Gusto) – man möchte meinen, damit deckt ein Etablissement heutzutage alles ab, wonach den Herren der Schöpfung die Sinne stehen. Aber weit gefehlt! Die Trinidad und die Danuta sind nur noch bei ihr, weil man nicht legal ausreisen kann, wenn man illegal eingereist ist. Und die Gertrude hat ihre Arbeit erst gestern hingeschmissen, ausgezehrt, körperlich und nervlich am Ende, „Ich kann nicht mehr", hat sie gesagt, „Ich ertrage es nicht mehr", hat sie gejammert,

„Auch ich will zu Weihnachten Liebe und krieg doch immer nur Hiebe", hat sie gereimt, und hat sie etwa nicht Recht?

Die Discowirtin merkt den Verfall der Sitten ja am eigenen Leibe, wenn sie sich hin und wieder noch selbst verschenkt, sie hat ja nichts verlernt seit ihren wilden Tagen und Nächten mit dem Mick. Immer wieder kommt es vor, dass sie einer „Stradivari" nennt und „auch eine alte Geige spielt gut" zu ihr sagt, das schmeichelt ihr dann schon sehr.

„Angie! Aaaaaaingie!", hört sie den Mick aus der Jukebox fragen, „what's the sadness in your eyes?"

Eine tiefe Traurigkeit übermannt sie tatsächlich jedes Mal, wenn sie daran denkt, wie vor 35 Jahren alles begonnen hat, ihr persönliches kleines Wirtschaftswunder. Mit dem „Club" (o.k., Puff) *La blonde Vlies* hat sie in Goisern herüben den Grundstein für ihr Gastroimperium gelegt, nachdem sie drüben in Aussee das *Honckeytonk* zusperren und vor dem fanatischen Rock'n'Roll-Hasser Biermösel hat flüchten müssen. Das Kamasutra hat sie damals aus Indien mitgebracht, wo sie mit dem Mick einen herrlichen Sommer der Liebe verbrachte, und das Haschisch und die Wasserpfeife gleich mit dazu. Ein paar alte Matratzen und Honigwachskerzen vom Adventmarkt in Ischl, mehr hat sie für den Anfang nicht gebraucht, ein Tempel der Wollust lebt ja vor allem von der Atmosphäre.

Dabei war schon in den Seventies alles gar nicht einfach, schon damals die Rahmenbedingungen sehr schwierig (die Erdöl-Krise!), und das gesunde Volksempfinden ist über sie hinweggefegt wie die große Pratze vom Biermösel über das Haupthaar der kleinen Rotzbuben, wenn er wieder einmal Pädagogik unterrichtet. Aber bald hat die Discowirtin gemerkt, dass die Wertkonservativen von der „Hilf dir selbst, wir helfen dir nicht!"-Partei, die am Stammtisch nach dem Besuch des Gotteshauses über ihr Hurenhaus hergezogen sind, während der Woche ihre besten Kunden waren. Schnell hat sie verstanden, dass erst der Arschfick kommt und dann die Moral.

In den 80er Jahren schließlich ihre unternehmerische und gesellschaftliche Glanzleistung, ihr kaufmännisches Bravourstück: Sie hat sich den „Stadl“ dazugepachtet und die Bauerntrottelhütte in *Blondi* umbenannt, bevor die Discowelle verspätet über Österreich geschwappt ist. Mit dem *Blondi* hat sie sich ein wenig in den Sparstrumpf legen können, einem wie dem Jackpot Charlie auf der Ackerbau- und Viehzuchtbank würde sie nie nie nie ihr Geld anvertrauen. Erst letzte Woche wollte die Franzi Kubelik ihre ganzen Ersparnisse abheben, weil sie sich auf ein Leben mit dem Lindbichler gefreut hat, aber da war nichts mehr drauf.

„Wie geht denn so was?“, hat sie den Jackpot Charlie von ganz tief unter dem Schalter hinauf gefragt, und der hat sie von oben herunter angebrüllt, als hätte er ein schlechtes Gewissen: „Das weiß ja ich nicht, und jetzt schleich dich, du Hurenfut!“ Auch ein innerlich sehr verbogener Mensch, dieser Jackpot Charlie. Gar nicht zu vergleichen mit ihren ganzen früheren Freunden, die damals während dem Disco-Wahnsinn alle regelmäßig zu ihr gekommen sind, der Warhol Andy, der Deutscher Drafi, die Harry Debbie, der Reed Lou, der Bowie Vidl und natürlich der Mick.

Wehmütig streicht die Discowirtin jetzt mit ihren schlanken Fingern über die Bilder an der Wand, die vom vergangenen Glanz zeugen, jetzt in der Stunde der einsamen Herzen, die voller Erinnerungen ist. Heute sind sie nur noch Zucker, diese Erinnerungen, aber die Discowirtin hat auch geweint, geweint hat sie oft. Bei ihr ist die Liebe ja nie lange geblieben, ach, oft zog sie viel zu schnell wieder weiter. Und am Heiligen Abend war dann sowieso nie einer da, den sie hätte überreden können zu bleiben. Am Heiligen Abend waren dann immer alle zu Hause, die sie während des Jahres begehrt haben, all die Ehemänner, die zwar nach den Weihnachtsfeiern immer ihren Schwanz hineinstecken wollen, aber spätestens zu Heiligabend immer durch die lange Gerade im Silbertannenwald heim zu ihrer Waltraud (zur Gertraud, Edeltraut, Rotraut, zur Gisela, zur Annemarie, zur Ursula und wie ihre Konkurrentinnen alle heißen, die allesamt brave und duldsame und dumme langweilige Ehefrauen sind, freilich verheiratete Ehefrauen, was sie ihnen immer geneidet hat) in die heimeligen Refugien und verschworenen Trutzburgen der Eheleute geflüchtet sind, die sie nie hat kennen lernen dürfen, zu Weihnachten wollen auch die größten Schweine immer nur an den heimeligen Herd und zu den Würschteln mit Saft. So versaut können die Ehemänner gar nicht sein, dass sie nicht immer wieder selbst nach dem dreckigsten Rudelfick ihre Füße in die Filzpatschen zu Hause bei Mutti stecken müssen, und immer hört sie die gleichen elenden Ausreden: „Die Gattin zum Arzt! Die Kinder in die Schule! Das Auto in die Werkstatt! Den Rasenmäher zum Service!"

Die Discowirtin kann es nicht mehr hören, das Hohelied der glücklichen Familie. Sie möchte weinen, wenn sie daran denkt, dass sie als Königin der Nacht immer nur das fünfte Rad am Wagen war, und heute, auf den Monat genau 35 Jahre nach Altamont, steht sie auch nicht mehr da wie die blühende Pfingstrose. Außer den zwei unglücklichen Gendarmen sowie dem Bürgermeister und dem Jackpot Charlie sind ja keine Männer mehr auf dem Markt, und weder die zwei unglücklichen Gendarmen noch den Bürgermeister und schon gar nicht den Jackpot Charlie möchte sie haben, auch nicht geschenkt und nicht einmal zu Weihnachten. Also muss auch sie sich immer öfter den alten Polster zwischen die Schenkel legen und die Jukebox lauter drehen, damit sie einen Hauch von der Wärme und Geborgenheit einer Familie spürt, die ihr nie vergönnt war.

Die Stunden hin zum Erblühen eines neuen Morgens und erst recht die Tage um Weihnachten gehören überall auf der Welt den Familien. Da schlüpfen die kleinen Kinderlein in die Betten der Eltern, und man möchte meinen, dass die Familie doch noch nicht ganz verloren ist. Sie aber hatte nie jemanden an ihrer Seite, wenn die Weihnachtsglöckchen läuteten, seit der Mick sie nach der würdelosen Schlägerei mit dem Biermösel verlassen und für den Affenmenschen dann „Street Fighting Man“ geschrieben hat, sie hatte nie einen, der sie hielt und tröstete und ihr die schmerzenden Füße massierte und zu ihr sagte: Ich freu mich auf Weihnachten, mein kleiner Liebling, das Leben ist schön mit dir, wir wollen gemeinsam alt werden.

So wie das der Lindbichler immer zur Franzi Kubelik sagt, wenn sie sich für ihn schick macht und ihr Kleidchen anzieht, das sie schon zur Erstkommunion getragen hat, seither ist sie ja nicht mehr gewachsen. Wenn der Lindbichler dann kommt, hört sie ihn schon von weitem, und sie fährt mit dem Lift herunter und holt ihn zu sich hinauf.

„Welcher Stock?“, fragt sie.

„Erster Stock“, antwortet er.

Dabei steht die Franzi auf dem kleinen Schemel und drückt den Knopf, der den Lift knarrend in Bewegung setzt. Wenn die Franzi selbst nicht gebucht ist – und sie ist wie alle anderen auch praktisch nie gebucht –, dann darf sie im Etablissement der gachblonden Discowirtin Liftboy spielen, warum denn auch nicht?

Als das arme Kind das Zwergenweitwerfen und all die perversen Bondage-Spiele in einem Puff in der großen Stadt nicht mehr ertragen konnte, weil praktisch kein Stück ihrer einstmals makellos weißen Haut mehr ohne blaue Flecken und kein Knochen ungebrochen war, ist sie aufs Land zurückgezogen, hat ihre Ersparnisse zum Jackpot Charlie auf die Ackerbau- und Viehzuchtbank gelegt und bei ihr angefragt, ob sie in ihrem Dorfpuff vielleicht auf Einlauf umsatteln könnte, „geht das?“.

„Freilich!“, hat die Discowirtin geantwortet und wollte sie umstandslos als Kassierin ins Wettbüro neben dem Tagescafé hinüber setzen, weil die alte Kassierin gerade gekündigt und sie das mit dem Einlauf zunächst falsch verstanden hat, aber die Franzi hat geantwortet:

„Geh, Chefin! Ich red von Einläufen in den Arsch hinein, mit Zwetschkenkompott, das ist meine Spezialität."

„Soll mir auch recht sein", hat sie, die Königin der Nacht, gesagt, die bis dahin alles gesehen hat, nur halt keine Einläufe mit Zwetschkenkompott. Und nach einem Schnuppermonat war die Franzi Kubelik, die eigentlich Liftboy werden wollte, bis hinauf nach Deutschland bekannt für ihre Einläufe mit Kompott. Nur dem Lindbichler macht sie keinen Einlauf, den Lindbichler hat sie lieb. Der trägt sie auf seinen kräftigen Schneeräumer-Armen in ihr Zimmer hinein, und dann streichelt sie seine gerötete Haut, wie die Discowirtin durch die tauben Spiegel in den Séparées oft neidvoll beobachtet hat, zärtlich, ganz ganz zärtlich streichelt sie seine Haut. Sie schmiegt sich dabei an ihn, und dann sagt sie:

„Nemo! Erzähl mir von den Meeren!"

Und dann erzählt der Lindbichler ihr von den Meeren. Er erzählt ihr von den tiefsten Ozeanen und den gewaltigsten Rochen, von den schönsten Seesternen und den kleinsten Krebsen, von Walen und Haien und Delfinen. Am liebsten aber hört die Franzi Kubelik Geschichten von den kleinen Seepferdchen, die ihr von allen da unten die liebsten sind, weil sie so klein sind wie sie selbst, und dann fragt sie den Lindbichler immer:

„Nemo, wann fahren wir hin?"

Und der sagt: „Bald."

„Ach!", seufzt die Discowirtin. „Die Liebe!"

An die 90er Jahre und die Jahre danach erinnert sich die Discowirtin jetzt ganz ohne Wehmut. Die waren im Gesamten verschwendet und haben die verbogensten Menschen hervorgebracht. Kommt zum Beispiel eines Tages der Peymann mit dem Konzernlenker Raff-Kahn von den Salzburger Festspielen zu ihr herüber auf ein kleines Gulasch im Tages- und Nachtcafé und fragt sie, kaum, dass er Platz genommen hat, ob sie Nazifotzensau denn nicht wisse, dass der Hund vom Hitler auch

Blondi geheißen hat wie ihre Bauerntrotteldisco, und ob sie verfickte Eva Braun der Berge den verschissenen Laden nicht schleunigst umbenennen möchte, bevor er ihn ihr abfackelt, auch ein innerlich sehr verbogener Mensch, dieser Peymann, richtig durchgedreht hat er, bevor sie ihn mit dem Kochlöffel vertrieben hat. Aber in den 90ern war einfach der Lack ab, die fette Torte war gegessen, good old Hollywood was dead.

Auch wenn ihr schon früher so mancher weh getan hat, so waren doch allesamt Gentlemen damals und hatten Manieren und Benimm! In den 90ern aber, ein Hansi Hinterseer, ein Dieter Bohlen oder ein Thomas Gottschalk im Fernsehen, das ist ja fürchterlich! Allesamt ein Beweis dafür, dass alles den Bach hinuntergeht, wenn zu viele dasselbe wollen. Wofür, fragt sie sich, wofür muss denn ein Mann blond sein?

Jetzt also Schokotorte statt Haschischkuchen, und der Mick singt nur noch aus der Jukebox für sie „Angie“, „Aiiiingie!“, singt er, „With no lovin’ in our souls and no money in our coats, we can’t say we’re satisfied!“

Das kann sie wirklich nicht sagen.

Die Discowirtin hat nun schon ordentlich Schlagseite. Der Afghane drückt schwer auf ihre müden Lider und hält die Erinnerungen hinter einem diffusen Schleier. Aber genau deswegen raucht sie ihn ja!

Durch den leisen Dämmer hindurch merkt sie nur sehr langsam, dass ein kalter Luftzug sie umweht, und als sie endlich zur Eingangstüre blickt, fragt sie sich, wie lange diese schon offen stehen mag, und ob dieses wunderschöne, aber ein wenig verwahrloste Wesen im viel zu großen Wetterfleck, das zitternd darin steht, ein Engel ist.

„Nowaja Semlja?“, hört sie den Engel leise flüstern, und jetzt weiß die Discowirtin endlich, wie die Engelssprache geht.

Wie eine Sackhüpferin ohne Sack hoppelt der Engel zu ihr her und nimmt an der Theke Platz. Dort streift er die Kapuze vom Wetterfleck ab, und die Gachblonde sieht das verfilzte und einstmals platinblonde Haar des Engels, blond und gelockt, ungezähmt und ungewaschen, so wie ihres einmal war, als sie mit dem Mick in Altamont herumlag, damals, als es in ihrem Leben noch keine einsamen Weihnachten und schmerzlichen Erinnerungen gab.

„Melange? Kleiner Brauner? Einen Brandy vielleicht?", fragt die Discowirtin den Engel, sie selbst wird sich jetzt auch noch einen genehmigen. Aber ihr himmlischer Gast antwortet nicht. Die jungen Leute reden ja heute nicht viel, weiß die Discowirtin, da machen die Engel keine Ausnahme. Ganz anders war es natürlich früher bei ihnen (ja, es war halt früher einfach alles besser!), als sie sich während der Hasch- und Sexorgien auch gut und vernünftig miteinander unterhalten konnten.

„Nowaja Semlja?", fragt der Engel noch einmal mit flehend verzweifelter Stimme, und da ist sich die Discowirtin auf einmal gar nicht mehr sicher, ob ihr blonder Gast nicht doch eine verirrte Schwedin ist und kein Engel, weil nur die Schweden so reden, also fragt sie:

„Woher du? Du Helsingborgholmstock?"

Freilich hätte die Discowirtin gewusst, dass Helsingborgholmstock nicht die Hauptstadt von Schweden ist, sie hätte sogar gewusst, dass Helsingborgholmstock überhaupt nichts ist, wenn sie beim im Herbst unglücklich zu Tode gekommenen Lehrer Mallinger in die Klasse gegangen wäre und aufmerksam seinen Unterricht verfolgt hätte, anstatt schon mit 14 dem Rock'n'Roll-Fieber zu erliegen und jedem Konzert der Stones nachzureisen. Aber genau das hat sie ja damals nicht interessiert: Hauptstädte, Flussläufe, Weltkriege und Gliedsätze – „what the fuck for?!", wenn man stattdessen der freien Liebe frönen und endlich den BH ablegen konnte.

„Ich Angelika", sagt die Discowirtin jetzt. „Or better said: Angie, like ‚Angie' from se Rolling Stones, and you how?"

Aber die vermeintliche Schwedin antwortet nicht. Dann ist sie vielleicht einfach die Tochter von der Putzfrau Anni aus

Aussee drüben, die ihr der Doktor Krisper wegen der Schnupperlehre vorbeischicken wollte, seit ihr der Zuckerbäcker Mario alles hingeschmissen hat, „ab in den Süden!", hat er fröhlich gesungen, als er bei der Tür hinausgegangen und nie wieder zurückgekommen ist.

„Du Zucki Zucki backi backi?", fragt die Discowirtin.

Aber die Schwedin kann kein Deutsch, so viel steht fest. Also:

„You sugar sugar bake bake, baby?"

Englisch detto Fehlanzeige. Dann vielleicht Französisch?

„Tu veux … na, was heißt ‚arbeiten' schnell noch einmal auf français, traveller, tu veux traveller-check?"

Mon dieu, das Parlez-vous-français hat ihr auch der Afghane in dichte Nebel gehüllt, ihr ganz persönliches Fin-de-siècle dämmert langsam, aber sicher herauf, aber einen dreht sie sich jetzt noch, „tu veux jointln avec moi?", fragt sie die Blonde.

„Ivana", hört sie das Mädchen plötzlich sagen, und dann wieder „Nowaja Semlja?", und sie deutet zunächst mit dem Finger auf ihre Brust und breitet dann fragend die Arme aus.

„Ivana", flüstert die Discowirtin nachdenklich. Und plötzlich weiß sie, dass der Engel keine Schwedin, sondern eine Polin ist, weil nur die dort so heißen. Und sie erinnert sich, dass im letzten Herbst, als ein grausam verendender Hirsch die ganzen Jäger in ihrem Puff beschäftigt hat, auch der elendiglich zu Tode gekommene Puffkaiser Schlevsky mit einer jungen Blondine angereist war, mit der er eigentlich seinen Lebensabend oben am Gebirgshang hätte verbringen wollen, bevor dann alles ganz anders gekommen ist, so wie damals im Dezember '69, als die Stones drüben in Altamont ihr legendäres Konzert gegeben haben.

Kann es also sein, dass das arme Ding, das damals wie vom Erdboden verschluckt war, jetzt noch immer im Tal herumirrt und den Weg nach Hause nicht findet? „Nowaja Semlja", murmelt die Discowirtin nachdenklich. „Nowaja Semlja". Schön klingt das, denkt sie wehmütig, als wohnten dort die Engel.

Aber bevor die Discowirtin ihre schweren Beine in Bewegung setzt und vom Telefonapparat bei der Jukebox aus den Grasmuck anrufen könnte, um ihm zu melden, dass die gesuchte Blondine vom Schlevsky bei ihr sitzt, ist die auch schon wieder weg, hinaus bei der Tür, schnell und leise, wie sie gekommen war. Auch sie nur ein zu kurzer Gast in ihrer Einsamkeit.

Dann ist es still im *Chez la blonde*. So bedrückend still wie damals in Altamont, California, während der Stunden des Übergangs von der Nacht zum Tag, als sie alle betreten in der Blumenwiese herumlagen und weinten und nicht wussten, ob nach dem völlig aus dem Ruder gelaufenen Konzert von den Stones ihr gemeinsamer Traum vom Rock'n'Roll-Wahnsinn nicht schon gestorben war, noch bevor er überhaupt geboren wurde.

Oh Haupt voll Blut und Wunden

Na gut, hat sich der Biermösel dann gedacht, wenn schon er selbst nichts arbeiten will, dann jagt er wenigstens den Grasmuck drüben in Goisern in die dortigen einschlägigen Absteigen und lässt ihn die Gästemeldungen nach weltweit agierenden, mutmaßlichen, von Interpol gesuchten Goldhaubendieben durchforsten. Der muss ja auch beschäftigt werden, bis er endlich im Puff von der Gachblonden andocken kann und dann nicht mehr herauskommt, bevor er nicht die schlimmsten Tage des Jahres im Komplettdelirium weggespült hat, „du hast ja die Roswitha!", schreit er dann immer, wenn er ihn fragt, warum er denn so was tut, „ich hab überhaupt niemanden!"

Aber da hat er vor allem keine Ahnung.

Einsam und immer einsamer, reißt der Biermösel das 23. Fenster am Adventkalender der Firma K. u. k. Schnapsbrennerei Tötschinger, Bad Ischl, auf, welcher auf seinem Musentempel hängt und hinter jedem Fensterl ein kleines Marillenschnapsflascherl für den gelungenen Tag als Überraschung bereithält. Eine sehr schöne Geste vom Lieferanten, wie er findet, die Schnapswirtschaft unternimmt heutzutage wirklich schon sehr viel in Richtung Kundenbindung. Allerdings vermag auch der Tötschinger mit seinem 23. Flascherl im Adventkalender den Schmerz in seinem Zahn und den in seinem Herzen nicht zu lindern, also warum bis morgen warten?

Der Biermösel reißt das 24. Fenster auch gleich auf und säuft den Jackpot hinterher, eine wirklich einmalig geformte 4-cl-Flasche vom feinsten Brand, ein weiterer Gottesbeweis, danke. Aber dass er jetzt vom Schmerz geheilt wäre, das kann er dann auch nicht behaupten, also wo sind denn jetzt wieder die gelben Tabletten vom Doktor Krisper, „gelb wie die Sonne" müssen sie sein!

Nachdem sich der Biermösel gestern Nacht aus der Kammer von seiner Schwester wieder bis vier Uhr Früh den komplett verweichlichten „Club Lagrima – Wo keine Träne ungeweint bleibt!“ mit dem Shubidu Jack als Spezial-Gast hat anhören müssen, war er nicht nur nahe am Durchdrehen. Er hat sich auch gefragt, ob die Roswitha ihr Herz vielleicht doch an den öligen Sangesbarden persönlich verloren hat, weil sie den in letzter Zeit dauernd hört und er ja morgen in Goisern drüben ein so genanntes Kommbackkonzert gibt, für das die eine oder andere Freikarte vom Schuster Ronnie und seinem Gastro- und Veranstaltungsimperium zu gewinnen war, wer weiß denn schon, wofür seine Schwester zum Griffel greift? Füllt sie Teilnahmekarten aus, die neuerdings massenweise ins Haus flattern, weil sie ihn treffen will?

Aber dann war ihm schnell klar, dass sich eine fette Schweinsbratenwirtin aus Aussee in keinen schwabbeligen Schmusesänger aus Deutschland verlieben kann, so was Blödes gibt es vielleicht in den grenzenlos depperten Nachmittagssendungen vom grenzenlos depperten Staatsfunk, nicht aber in der grenzenlos depperten Wirklichkeit. Also hat der Biermösel auch diesen Anfangsverdacht zu den Akten gelegt wie die geselchte Wurst in die Speisekammer. Und wenn er sich doch in seiner Schwester irren sollte und in ihrem Herzen ein Flämmchen der Leidenschaft lodert, das nicht er entfacht hat, dann hat er ja neuerdings immer die Doppelläufige in der Satteltasche von der Fips gebunkert, nebst allem anderen, das er in seiner Satteltasche gebunkert hat, und nur für den Fall, dass ein Eifersuchtsmord unumgänglich sein wird. Den Fettfleck schießt er nämlich noch aus 500 Metern locker von der Bühne im Bahnhofsrestaurant in Goisern herunter wie das Hendl von der Stange, falls der wirklich in seinem Revier wildert und ihm die Roswitha abspenstig machen will.

Herrgott, die Roswitha!

Früher ist er beschwingt vom ausgiebigen Frühstück (harte Würste!) auf den Posten gekommen und hat sich für die anstrengende Fahrt hierher mit einer ersten ausgiebigen Jause und einem Flascherl vom Tötschinger belohnt, da war er ganz bei sich selbst, da ist er noch aufrecht in den Schuhen gestanden. Er war kräftig und wohlgenährt und hat zur Attacke geblasen, und ja, er ist auch vor harten Maßnahmen nicht zurückgeschreckt, wenn ihm ein Problem unter den Nägeln gebrannt hat. Dann ist er abwechselnd in das Kostüm vom King Kong oder in das vom John Wayne gestiegen, jedenfalls hat immer jeder gewusst, wer der Chef im Ring ist. Und wenn sich ein paar unerledigte Fälle bis in den Winter hinein gestapelt und sich ihre Klärung unnötig in die Länge gezogen hat, wenn die Täter einfach nicht und nicht aus ihren Höhlen herausgekommen sind, dann hat er alle, die er ins Visier genommen hat, in die aufgeräumte Wirtsstube vom Auerhahn bestellt und die Tür zugesperrt. Und sobald er den rechten Fuß auf einen Sessel gestellt und in die Runde geschaut hat, hat jeder gewusst, was jetzt kommen wird – „Bitte Biermösel, jetzt nicht die Venen!"

Aber da war es natürlich längst zu spät, und die Pädagogik hat ihren Lauf genommen. Er hat ruhig die Hand an die Wollstutzen gelegt und sie langsam hinuntergezogen. Da sind sie dann wahlweise alle miteinander herumgestanden oder sind gegeneinandergerannt oder haben geschrien und geheult oder mit den Zähnen geknirscht, wenn er ihnen die Wetterstation erklärt und die Krampfadern gezeigt hat, „nicht die Venen, Biermösel! Bitte nicht die Venen!", hat er sie jammern gehört, aber er war unerbittlich:

„Dann gesteht halt!"

Wenn einer aber justament den Mantel vom Schweigen nicht hat ablegen wollen, dann hat er der Roswitha den Hilfssheriffstern an die Küchenschürze gehängt und ihr gesagt, sie soll das Zwetschkenkompott aus dem Keller heraufholen und das Magazin von der Schlagobersspritze durchladen. Dann hat er den gewissen Verdächtigen mit dem Klammergriff im Nacken und ein paar Tritten auf den Arsch in die Küche geholt, und die Roswitha hat getan, was sonst nur die Franzi Kubelik drüben im Puff von der Gachblonden tut, heilige Scheiße, aber spätestens dann ist der Biermösel immer zu einem schönen Geständnis gekommen, auch wenn die Küche nach so einem jenseitigen Erlebnis natürlich immer gar nicht schön anzuschauen war, außer man sagt: Schön versaut ist auch sehr schön.

So und nicht anders hat der Biermösel vor seinem Unfall im Krautacker alle anstehenden Fälle zumindest in Richtung Anfangsverdacht umlenken können, und – da will er ehrlich sein – eine Riesengaudi hat er dabei natürlich auch immer gehabt, wenn er aufgeräumt hat wie die Anni den Saustall – Daumen rauf, Daumen runter, da war er ganz Nero. Die Braven vorne hinaus bei der Wirtshaustür in die Freiheit, die Bösen hinten hinaus Richtung Schießstand. So haben er und die Roswitha mit vereinten Kräften das Verbrechen in die Schranken gewiesen, und Aussee ist nicht Goisern geworden, wie sich die Roswitha noch um ihn gekümmert und ihn nicht dem Hungertod überlassen hat, während heute Goldhaubendiebstahl und Opferstockraub sein tägliches Brot sind.

Wie sich dann sein Gendarmerieposten langsam in eine Eishöhle verwandelt und er selbst sich in einen Eisbären mit gewaltigen Zahnschmerzen, da fragt sich der Biermösel, ob er sich nicht lieber gleich ins Krematorium drüben in Gmunden legen soll, bei der Arschkälte und bei seinen Problemen oben und unten herum wäre das vielleicht wirklich das Gescheiteste, wenn er sich noch heute der Feuerbestattung überantworten täte, Herrgottnocheinmal, er hat so einen Hunger, dass er die Ledertasche fressen könnte, in der er immer die Schmalzbrote transportiert, und er hat solche Schmerzen, dass er sich wieder einmal ein bisserl sehr über die moderne Zahnheilkunde ärgern muss, die ja leider bis heute keine Mittel und Wege gefunden hat (die moderne Zahnheilkunde selbst als Mittel und Weg lehnt er rundheraus ab!), wie sie die gequälte Kreatur von einem verfaulten Zahn befreien könnte, ohne dass die gequälte

Kreatur dabei am Schmerz zugrunde geht oder sich vor Angst in die Hose scheißt.

Vielleicht, überlegt er jetzt, wie er sich wimmernd zusammenkrümmt und mit dem Schädel ein Loch in die Wand schlägt, vielleicht wird er sich heute nach Feierabend durch die meterhohen Schneewände hinter dem Auerhahn zum Schießstand hindurchkämpfen und sich dort vor den Rotbuchenscheiterstoß stellen. Vielleicht wird er dann der Roswitha wieder den Hilfssheriffstern anlegen und ihr die Glock in die Hand drücken, wenn die heute vielleicht gnädigerweise irgendwo zu finden sein wird. Und vielleicht wird er dann ihr die Verantwortung für die endgültige Lösung von seinem Schmerzproblem und allen anderen Problemen auch übertragen, „Schieß endlich! Sonst bist du mir ja eh keine Hilfe mehr!"

Wie der Biermösel vor drei Jahren den furchtbaren Schmerz oben auf L 6 zum ersten Mal gespürt und mit der Zunge ertastet hat, war ihm als erfahrenem Schmerzpatienten sofort klar, dass es sich bei dem Krater um ein Loch handeln muss, da macht ihm heute keiner mehr was vor, da ist er ganz fernöstlicher Chinese, wenn es um die Löcher in seinen wenigen verbliebenen Beißwerkzeugen geht. Wie sonst nur der Leguan im Affenbrotbaum, erfühlt und ertastet auch der Biermösel die Welt um sich herum mit seinem langen und empfindsamen Schlapfen, nur leider halt, dass er damit nie den Mund von einer rassigen Dame ertastet, das ist dann schon sehr bitter, weil gerade vor Weihnachten der Mensch besonders gern mit seiner Zunge in fremden Mäulern herumfuhrwerkt, er braucht ja nur bei der Punschhütte vorbeifahren und nachschauen, wer sich dort aller mit der Zunge gegenseitig die Mandeln abtastet, und das alles unter dem Deckmantel „betriebliche Weihnachtsfeier", er könnte sich Tag und Nacht anspeiben.

Mit schwerer Hand greift der Biermösel dann zum Telefonhörer, weil er endlich den Stararchitekten Wollatz erreichen und ihn wegen Um- und Ausbau vom Scheißhaus gleich auf einen Termin festnageln will. Aber der Wollatz ist seit Tagen verschollen und wie vom großen Loch verschluckt. Hoffentlich liegt er nicht als Schneeleiche irgendwo da draußen in der weißen Hölle herum, wünscht sich der Biermösel inständig, von oben bis unten durchlöchert von der wildgewordenen Jägermeute, nichts kann er jetzt weniger brauchen als eine von der wildgewordenen Jägermeute durchlöcherte Schneeleiche.

Wie der Biermösel aber die alte Drehwählscheibe an seinem Telefon anwerfen will, mit schweren Fingern und schwerem Haupte, wie er dabei fast einschläft, weil ihn die Last vom insgesamt misslungenen Leben so niederdrückt, da läutet das Telefon auf einmal bei ihm selbst, und insgeheim hofft er natürlich, dass es die Anni ist mit einem verzweifelten Schluchzen im Kehlchen und dem unbändigen Wunsch, dass sie sich ihm erklären und alles wieder gutmachen kann.

Aber wie der Biermösel abhebt, ist nicht die Anni dran, sondern der Doktor Krisper, und der sagt in seiner unnachahmlichen Art „Serrrrvus Bierrrrmäsel, wie gäht äs dirrrr?", du meine Güte, weiß der Biermösel sofort, jetzt kann er sich wieder was anhören, weil jeder vor Weihnachten seine eigene Art hat, die Einsamkeit zu bekämpfen, und beim Doktor Krisper heißt diese Art leider Reden und noch einmal Reden.

Normalerweise legt der Biermösel ja sofort auf, wenn ihn der Rattenfänger in seiner Funktion als willfähriger Parteisoldat wegen irgendeiner Aktion von seiner depperten Bundesregierung anruft. Aber diesmal hat er so ein gewisses Gefühl in den Venen, dass der langweilige Teil von seiner Ansprache – „Hörst du mir zu, Biermösel, es ist bitte Folgendes: Die Bundesregierung macht immer wieder viel super Aktion, diesmal Weihnachtsaktion, was nennt sich: ‚Lass dir in den Kamin schauen, auch Santa Claus tut es!', was will wiederum sagen: Prostata-Vorsorge-Untersuchung für den Mann ab 40, aber du bist 59 und mein schwierigster Patient …" – noch von einer für ihn immens wichtigen Information begleitet werden könnte, und richtig: „… weil eigentlich ich warte auf das Stararchitekt Wollatz“, hört der Biermösel den Doktor Krisper weiter erzählen, „was aber kommt und kommt nicht daher, also magst nicht kommen du vorbei, solange ich warte auf Wollatz, kriegst auch Weihnachtsliedbuch von die Parteigranden als kleines Zuckerl, als Gusto, geh Biermösel, ist wirklich einmaliges Gesangsbuch.“

„Drauf geschissen auf dein Gesangsbuch, und drauf geschissen auf deine depperten Parteigranden!“, sagt der Biermösel.

Aber dass der Wollatz jetzt eigentlich zum Doktor Krisper in die Ordination kommen soll, das interessiert ihn dann schon sehr, also hakt der Biermösel mit dem gewissen Unterton nach, der normalerweise den Verdächtigen in die Enge treiben soll:

„Sag einmal ganz ehrlich, Krisper, baust du dir vielleicht auch das Scheißhaus um, oder was ist los mit dir?“

„Aber nein, Biermösel“, kann ihn der Doktor Krisper mit seinem hysterischen Lachen beruhigen, „komme ich ja aus Bulgarien, wo Qualität von Scheißhäuser ist unter jede Sau, also bin ich anspruchslos total diesbezüglich.“

Gott sei Dank bist du anspruchslos total diesbezüglich, denkt sich der Biermösel, und dann fasst er einen für seinen verlangsamten Dämmerzustand relativ schnellen Entschluss:

„Komme!“

Allerdings natürlich nicht, damit er sich vom bulgarischen Frankenstein den Kamin kehren lässt, sondern nur deshalb, weil er bei ihm vielleicht den Wollatz doch noch vor Weihnachten antreffen könnte.

Die Fahrt hinüber in die Ordination wird er aber nicht ganz ohne die Seelentröster schaffen, die ihm der Herr Doktor in seiner eigenen Hexenküche zusammengebaut hat. Also robbt er schwach und immer schwächer hinaus zum Schreibtisch, neben dem die Kisten mit den gelben Tabletten stehen. Aber wie er die erste aufmacht, muss er leider feststellen, dass weder in der noch in der dritten oder fünften noch irgendwelche Tabletten drinnen sind, weil er in den letzten schwierigen Tagen die ganze Jahresration schon aufgegessen hat, jedoch die Ration für das übernächste Jahr, na bumsti!

„Ich geb dir die gelben, gelb wie die Sonne!", hat der Doktor Krisper zu ihm gesagt und ihm die Wiederkehr der guten Laune versprochen, wie er im Spätherbst wegen der gewissen Niedergedrücktheit (wie wenn sich ein Gebirgszug auf ihn drauflegen und es sich schön langsam auf ihm gemütlich machen will!) und dem Loch im Schädel nach dem furchtbaren Kreuzigungserlebnis im Acker vom Brunner-Bauern bei ihm vorstellig geworden ist.

Immer öfter spürt der Biermösel jetzt dieses gewisse Verlangen nach der reinen Chemie, das er früher nicht gespürt hat, weil ihm früher der doppelt gebrannte Marillenschnaps aus der Hexenküche vom Tötschinger genügt hat, wenn er schlecht gelaunt war, aber schön langsam will er von früher gar nicht mehr reden, so sehr hat er sich selbst zum Schlechteren verändert, dass er schon wieder eine Stimme hört:

„Derrick, Derrick an Biermösel, hörst du denn die Alarmglocken nicht, die da schrillen, und auch nicht die ungezählten Alarmsirenen, die da losheulen, hast du denn was in den Ohrwascherln, du bist ja schon hochgradig süchtig!"

Dazu vom Biermösel jetzt vielleicht nur so viel als Gruß nach München: „Was geht denn dich das an, was ich in den Ohrwascherln habe!"

Der geht ihm vielleicht auf die Nerven mit seinen dauernden ungefragten Ratschlägen, ärgert sich der Biermösel über den alten Trottel aus dem Freitagskrimi, das kann er brauchen wie einen eingewachsenen Zehennagel, wenn sich einer nicht und nicht aus seinem Amt verabschieden mag und immer wieder bei der Tür hereinschaut wie die Maus aus dem Loch, auch dann noch, wenn er längst und offiziell von allen für überflüssig erklärt worden ist.

Ganz anders, weil reibungslos, hat sich vor 25 Jahren der alte Biermösel verabschiedet, wie er an einem Donnerstag um Punkt 9 Uhr das letzte Mal den Dienst angetreten hat und um 9.01 Uhr schon wieder bei der Tür draußen war, aber damals war auch das mit dem Übertritt in die Frühpension noch kein Problem.

Der Alte hat einfach die Bleispritze aus seinem Halfter genommen und zusammen mit dem Sheriffsstern an ihn übergeben, und dann ist er Fliegenfischen gegangen, wie das in der Pension am Anfang jeder tut, weil er glaubt, dass er dabei die ruhige Hand wiederfindet, die ihm im Dienst abhanden gekommen ist.

Allerdings war auch der alte Biermösel nie der Siddharta. Das depperte Herumsitzen am Fluss unter einem Baum im Schatten war er einfach nicht gewöhnt. Also hat er bald aufs Fliegenfischen geschissen und sich noch am selben Tag ein kariertes Flanellhemd und ein paar feste Bergschuhe gekauft, dazu einen wirklich scharfen Tomahawk und eine Husqvarna plus ein paar Hektar Wald dazu mit tadellosem Rotbuchenholz drinnen, und dann hat er Rotbuchenholz geschlagen wie eine Maschine, Jahr und Tag, Tag und Nacht, Stunde um Stunde, ganze zehn Jahre lang hat man im ganzen Tal den alten Biermösel Rotbuchen umhacken gehört, tak tak tak, und hinter dem Auerhahn beim Schießstand hat er die Scheiter dann eigenhändig gestapelt, eins auf das andere, einen Stoß neben den anderen, den Nord- und Südturm, den Ost- und den Westturm, und seither haben sie wirklich mehr als genug Rotbuchenholz, muss er sagen, du liebe Güte, Rotbuchenholz haben sie wirklich mehr als genug.

Ob er das Rotbuchenholz für die langen kalten Winter im Ausseerland zurechtschneidet, haben ihn dann einige vorwitzige Tratschweiber im Ort gefragt.

„Nein“, hat er gesagt und sie mit dem gewissen Schaum vorm Mund angeschaut, „ich schneide das Holz für die Scheiterhaufen zurecht, auf denen ich euch Weiber alle miteinander verbrennen werde!“ Bald war er nämlich psychisch nicht mehr auf der Höhe und auf das andere Geschlecht gar nicht gut zu sprechen, weil ihm die alte Biermöselin davongelaufen ist, auch das Leben vom Alten war keine einzige Erfolgsstory, was das Glück mit den Damen anbelangt.

Wahrscheinlich hätten sie heute noch viel mehr als genug Rotbuchenholz, wenn dem Alten dann nicht an dem einen sehr heißen Sommertag eine von vier Rotbuchen auf den Schädel gefallen wäre, die er immer gleichzeitig und reihum gekillt hat, da hat sich jeder was abschauen können. Wie der Biermösel dann den stark an der Kopfhaut blutenden Berserker mit einer komplett ruinierten Schädeldecke darunter gefunden hat, den Gamsbart am Hut komplett verbogen, die Zunge schon dick angeschwollen, die Augen groß wie Handgranaten, da hat der Alte zu ihm gesagt, er soll ihm den Gnadenschuss geben, „einmal mach dich nützlich!“, hat er ihn angeschrien, „sonst bist du mir ja eh keine Hilfe!“

Das hat dann schon weh getan.

Aber der Biermösel hat es trotzdem nicht übers Herz gebracht. Stattdessen hat er den Alten geschultert und ihn auf der Fips ins Krankenhaus nach Gmunden hinauf gebracht, wo die Götter in Weiß ihm dann bei der Erstversorgung gesagt haben, dass sie ihm zwar den ruinierten Schädel samt dem austretenden Hirn wieder zusammenpicken, nicht aber all die Verheerungen bereinigen können, die sich für das äußere Auge unsichtbar in seinem Inneren abspielen. Zum Beispiel haben sie sich über seine wirklich einmalige Leber gewundert, die größer war als das Praterstadion in Wien, und über seine wirklich sehr außergewöhnlichen Zuckerwerte – Zucker, haben sie gesagt, Zucker hat er so viel, dass er damit ein halbes Jahr lang ein ganzes Caféhaus in Wien unten versorgen könnte, Zucker hat er wirklich mehr als genug.

Damit war die Sache besprochen und sein Schicksal besiegelt. Wie er dann aus dem Koma erwacht ist, war nicht nur sein

Schädel bandagiert wie der von einer ägyptischen Mumie, sondern auch sein linker Huf amputiert, schnipp schnapp schnappi, aber die Amtsübergabe zuvor ist im Wesentlichen klaglos verlaufen.

Da schaut der Biermösel noch einmal mit Dankbarkeit das Gemälde vom Alten an, das über dem Schreibtisch hängt und das ihn mit den Insignien der Sozialdemokratie zeigt und mit der linken Faust zum Gruß erhoben. Der Biermösel grüßt ihn mit seiner schwachen linken Pranke zurück und kippt ein schnelles Flascherl auf sein Wohl. „Frohe Weihnachten!", sagt er. „Und Freundschaft."

Dann richtet sich der Biermösel endlich für den Arztbesuch her. Er kämmt und schnäuzt sich, wie er das immer tut, wenn er zum Doktor geht. Und wie er vor dem Spiegel steht, sieht er zwar mittlerweile alles ein bisserl doppelt, weil er schon so elendig schwach ist. Aber so sieht er halt zwei Löcher statt einem in seinem Schädel, und genauso doppelt sieht er das verschorfte Blut, das ihm über die Stirn geronnen ist. „Oh Haupt voll Blut und Wunden", seufzt er und stellt sich den Dornenkranz dazu vor, den er sich jetzt um den Schädel wickeln könnte, weil das wirklich auch schon wurscht wäre.

Aber pass auf, Biermösel, schon wieder komplett falsches Fest!

Doktor Krispov

Wie der Biermösel schließlich mit seinen innerlich und äußerlich bedenklich verdreckten Bergschuhen das gesteckt volle und komplett überhitzte Wartezimmer vom Doktor Krisper betritt, sind seine Augen trotz Windschutz und Schibrille nach einer abermals sehr abenteuerlichen Fahrt, während der es ihn gezählte fünfzehn weitere Male abwechselnd auf den Scheißer und natürlich auch wieder auf den Schädel gehaut hat, so verdreckt mit Schnee und allem möglichen anderen Zeug (die Luft ist so schmutzig heutzutage!), dass er jetzt nicht nur alles doppelt, sondern auch noch alles verschwommen sieht, danke herzlich.

Ein erster verschwommener Rundumblick im Wartezimmer lässt ihn dann folgende Vorgehensweise wählen:

Bevor er jetzt lange herumscheißt und sich eine Wartenummer zieht, bevor er sich vielleicht hinten anstellt und der Sprechstundenhilfe dann des Langen und Breiten erzählt, was genau er doppelt sieht und was nur verschwommen, zieht er lieber die Glock und hält sie jedem unter die Nase, der ernsthaft glaubt, er ist auf der Warteliste vor ihm gereiht, welche namentlich sind: der freche Rotzbub vom Tischlermeister Rodriguez (Hals- und Beinbruch beim Eislaufen) und die Berger-Oma (künstlicher Darmausgang, zwar nur leicht verrutscht, aber schwer verdaulich für die Umgebung, wegen Geruchsattacke). Denen beiden schiebt der Biermösel die Glock so weit in die Nasenlöcher hinauf, bis sie endlich verstehen, dass er vor ihnen dran ist. Und weil er ja nicht nur zum Spaß da ist, sondern den Wollatz sucht, nimmt er gleich noch jeden anderen im Wartezimmer unter die Lupe und schaut ihn sich von oben bis unten genau an, aber der Wollatz, muss er leider sagen, ist nicht dabei, weder doppelt noch verschwommen.

Also weiter im Gefecht!

Der Biermösel täuscht mit der Glock in der erhobenen Hand und strengem Blick in den verdreckten Augen einen dramatischen Alarmeinsatz vor, bei dem alle ins zweite Glied rücken und ihn allein an vorderster Front agieren lassen müssen. Entschlossen wie der Texasranger sich dem Terrorkommando nähert, nähert er sich der Tür zur Ordination vom Doktor Krisper, „psst!", sagt er dabei mit dem dicken Wurstfinger gegen den Mund gedrückt, immer wieder sagt er „psst!", alles hat er ja nicht vergessen, was er oben in der Gendarmerieschule im Fach „Dschungelkrieg" gelernt hat, und das Wichtigste beim Dschungelkrieg ist das „Psst!"-Sagen. Die schreienden Kinder und verängstigten Alten allerdings, über die er dabei hinwegsteigen muss, will er dann lieber schnell vergessen. Aber wie er endlich die Tür eintreten und dem ganzen Spuk ein Ende bereiten will, stellt sich ihm aus dem Hinterhalt der kleine Willi in den Weg, zielt mit seiner Plastikspritze auf ihn und sagt:

„Hände hoch, oder ich schieße!"

„Oder *was?*", schreit der Biermösel zurück.

Wenn der Biermösel nämlich was überhaupt nicht leiden kann, dann ist das die Unart der jungen Leute, dass sie so undeutlich reden. Also stellt er die Trompete auf „Blizzard" und bläst den kleinen Willi an, dass ihm die Ohren flattern:

„Hast du ‚ich schieße' oder ‚ich scheiße' gesagt, Herrgottnocheinmal, mach den Mund auf beim Reden!"

Da scheißt sich der kleine Willi vor Angst in die Hosen, und spätestens jetzt merkt er, dass er die Lage völlig falsch eingeschätzt hat und es mit einem deutlich überlegenen Gegner zu tun hat, obwohl alle im Ort über ihn erzählen, dass er komplett verweichlicht und kein richtiger Gegner mehr ist.

„Warst du denn im Frühjahr nicht in der Schule", schreit ihn der Biermösel weiter an, „wie ich Pädagogik I und II unterrichtet habe, zum Zwecke der Abschreckung?"

Da zucken überhaupt alle zusammen, die im Wartezimmer sitzen und früher einmal in Aussee in die Schule gegangen sind, und jeder erinnert sich mit Schrecken in den Augen, dass der Biermösel jedes Mal im Frühsommer knapp vor Schulschluss in die Schule gekommen und der Frau Lehrerin gesagt hat, dass sie heute „Pädagogik“ auf den Stundenplan setzen soll. Und wenn sie dann seine schweren Schuhe draußen am Gang gehört haben, dann haben die kleinen unschuldigen Kinder drinnen in ihren Klassenzimmern schon nach Luft geschnappt, so wie jetzt alle nach Luft schnappen, die sich noch daran erinnern.

Der Biermösel hat den hoffnungsvollen Nachwuchs lieber besucht, bevor er was angestellt hat, und er hat sich die am wenigsten Hoffnungsvollen herausgeholt, die mit U-Hakerl geschossen und den Mäderln unter den Rock geschaut haben. Die hat er an den Ohrwascherln nach vor zum Katheder gezogen und ihnen seine Riesentrümmer-Fäuste unter die Nase gehalten und gesagt:

„Damit das ein für allemal klar ist: Die Linke heißt ‚SS 20‘, und die Rechte heißt ‚Pershing II‘, oder auf Deutsch und zum Mitschreiben in Schönschrift: Die Linke heißt ‚Krankenhaus‘, und die Rechte heißt ‚Friedhof‘. Also immer schön aufpassen, dass ihr nicht in einen von den zwei Stahlbrechern hineinrennt, wenn ihr einmal größer seid und glaubt, die allgemein katastrophale Arbeitsplatzsituation abseits der Zwiebelschälerei ist der Freifahrtschein für ein Leben jenseits von Recht und Ordnung, das ist sie nämlich sicher nicht!“ Und dann hat er ihnen den Strafenkatalog auseinander gesetzt:

„Fangen wir so an: Wer von euch den reichen Pfaffen stiehlt, der hat meinen Segen. Wer aber den Marillenbrand vom Tötschinger aus dem Supermarkt holt – ‚Krankenhaus!‘ Und wer überhaupt lebensmüde ist und vielleicht den Schweinsbraten bei der Roswitha zwar verschlingen, aber nicht bezahlen will – ‚Friedhof!‘“

Weil der kleine Willi aber wahrscheinlich Masern gehabt hat, wie er gelehrt hat, will der Biermösel ihn in einer Art Nachhilfestunde die versäumte Unterrichtseinheit nachholen lassen.

Schon hat er den einen Fuß am Sessel und eine Hand am Wollstutzen, schon schaut er ihn mit pädagogischen Augen an. Aber da hört er die verweichlichten Volksmassen hinter sich wimmern und jammern:

„Nicht die Venen, Biermösel! Bitte erspar ihm die Venen!"

Na gut, gibt der Biermösel dieses eine Mal dem Drängen der verweichlichten Volksmassen im Wartezimmer nach, dann halt nicht die Venen, sondern nur die Trompete ins Ohr vom Willi:

„Dort ist die Tür!"

Da fällt der Willi in Ohnmacht, was dem Biermösel persönlich zwar leid tut. Aber jetzt weiß wenigstens jeder, dass der Biermösel zwar schwach ist, aber immer noch pädagogisch. Und nichts eignet sich besser als das Wartezimmer von einem Doktor, um die Nachricht möglichst schnell und vielstimmig in die ganze Welt hinaus zu tragen, „und jetzt gehet hin in Frieden."

„Der Wollatz?", fragt der Biermösel schwach, wie er schließlich die Ordination vom Doktor Krisper betritt und sich vor ihm in den gepolsterten Sessel fallen lässt. „Der Wollatz? Wo?"

„Der Wollatz!", sagt der immer fröhliche Doktor Krisper, und dann schlägt er die Hände über seinem Kopf zusammen. „Ist er gekommen zu mir vor zwei Tage, du eh wissen, seine Augen schlecht, sein Kreuz schlecht, seine Zähne schlecht, seine Knie schlecht, kurz: seine Ohren schlecht, seine Hüften schlecht, sein Magen schlecht, kurz: das Kreuz auch nicht gut, die Blutwerte auch nicht, der Blutdruck auch nicht, kurz: …"

„Und weiter?", seufzt der Biermösel und denkt sich: Der kann wirklich ganz schlecht erzählen.

„Will der Wollatz haben Stempel von mir für Verlängerung von Führerschein", fährt der Doktor Krisper fort, „also sage ich: Bitte, Wollatz, kriegst du das Stempel für deine Lappen, aber bitte, zu Sicherheit von andere Leute in Aussee: Bitte bitte

bitte kauf dir neue, sichere Auto! Sagt das Wollatz: ‚Certo, facio io.' Was heißt wörtlich: ‚Sicherlich, mache ich'."

„Und weiter?", fragt der Biermösel, wie er schon fast am Einschlafen ist. „Und weiter?"

„Na hab ich ihm empfohlen: Kenne ich Händler oben in Nang-Pu, was heißt er Krispov und was ist Bruder von mir und gebürtig auch aus Bulgarien, und kaufst du dir von Vorschuss, was hast du kassiert von Autokonzernchef aus Deutschland für geplante Um- und Ausbau von Flachdachneubau oben an Gebirgshang, neue geländetaugliche SUV von Konzern von genau selbe Konzernlenker aus Deutschland, was ist groß wie ein Panzer und schwer wie ein Schiff und was hat 14 Airbags vorne und was hat Airbag oben, unten, hinten …" –

– „Und weiter!"

– „Und was hat echt superspitzenmäßiges 1a-GPS mit Stimme von Dagmar Koller drinnen, was lässt fahren Auto praktisch wie von alleine, kann nix mehr passieren."

„Da hast du", sagt der Biermösel müde und gerädert von den langatmigen Ausführungen vom Doktor Krisper, „da hast du leider nicht den Funken von einer Ahnung, was alles passieren kann, wenn ein 96jähriger Zitteraal, Alzheimerpatient links, Parkinsonpatient rechts, blind wie eine Kuh, taub wie eine Maus, mit seinem Auto auf einer Straße im Ausseerland unterwegs ist, frag nach beim Heiligen Christophorus!"

Aber dann hat er nicht mehr die Kraft, dass er ins Detail geht. Er will nur noch wissen, wo der Wollatz jetzt ist, also fragt er: „Und weiter?"

„Ist er nicht gekommen seither, und kann ich ihm nicht geben seine Tabletten, was sind blau wie der Ozean und was haben beruhigende Wirkung auf seine Hyperaktivität und Nervosität und Aufgeregtheit, ist er verschollen?"

„Verschellt!", korrigiert der Biermösel den Doktor Krisper mit dem strengen pädagogischen Blick, den er immer in der Schule aufsetzt, weil er gerne ein bisserl obenauf ist im Umgang mit denen, die zugewandert und der schönen heimischen Sprache nicht so mächtig sind wie er. „Verschellt heißt das, nicht verschollen!“

Dann schläft dem Biermösel endgültig das Gesicht ein. Er rutscht auf seinem Sessel immer weiter hinunter und schaut den Doktor an wie die Kuh das Tor. Er seufzt tief und atmet schwer, und auf einmal fällt ihm auf, was der für schöne eindringliche Augen hat und was für einen stechenden Blick, mit dem er ihn fixiert. Dem Biermösel wird auf einmal ganz warm auf seiner Stirn, wie er den Quacksalber wie von fernen Welten säuseln hört:

„Mach dich frei, Biermösel! Mach dich frei.“

Dem Doktor Krisper reicht es nämlich schön langsam. Bis heute hat sich trotz intensivster Werbebemühungen der Bundesregierung kein einziger der hier registrierten Hochrisikopatienten bei ihm zum Kaminkehren gemeldet, und auch die Androhung der Zusendung des Weihnachtsliedbuches der Parteigranden hat keine Trendwende eingeläutet. Für einen frisch bekehrten Wirtschaftsliberalen wie ihn ist das natürlich keine gute Bilanz, da war es früher in Bulgarien besser, dort sind die Vorsorgeuntersuchungen notfalls in den Gefängnissen durchgeführt worden, in die alle geworfen worden sind, die sich ihr verweigert haben. Manchmal trauert auch der Doktor Krisper respektive früher Militärsportarzt Doktor Krispov den Segnungen des Kommunismus nach, aber das darf natürlich hier im Mutterland des Lodens keiner wissen, wo er erst vor kurzem der „Hilf dir selbst, wir helfen dir nicht!“-Partei beigetreten ist, „Hier ist es schön, hier ist es fein, komm in unser Häuschen rein“ steht bei denen im Parteiprogramm, und er will ja in dieser Gegend nicht wie der Schneehase im grünen Feld herumhoppeln und sich als Kommunist outen.

„Mach dich frei, Biermösel! Mach dich frei!“, sagt er wieder.

Das letzte Mal, dass sich der Biermösel frei gemacht hat, war bei der Untersuchung oben in der Gendarmerieschule in Linz, wo sie ihm aber nicht in den Kamin geschaut haben. Den kleinen Hammer aufs Knie schlagen und mit der Taschenlampe ins Ohr leuchten – das hat genügt, das hat genügen müssen! Aber auch die Medizin hat seither Fortschritte gemacht, und der Herr Doktor Krisper, stellt der Biermösel jetzt fest, trägt sogar schon Gummihandschuhe und schmiert sich die Hand ein, halleluja, da klemmt der Biermösel lieber instinktiv den Arsch zusammen.

„Mach dich frei!“, hört er den Herrn Doktor wieder sagen. „Mach dich frei!“

Na ja, denkt sich der Biermösel jetzt, das macht er schon sehr gut. Im Verführen und Locken ist der Doktor Krisper gewiss besser als er selbst, und wenn er die Damen auch so lockend anschaut und mit seiner Samtesstimme auf sie einredet, dann Hut ab und allen Neid dieser Welt.

„Mach dich frei, Biermösel!“

Der Biermösel könnte jetzt schwören, dass er nicht will, was er tut, weil er von Natur aus schamhaft ist und sich aus Prinzip nicht auszieht, nicht vor der Roswitha, nicht vor dem Schlafengehen, und erst recht nicht vor einem Mann.

Aber er muss es jetzt tun, er muss, er muss, er muss. Er kann mit seinen sonst so gefürchteten Adleraugen dem hypnotisierenden Blick von seinem Hausarzt einfach nicht mehr standhalten, so verweichlicht ist er schon. Wie von einer fremden Hand gesteuert, fängt er an sich die eingefrorenen Schuhbänder aufzubinden und sich die Wollstutzen hinunterzuziehen. Und wie er sich im Grunde schon damit abfindet, dass ihm der Herr Doktor die Loden- und dann die Unterhose auch noch hinunterzieht und ihn dazu bringt, dass er sich vor ihn hinkniet und er ihm dann den Kamin kehrt, da reißt ihn auf einmal ein entsetzter Schrei vom Doktor Krisper aus der Hypnose:

„Aaaaah!“, brüllt der wie am Spieß, und dann kann der Biermösel sehen, wie er verzweifelt auf seine Venen starrt und mit dem nackten Finger darauf zeigt:

„Aber Biermääääsel!“, schreit er und hält sich die Hände vor die Augen. „Warum hast du mir denn nie erzählt von deine Venen, wolltest du mich iiiiberrrrraschen?!“

Bravo, denkt sich der Biermösel zufrieden. Wenn du mich hypnotisieren willst, dann zeig ich dir meine Venen, und schon ist das Gleichgewicht des Schreckens wiederhergestellt, du alter Bulgare!

Nachdem ihm jetzt also auch der Doktor Krisper nicht geholfen hat, den Aufenthaltsort vom Wollatz zumindest einzugrenzen, damit er ihn in die Enge treiben und ihm die Fluchtwege versperren kann, steht der Biermösel langsam auf. Aber bevor er sich mit einem schönen Gruß von der Faust „Krankenhaus“ vom Herrn Doktor verabschiedet, fällt ihm ein, dass ihn ja noch ein anderes Verlangen hierher getrieben hat, der winterliche Hunger nach den Strahlen der Sonne.

Ein bisserl verschämt stellt er dem Doktor die leere Tablettenschachtel auf den Tisch und sagt mit dem gewissen drohenden Unterton und mit der Hand schon wieder an den Wollstutzen:

„Mehr, Krisper! Viel mehr!“

„Aber gerne, Biermösel“, sagt der Doktor Krisper, der selbst kein Freund der Apothekerwaage ist. „Sind ja genug dort in der Kiste, greif einfach zu!“

Der Biermösel geht zur Kiste und räumt sich die Säcke von seinem Wetterfleck voll. Dann schaufelt er noch ein paar Kilo in die Jausentasche hinein, und mit dem Rest geht er hinaus und schüttet ihn in die Satteltaschen von der Fips, die schmecken wirklich einmalig. Und dann schiebt er sich noch den Mund voll, wie er wieder zurückkommt zum Doktor Krisper und gleich die Jahresration für 2005–2010 auch noch ordert.

„Ich dank dir recht herzlich, Herr Doktor.“

„Keine Ursache“, sagt der Doktor Krisper feierlich, „der rechtschaffene Mensch ist gerade vor Weihnachten am glücklichsten, wenn er helfen kann.“

Drauf geschissen, denkt sich der Biermösel, auf den rechtschaffenen Menschen und insbesondere auf Weihnachten. Er ist am glücklichsten, wenn er die Tabletten fressen kann!

Wie er endlich hinausgehen will, mit den Hosen oben und dem Kamin ungekehrt, kommt ihm der Doktor Krisper aber noch einmal nachgelaufen. Er gibt ihm die warme Hand, schaut ihm tief in die Augen und sagt:

„Falls wir uns nicht mehr sehen, Biermösel: Frohe Weihnachten.“

„Dazu von mir vielleicht nur zwei Worte“, sagt der Biermösel: „Dir auch.“

Und weg ist er, hinaus bei der Tür wie der Weihnachtsmann durch den Kamin, hinaus in den Schnee, der schon wieder einen Meter höher liegt als noch vor gut einer halben Stunde.

Einlauf

Jetzt, wo der Konzernlenker dem Siechenheimgärtner Georgij aus Berg-Karabach, den er schon von der Konzernzentrale in Deutschland aus über eine heimische Arbeitssklaven-Vermittlungsagentur als Chauffeur für die konzerneigene Limousine organisiert hat (wer einen Rasenmäher lenken kann, kann auch eine Limousine lenken, war seine dazu passende grandiose Management-Idee), gesagt hat, dass er die Konzernlimousine in die Garage stellen und sich bis übermorgen frei nehmen soll, jetzt wo er die Ölheizung auf „Äquator" gedreht und sich auf dem Tigerfellbezugbett im Schlafzimmer der neu erworbenen Flachdachneubauvilla aufgebockt hat und auf die Franzi Kubelik wartet, jetzt hat er sogar noch einen kleinen Zeitpuffer, und die kleinen Zeitpuffer vertreibt er sich am liebsten mit analytischer und kühler Denke, nichts ist für einen Konzernlenker wichtiger als analytische und kühle Denke, erster Lehrsatz der Economic school of Monty Burns: Denk immer analytisch und kühl!

Hm, na dann Weihnachten also, denkt er. Was sagt mir Weihnachten (seit mich Mutti auf meinem Schaukelpferdchen in ihrem Unterwäscheschrank überrascht hat)? Nehmen wir zum Beispiel die Umsatzentwicklung jeweils zu Weihnachten, und rechnen wir das noch einmal durch: Weihnachten + Punschstände im ganzen Land + Selbsthass der völlig überschuldeten Arbeitnehmer + Verwandtenbesuche ohne innere Überzeugung in Verbindung mit abermals hohem Alkoholkonsum + schlechte Straßenverhältnisse, weil die von der Globalisierung getriebenen Regierungen an allem sparen müssen, auch an der Straßenbeleuchtung = extrem gute Umsatzentwicklung für den Konzern und auch für die konzerneigene Bank, weil die Unfallhäufigkeit enorm hoch ist, also Weihnachten = sehr gut. Wenn dann die Karre nämlich an irgendeinem Baum hängt, müssen sich die kleinen Lohntierchen mit dem wenigen verbliebenen

Weihnachtsgeld („runter mit den Lohnkosten, Gerd!“, hat er dem Gerd immer geraten) und einem weiteren, einem allerletzten Kredit doch wieder einen neuen Wagen kaufen, weil sie sonst überhaupt nicht zu ihren hunderte Kilometer vom Wohnort entfernt gelegenen Billigjobs kommen würden, also ein dreifach Hoch auf Weihnachten, hipp hipp hurra!

Oder nehmen wir Weihnachten und betrachten das weltumspannende Festchen in Hinblick auf die Marke, auf die *Brand*, überlegt der Konzernlenker weiter analytisch und kühl und streichelt das Köpfchen seines Schaukelpferdchens, das er zu sich ins Bettchen gelegt hat. Nehmen wir weiters die ausgefeilte Markenpolitik und das Merchandising der für Weihnachten verantwortlichen Katholen, und schon können selbst wir Spitzenmanager noch was von den Pfaffen lernen. Was nämlich Markenpflege und Markenbewusstsein anbelangt, sind die Rosenkranzbeter unschlagbar, man denke nur: „Jesus“. Das ist ja bis heute als Brand und als Marketinggag unerreicht! Was denen da eingefallen ist, Hut ab! Noch im Sommer hat er versucht, den Oberpfaffen in Rom für ein paar dutzend Millionen Euro Schwarzgeld die Markenrechte an „JESUS“ für den im Frühjahr auszuliefernden gelbgrünen Retro-Hippie-Flitzer mit extrem kühlen Seitenstreifen und einer Lange-Zottel-Lackierung an der Motorhaube abzuluchsen, weil die Rakete dann ihren Weg zu den kleinen auszuquetschenden Kunden alleine gefunden hätte, ganz ohne beschissenes GPS.

Aber der Finanz-Oberpfaffe wollte ein paar dutzend Milliarden dafür haben, also blieben letztlich nur „Mao“ und „Fidel“ übrig, an deren Rechte er billiger gekommen wäre, aber nenn deinen Hippie-Sportflitzer „MAO“ und die kleinbürgerliche Familienlimousine „FIDEL“, schon hast du zwei Ladenhüter fabriziert und wirst bei der nächsten Aktionärsversammlung geteert und gefedert und dann vielleicht sogar entlassen!

Hm, denkt der Konzernlenker weiter analytisch, als ihm die lange Zeit des Wartens schon ein wenig zäh dahinfließt, Weihnachten als *Content* – in die Schrottpresse damit! Er setzt sich doch morgen an Heiligabend mit der Franzi Kubelik lieber in die mitgebrachte Konzernlimousine in der Garage draußen und dreht für ein paar Minuten die Nebelschlussleuchten auf und singt mit ihr eine halbe Strophe „Stille Nacht", bevor er nochmal einen Weihnachtsbaum aufstellt und vielleicht Kerzen darauf anzündet, lieber verbrachte er Weihnachten während der letzten Jahrzehnte immer am Verteilerkreis irgendeiner Autobahn als im Kreis seiner so genannten Lieben.

Wo bleibt denn die Franzi, denkt er nun schon weniger analytisch und kühl.

Zwar hat auch er heute als kleines Zugeständnis an Weihnachten ein paar Tannenzweige aus dem finsteren Wald da draußen hereingeholt, mit denen die Franzi ihn schlagen soll, bevor sie ihn mit dem Einlauf erlöst, und jetzt muss er schon sagen: Der Schnee rieselte leise, und unten im Tal ruhte still und starr der zugefrorene See und weihnachtlich glänzte der Wald und so weiter und so fort. Also da ging ihm ja beinahe wirklich das Herz auf, und kurz dachte er sogar, er spürt seine Seele wieder, die er während seiner gesamten erfolgreichen Manager-Karriere nicht mehr gespürt hat beziehungsweise nicht mehr spüren konnte, weil sich ein Manager keine Gefühle erlauben kann und er folgerichtig seine Seele überhaupt schon vor langer Zeit –

Nun, was genau hat er denn mit seiner Seele gemacht, fragt er sich gar nicht mehr kühl. Gerne würde er jetzt mit einem raffinierten Sprachbild ausdrücken können, was genau er vor langer Zeit mit seiner Seele angestellt hat, damit sie so völlig unempfindlich geworden ist, aber es fehlen ihm leider die Worte, sein Leben lang jonglierte er ausschließlich mit Zahlen. Dabei wäre er manchmal so gerne musisch begabt gewesen anstatt immer nur gefürchteter Schlächter. „Mein Seelchen entflog meinem schmalen Körperchen", könnte er jetzt zu seinem Schaukelpferchen sagen, das neben ihm im Bettchen liegt,

„und dann … und dann … – verdammte Scheiße, was tat denn mein Seelchen dann?!“, fragt er sich beinahe beleidigt, „wo genau flog es denn hin, um sich so kolossal zu härten?“. Flog es vielleicht in ein Stahlwerk und meldete sich zum Härten vermittels Elektrolyseverfahren an? Oder flog es eher in einen Backofen für Stahlgürtelreifen?

Das klingt doch alles nach nichts, das ist keine Poesie!, ärgert er sich, und plötzlich beneidet er all jene Tagediebe und Musenküsser, die Zeit und Ruhe haben, stundenlang in ihren Musentempeln herumzusitzen, sich sinnlos die Zeit zu vertrödeln und dabei vielleicht Sprachbilder erfinden (und all jene, die ordentlich scheißen können, beneidet er erst recht!).

Der Konzernlenker atmet sehnsuchtsvoll den Duft der Tannenzweige, mit denen ihm die Franzi Kubelik erst den Arsch versohlen soll, bevor sie ihm den Einlauf verpasst, heilige Scheiße! Er hat es dann wirklich nötig, denkt er mit sorgenvollem Blick auf die Uhr. Die Tannenzweigchen riechen so gut, bevor es dann bald gar nicht mehr gut riechen wird, wenn sich die Stauung im Darm endlich löst und die Rakete zündet.

Der Konzernlenker wird das stets freundliche „Hinauf?“ der Franzi Kubelik im Puff der Discowirtin vermissen, wenn er erst für immer nach Rio verschwunden sein wird, und ihr glückliches Gesicht erst recht, wenn sie auf ihrem Schemel stand und den Knopf drückte und sich die Lifttür hinter ihr langsam schloss. Diese Zufriedenheit im Kleinen! Selten, dass den stahlharten Manager noch etwas berührte und er die eingefahrenen Bahnen der analytischen Denke verließ, aber diese Franzi Kubelik und ihr lächerlicher Traum, einmal im Leben Liftboy zu sein, gehörten gewiss dazu.

Anders verhielt sich die Sache mit seiner Frau Irm!

Seine Gedanken sind finster wie dunkle Scheiße, wenn er nur an seine Frau Irm denkt. Das mit seiner Frau Irm war keine Erfolgsstory, und mit allen anderen Frauen, für die er nicht bezahlen musste und die er alleine mit seinem Äußeren und seinem Charme gewinnen wollte, auch nicht! Stattdessen schwerer Sigmund-Freud-Alarm bei ihm, seit ihn Mutti auf seinem Pferdchen reitend in ihrem Unterwäschekasten überraschte.

„Möchtest du mich hier berühren?", fragte sie.

„Mami, bitte nicht!", hat er geflennt.

Du lieber Herr Gesangsverein! Mutti zog sich aus und drückte ihn ganz fest an sich, und zwar genau dorthin, wo bei einem Auto der Auspuff ist. Dann versank er in einem Meer von Fleisch und Fett und konnte sich nicht mehr befreien, er bekam überhaupt keine Luft mehr zwischen ihren gewaltigen Arschbackenbergen und starb tausende qualvolle Tode, als sie ihn endlich in sich aufnahm, und zwar als Ganzes, wie es ihm vorkam.

„Gefällt es dir, mein Liebling?"

„Nein, das tut es nicht!"

Das war noch schlimmer als letztes Jahr in Detroit, Michigan, wo ihn einige Geschäftspartner eines Autozulieferers nach einem wirklich prächtigen Deal mit Prosecco sturzbetrunken gemacht und in eine finstere Hinterhofwohnung verschleppt haben, die definitiv kein heiterer Musentempel war, wie sie ihm zuvor irreführenderweise versprochen hatten, sondern ein so genannter *dark-room,* wie der Amerikaner sagt. Dort haben sie ihn schmalärschigen und weißhäutigen Arschfick-Novizen mit 39 schwarzen Holzfällern, die gerade ein halbes Jahr lang in einer abgelegenen Hütte in Kanada gelebt und dort Rotbuchen geschlägert hatten, alleine gelassen, und die haben mit ihren *monstercocks,* wie der Amerikaner ebenfalls sagt, in ihm herumgerührt wie der Stabmixer im Kartoffelpürree – „Aua!"

Als er blutender Klumpen Fleisch wieder zu sich gekommen war, draußen in der finsteren Straße neben einer Mülltonne, haben noch ein paar *brothas* mit ihm Straßenfußball gespielt und ihm die Scheiße heraustreten wollen, was aber auch zu ihrer Überraschung nicht funktioniert hat, das hat sonst immer funktioniert, wie sie sich gegenseitig versichert haben. Da spätestens hat er endlich kapiert, dass der zu feiernde Deal wohl nur für ihn und seinen Konzern ein zu feiernder war, nicht aber für seine Geschäftspartner in Detroit, Michigan, wo sie auch schwer an der Globalisierung zu knabbern haben.

Aber das mit Mutti im Unterwäscheschrank war schlimmer, viel schlimmer.

Seinen Hausdrachen Irm hat er sich eingetreten, als er noch Werkzeugmacherschnupperlehrling im Stammwerk war und sie Kartoffelschälerin in der Werksküche. Als noch niemand ahnen konnte, dass ihn zunächst seine Leistungen als Betriebsrat sowie in der Folge als Gesamtbetriebsrat und dabei wiederum sein Schweigen bei der einen oder anderen Beschneidung von Arbeitnehmerrechten durch den damaligen Vorstand über den anschließenden Umweg Economic school of Monty Burns an die Spitze des Unternehmens spülen würden.

Die verbeulte Schrottkarre Irm war schon zu Beginn seines Aufstiegs in den 70er Jahren unansehnlich wie ein Traktor neben einem Ferrari, aber als er dann zum Konzernlenker aufstieg, war es so richtig offensichtlich, dass er in die Scheißkiste gegriffen hatte, als er seine Frau Irm im Sommer der Liebe zum Traualtar führte, seine Frau Irm kann er heute brauchen wie der chinesische Wirtschaftsaufschwung die Sandalenträger von Greenpeace.

Wie hundert kommunistische Kader machte sie ihm in der Folge das Leben zur Hölle – „Ich will dies, ich will das, ich will dahin, ich will dorthin!“ Und am schlimmsten und peinlichsten: „Benenn bitte endlich ein Auto nach mir!“ Wenn er eines seiner Modelle Irm genannt hätte, oder noch schlimmer: Wenn eines seiner Automodelle jemals so beschissen ausgesehen hätte wie seine Frau Irm, wäre er dann jemals Manager des Jahres geworden?

Wohl kaum.

Ein Hintergestell hatte sie wie ein alter Elefant, breit und ausladend, und an jeder erdenklichen Stelle ihrer grandios misslungenen Karosserie bildeten sich mit den Jahren Airbags made by Fett, die an ihr hinunterhingen wie die ebenfalls katastrophal schlecht montierten Innenwandverkleidungen beim Monty, keine Karosseriespenglerei dieser Welt hätte ihre Sacktitten jemals wieder richten können, und nichts ist trauriger als Weihnachten mit einer Frau verbringen zu müssen, die einen an die Tränensäcke von Inspektor Derrick erinnert, wenn sie aus der Dusche kommt.

Dabei sieht er auch keinen Benz, wenn er sich selbst in den Spiegel schaut. Wie Unkraut im Rosenhain steht er da, gebeugt wie eine Brezel läuft er über die lärmgedämmten Flure der Konzernzentralen, und seine sündteuren Brioni-Anzüge sitzen selbst dann nicht perfekt, wenn 1000 kleine pakistanische Schneiderlein jahrelang daran herumschnipseln, aber er ist wenigstens Konzernlenker!

Als die Franzi Kubelik dann bereits seit zwei Stunden überfällig ist, macht sich der Konzernlenker dann ganz unkühle Sorgen, und plötzlich entdeckt er auch die Blutspritzer an der Wand vor sich, die gewiss kein Weihnachtsschmuck sind. Auch sieht er Blutspritzer am Bettvorleger, der wiederum ein erlegter Tiger ist. Von welchem furchtbaren Ereignis zeugen denn diese Spuren, fragt er sich. Hat er sich in die falsche Immobilie eingekauft, in eine, über der ein Fluch lastet?

Das Blut an der Wand lässt ihn an die neuen beunruhigenden Zahlen denken, die ihn am Vormittag per Fax in seinem neuen Refugium aus der Zentrale erreicht haben, verbunden mit einem weiteren lahmarschigen Appell der Leute aus dem Qualitätsmanagement, den Monty zurückzurufen und endlich Inserate des Bedauerns zu schalten. Sie schreiben: Spanien 223 Tote, USA 185 Tote, Italien 194 Tote, alle wegen schadhaftem GPS.

Da kann man von keiner Häufung von Zufällen mehr sprechen, auch wenn die Spanier vielleicht wirklich ganz ganz schlechte Autofahrer sind.

Für das Ösi-Land liegen Gott sei Dank noch keine detaillierten Zahlen vor, hier wurde erst gestern das erste Modell ausgeliefert, in einem Örtchen namens Attnang-Puchheim übrigens, das gleich hier in der Gegend liegt, von einem Händler namens Krispov. Mal sehen, wie lange der Monty mit kaputtem GPS sich hier auf der Straße hält.

Aber wen kümmert's? Nicht mehr die sinnlose Jagd nach immer mehr Pferdestärken wird in Zukunft sein Leben bestimmen, sondern die beschaulichere Hege und Pflege seiner Rennpferdchen-Kolonie in Brasilien.

Ärgerlich jetzt nur, dass er nach Rio mit Linie wird fliegen müssen, weil er die Gulfstream während der Feiertage dem Gesamtbetriebsrat versprochen hat als kleines Dankeschön für die weggepackten Trillerpfeifchen und roten Fahnen während der letzten Massaker an den Arbeitnehmern. Der gute Mann fliegt über Weihnachten nämlich gerne nach Nepal, wo er kleine unschuldige Mönche vergewaltigt. Seit sie die Orgien immer zusammen mit den Betriebsräten feiern, ist zwar auch früher schon immer öfter alles aus dem Ruder gelaufen, und sie haben es in immer kürzeren Abständen wirklich übertrieben. Als sie voriges Jahr nach der zu feiernden Entlassungswelle die Franzi Kubelik an den Füßen gefesselt, ihr die Titten abgeklemmt und sie dann beim Fenster hinausgehängt und dann zum Spaß „Hoch die internationale Solidarität!“ gesungen haben, war das noch lustig. Aber kleine unschuldige nepalesische Mönche vergewaltigen? Der Mensch ändert sich eben schnell zum Schlechteren, sobald er nur die Möglichkeit dazu hat.

„Franzi?“, fragt er, als er hinter sich endlich die Tür ins Schloss fallen hört und ihr erwartungsfroh den Arsch entgegenstreckt.

„Nix Franzi“, hört er aber überraschend eine männliche Stimme hinter sich lallen, „Charlie mein Name. Jackpot Charlie.“

Da scheißt sich der Konzernlenker auch ohne Einlauf von der Franzi Kubelik endlich bis zu den Nackenhaaren hinauf an, weil er diesen Idioten und die fällige Provision ja ganz vergessen hat. Und plötzlich ist er sich ziemlich sicher, dass ihm ausgerechnet dieser kleine Scheißer nach seinem großartigen Managerleben den Einlauf auf die Zielgerade seines Lebens ganz gehörig versalzen wird.

„Aua!", schreit er, als ihm der unerwartete Gast das erste Mal sein armes Schaukelpferdchen über den Schädel zieht.

„Aua, das tut so weh!"

„Schau, das Licht!“

Vor fünf Minuten, als der Jackpot Charlie in seiner japanischen Rostlaube die engen Kurven vom Gebirgskamm heruntergedonnert ist wie der olympische Rodler durch den Eiskanal, da hat er sich noch halbwegs orientieren können, weil er durch die Spaliere der schneebehangenen Mischwaldbäume hindurch immer wieder das Licht gesehen hat, „Anni, bitte schlag mich, wenn du glaubst, ich erzähl dir schon wieder einen Blödsinn, aber aus dem See heraus hat das Licht geleuchtet, hinauf in den Himmel.“ Und das war so schön, dass er sich fast angebrunzt hat.

Jetzt aber scheißt er sich vor Angst fast in die Hosen, obwohl er einen ganzen Haufen Bargeld neben sich auf dem Beifahrersitz liegen hat, samt einem Erste-Klasse-Ticket nach Rio, was einem hochverschuldeten Spielsüchtigen ein bisschen Sicherheit geben könnte. Auch lässt er die Serpentinen der Berge bald hinter sich, was gut ist. Aber die Mühen der langen Gerade im Silbertannenwald liegen noch vor ihm, und das ist schlecht. Denn die ist gefährlicher als die kurvigste Winterstraße, weil sie Biermösel-Land ist.

Dort wartet auf jeden flüchtenden Dieb eine von seinen gewaltigen Donnerfäusten, und auf jeden frischgebackenen Mörder, wie er seit kurzem einer ist, wartet er selbst ruhig und gelassen hinter irgendeinem Baum und hält die Pratzen schon an den Stutzen, „halt ein, Biermösel“, schreit der Jackpot Charlie in seiner fiebrigen Angst, „bitte nicht die Venen!“.

Als der Jackpot Charlie endlich in die lange Gerade im Silbertannenwald einbiegt, tanzen die Schneeflocken im Scheinwerferlicht mit jedem Wimpernschlag immer noch verrückter um seinen Wagen herum wie höhnisch lachende Hexen auf ihren Besen, und der Schnee liegt mit jedem Meter, den er immer langsamer zurücklegt, immer noch höher auf und entlang der Straße, sodass er sich schon besorgt fragt, was denn heute mit dem Lindbichler los ist, „als Waisenkind ist man halt immer besorgt, Anni".

Bilder des Schreckens drängen sich jedes Mal in sein Oberstübchen, wenn er den Schleichweg befährt, Bilder vom Biermösel, wie er regelmäßig im Herbst zu Schulbeginn dem Waisenhaus einen Besuch abgestattet hat. Seine Rede zur kriminellen Lage der Nation samt seine Vorschläge zur Prävention waren gefürchtet wie die hochgezogenen Augenbrauen vom Breschnew während der Maiparaden.

„Wer Ohren hat zu hören, der höre!", hat er zunächst immer ein bisschen weiter ausgeholt, bevor er dann vielleicht eine Spur zu philosophisch geworden ist:

„Manchmal genügt ein Tropfen und bringt den heißen Stein zum Überlaufen. Manchmal genügt ein Schmetterlingsdings und löst einen Bums aus, sprich: Kriminell seid ihr schneller, als ihr denken könnt. Wenn ihr dann aber hektisch werdet, weil ihr was angestellt habt, wenn ihr dann vielleicht sogar auf der Flucht seid durch die lange Gerade im Silbertannenwald, weil euch die ein willkommener Schleichweg zu sein scheint, dann schreibt euch Folgendes hinter die Ohrwascherl: Ich werde euch nicht jagen. Ich werde vielmehr ruhig wie der Fliegenfischer unter einem Baum im Schatten an der Abzweigung nach Goisern sitzen und dort auf euch warten, bis das Schicksal euch vor meine Bergschuhe spült, ich bin nämlich der Herrscher über die Zeit, wenn ich was habe, dann habe ich Zeit, Prostmahlzeit."

Du meine Güte, fröstelt es den Jackpot Charlie, wie er sich an diese Predigten erinnert und ihm auch jetzt wieder der Angstschweiß kalt den Rücken hinunterläuft, manchmal war der Biermösel selbst für einen Ausseer Gendarmen ganz außerordentlich besoffen.

Damals haben sie ihm natürlich nicht geglaubt und ihn mit Brennnesseln beworfen und ausgelacht, und er selbst war es, der jedes Jahr wieder die gleiche scheinheilige Frage gestellt hat, sobald er ins Klassenzimmer eingetreten ist:

„Was ist denn das, Herr Inspektor, was da so riecht?"

Nur um selbst und der Klasse dann immer die Antwort zu geben:

„Ist das vielleicht ‚Fuß', der neue Duft von Impulse?"

Und endlich hat dann mal die ganze Klasse gelacht, wenn auch er mal lustig sein wollte.

Aber was, fragt er sich jetzt besorgt, wenn alles doch genau so kommt, wie es die rechte und die linke Faust des Teufels prophezeit haben? Da wünschte der JC inständigst, dass er sich nicht immer mit diesen billigen Kalauern in die Unterrichtseinheit eingebracht hätte!

Schon am Nachmittag hat sich Jackpot Charlie an der Punschhütte gut abgefüllt. Mit ein paar schnellen Stehachterln im Tagescafé von der gachblonden Discowirtin spült keiner die Demütigung hinunter, die ihm heute früh auf den Schreibtisch geflattert ist: „Halbes Gehalt oder Arschtritt! Für die Luft, die du in unserer Filiale atmest, wirst du in Zukunft auch bezahlen müssen."

Das war im Wesentlichen der Inhalt von der mit formlosem Schreiben zugestellten Änderungskündigung von den Vorständen der Ackerbau- und Viehzuchtbank, und das nach zwanzig Jahren freudloser Zugehörigkeit zum Unternehmen (in dem er aber wenigstens vor drei Wochen dann noch die Anni hat kennen lernen dürfen, nach der ebenso freudlosen Weihnachtsfeier auf dem mehr als freudlosen Betriebsklo, wo er seinen Rausch hat ausschlafen wollen, „Anni, ich hab wirklich nicht gewusst, dass eine Putzfrau noch beschissener dran ist als unsereins und schon um zwei aufstehen und um drei zum Scheißhausputzen anfangen muss!").

Früher haben sie bei der Discowirtin drüben in Goisern gefeiert, bis der Christbaum gebrannt hat. Er hat Knopferlharmonika und die ganzen Schlager vom Shubidu Jack rauf und runter gespielt, und alle Weiber haben sich früher oder später von ihm auf die Tutteln greifen lassen, das war wirklich einmalig. Aber heuer haben die Heuschrecken lieber im Osten dazugekauft und in der Heimat gespart, also war für sie nicht mehr drinnen als eine fade Weihnachtsfeier in der Filiale mit Rotkäppchensekt und ein paar selbst gemachte Lebkuchen, die die ganzen fettärschigen Kolleginnen mitgebracht haben, denen er eigentlich schon lange nicht mehr auf die Tutteln hat greifen wollen, aber das will vor einer Weihnachtsfeier eigentlich niemand.

Mit einer Änderungskündigung in der Tasche und einem Gehalt wie ein Schnupperlehrling hätte er sich am Punschstand ab morgen sowieso nicht mehr anschauen lassen können, also hat er sich wenigstens die ausstehende Provision vom Konzernlenker holen wollen, die er ihm noch wegen dem Immobilien-Deal schuldig war, damit hat er wirklich die Schulden bei der Anni bügeln und mit ihr heute endlich nach Ischl zum Honigwachskerzenkaufen fahren wollen, wo er ihr dann am Punschstand alles gestanden hätte, sein deppertes, patschertes Leben.

Er war also gut gelaunt, als er heute vom Punschstand aufgebrochen ist und die Anni diesbezüglich instruiert und informiert hat, „ich freu mich", hat sie gesagt, „ich freu mich auch", hat er geantwortet, wie der Lindbichler mit seiner Franzi Kubelik hat er mit der Anni Süßholz geraspelt, und wie er jetzt die lange Gerade entlangschlittert und -driftet und bald nicht mehr weiß, wo vorne und hinten ist, da wird der Schrei nach dem Lindbichler immer lauter.

Was soll er sagen? Die Tür zum Flachdachneubau war offen, Herr Kommissar, täte er im Freitagskrimi dem Herrn Kommissar die so genannten näheren Umstände der Tat erklären, ich wollte den Herrn Konzernlenker ja eigentlich nur höflich ersuchen, dass er mir die Provision aushändigt, die er mir schuldig war – Schwarzgeld? Aber Herr Kommissar! Das hätten sie den

Konzernlenker selbst fragen müssen, ich sage nur: Ich war zur falschen Zeit am falschen Ort."

Oder auch zur richtigen Zeit am richtigen Ort, je nachdem, ob er den Ritt aus der weißen Hölle hinaus schafft oder nicht.

Wie er der Konzernlenkerdrecksau volley in den Kamin geschaut hat, war das natürlich ein Schock, Herr Inspektor, total nackt und mit gläsrig-durchschimmernder Haut ist er bäuchlings auf einem Tigerfellbezugbett gelegen, das aber alle Stücke gespielt hat – „wie ich Ihnen später gerne schildern werde!" –, den schmalen Arsch in die Höhe gereckt, ganz und gar nicht die unangreifbare Heuschrecke, vor der ich mich am Telefon immer so gefürchtet habe, ehrlich Herr Inspektor, „mach dies, mach das, mach mal halblang, mach dir keine Sorgen wegen deiner lächerlichen Provision", hat er gesagt, „du kriegst sie!".

Aber wie er dann „Franzi" zu ihm gesagt hat, ist ihm der Deckel weggeflogen, das wäre im Prinzip das Motiv, nach dem Sie fragen, Herr Kommissar, richtig, Inspektor gibt es keinen, das war der Tropfen, von dem der Biermösel immer geredet hat, der den Bums auslöst. Der Jackpot Charlie hat der elenden Gestalt dann den Bettvorleger übergeworfen und ihm ansatzlos mit dem rechten Shubidu-Walk-Tanzfuß einen Arschtritt verpasst, leider halt mit den spitzen Schuhen, der ihm die wenige Feuchtigkeit von seiner schwarzen Scheiße bei den Augen hinausgetrieben hat. Da hat er dann im Gesicht kurz ausgeschaut wie die parfümierten Weiber vom Punschstand, Herr Kommissar, nachdem sie hinten beim Rinnsal den Finger in den Hals gesteckt und ihr beschissenes Leben hinausgekotzt haben und verweint und mit verschmiertem Augen-Make-up zurückgekommen sind und gejammert haben: Charlie! Ich hab so eine Sehnsucht nach Wärme!

Bevor der Konzernlenker „aber hallöchen!" überhaupt nur hätte denken können, ist der Charlie dann gleich über ihn gekommen wie der Sandsturm über Texas, und er hat ihm mit der

Doppelfaust eine gegen die Schädeldecke gehämmert und ihn dann geritten wie der Jockey das Rennpferd, hühott, hühott!

Die jetzt komplett entwässerte schwarze Scheiße hat ihre Reise wieder retour in Richtung Kamin angetreten, und dann war da, wie soll ich sagen, Herr Kommissar, dann war da eine Stimmung wie am Weltraumbahnhof, bevor die Rakete endlich abhebt, Countdown und so, zwo, eins, zero und rumms!

Ein monolithischer, steinharter Granitblock unfassbar stinkender Scheiße ist – begleitet von einer Art Geburtsschrei vom Konzernlenker – hinten hinausgepfeffert und hat augenblicklich das gegenüber an der Wand hängende Hirschgeweih atomisiert, das war dann schon nicht schlecht.

Aber da hat es erst angefangen, dem JC richtig Spaß zu machen, und dann hat er den Sack geprügelt und den Esel gemeint, will sagen: einen Arschtritt für Mutti, die Drecksau, zwei Arschtritte für Rudy the raindeer, den lahmen Gaul, zwanzig für den Schuster Ronnie, die stinkende Rockersocke, fünfzig für die Ackerbau- und Viehzuchtbank, das Hurenbeutelunternehmen, noch einmal achtzig für Mutti, die Drecksau – blöder hat dann jedenfalls noch kein Konzernlenker geschaut, weil ihm ein einfacher Angestellter die finale Kündigung per Arschtritt zugestellt hat, also dann noch neunzig für das blöde Schauen, wann hat man schon die Gelegenheit?

Bei hundert hat der Jackpot Charlie kurz Luft geholt und sich angeschaut, was er stellvertretend für die Arbeitnehmerseite am Wirtschaftslenker für ein Exempel statuiert hat. Die Arbeitnehmerseite hat ja heute sonst kaum noch Möglichkeiten, an den Wirtschaftslenkern ein Exempel zu statuieren, da muss man die Gelegenheit beim Schopf packen, Trillerpfeifen und rote Transparente haben ihnen ja die Gewerkschafts-Lulus selbst weggenommen, also eine noch für die ehemals roten Gewerkschafter.

„Aua! Das tut doch weh!", hat der Raff-Kahn immerzu gejammert, und der Jackpot Charlie hat jedes Mal geantwortet: „Ja hoffentlich!"

Dann hat er die Hydraulik vom Tigerfellbezugbett auf „Buckelpiste" gestellt und ist auf der Sackratte herumgesprungen wie damals der Schuster Ronnie auf seiner Maxisingle vom Shubidu Jack, und bald hat es im Schlafzimmer vom Konzernlenker ausgeschaut wie auf dem Scheißhaus vom Biermösel, „und ich hab dir nicht geglaubt, Anni, dass es so was Grausliches wirklich gibt!".

Der Jackpot Charlie hat sich dann den von Blut und Scheiße total versauten Rauledermantel ausgezogen wie der Fleischhauer seine Schürze, und nach einer letzten Rundumbesichtigung hat er sich dann ungefähr vorstellen können, wie lange die Konzernlenkerdrecksau nicht mehr geschissen hat.

In einem rührigen Hollywood-Schinken täte für den Jackpot Charlie jetzt im Silbertannenwald vielleicht eine Telefonzelle mit Fußbodenheizung und Würstelstand gleich nebenan bereitstehen, und er täte den Biermösel, der vom Michael Douglas gespielt wird, anrufen und ihm unter Tränen alles erklären, und dann täte der Michael Douglas als Biermösel nach ein paar schnell gezischten Bierchen sagen:

„Verstehe, verstehe. Die Umstände. Die Kindheit im Waisenhaus. Die fehlende Liebe. Verstehe, verstehe. Für dieses eine Mal will ich die Venen in den Stutzen lassen, werd du mit der Anni glücklich, geh hin in Frieden."

Aber wer da natürlich nicht mitspielt, das ist der Michael Douglas im Film und der Biermösel in der Wirklichkeit.

Der alles erklärende Anruf täte dem Jackpot Charlie vielleicht leichter fallen, wenn er nicht im Spätherbst drei Tage lang am Krautacker vom Brunner-Bauern vorbeigefahren wäre, und mit jedem Tag hat er mehr in sich hineingekichert, an dem er den Biermösel immer noch verkehrter herum und immer noch auswegloser auf seiner Vogelscheuche herumhängen gesehen hat, jedes Mal hat schon der Hahn gekräht, wenn er in der Dämmerung vom Wirtshaus nach Hause gefahren ist, damals noch nicht zur Anni, sondern zu irgendeiner parfümierten Blonden, bei der er nie die Wärme gefunden hat, nach der er sich immer so gesehnt hat.

Er hat beobachtet, wie die Krähen und Raben schon um ihn herumgehüpft sind und gierig darauf gewartet haben, dass sie ihm endlich die Augen auspecken können, das hätte dem Jackpot Charlie damals gefallen, er hat sogar schon die Pocketkamera eingepackt gehabt, um das alles auf Film festzuhalten. Wie der Ertrinkende hat der Biermösel immer um sich geschlagen, und geflucht hat er bis zum Schluss wie ein Bauarbeiter, was das Fluchen betrifft, war seine Konstitution einmalig. Aber am vierten Tag war die Vogelscheuche auf einmal abgeräumt wie ein Christbaum nach Weihnachten, und nicht zuletzt wegen seinem Spott und dem auf ihn geschütteten Punsch und dem blöden Spruch in der Schule wird der JC vom Biermösel kein gutes Wort zu erwarten haben, wenn er vor den Richter tritt, also jetzt lieber Brasilien als der ungeheizte Kerker unter dem Gendarmerieposten in Aussee.

Wie der Jackpot Charlie die Flucht aus dem Flachdachneubau ergreifen wollte, vor der ihn der Biermösel in seinen Predigten immer gewarnt hat, da hat sich der Raff-Kahn noch einmal gerührt, und der Charlie ist zurück zu ihm und hat gesehen, wie der Konzernlenker den Schädel von seinem Schaukelpferd streichelt, und dann hat er geflüstert, mit ganz entrücktem Blick:

„Rosblatt."

„Rosblatt?", hat der Jackpot Charlie ihn gefragt. „Was soll denn das heißen?"

Da aber ist sein Blick plötzlich auf den Haufen Geld gefallen, der in einem Schwarzgeldkoffer neben dem Schaukelpferdchen gelegen ist, samt einem Ticket erster Klasse nach Rio de Janeiro. Und der Jackpot Charlie hat sich erinnert, wie ihn die Anni am Eislaufplatz unschuldig angelacht hat, nachdem er sie eigentlich hat umbringen wollen. Anstatt dass sie auf dünnem Eis eingebrochen und abgesoffen wäre, wie es sein hinterhältiger Plan für sie war, hat sie sich einfach gebückt und ein verlorenes 2-Cent-Stück aufgehoben, und leicht wie eine Feder ist sie damit zu ihm zurückgefahren, mit ein paar eleganten Skaterschritten. Sie ist vor ihm abgeschwungen und hat ihm tief in die Augen geschaut, und dann hat sie ihm die Münze in die Hand gedrückt und ganz leise gesagt: „Gib es nicht aus, Charlie, behalt es immer bei dir, dann wird es dir Glück bringen."

Frage: So eine Frau soll man nicht lieben?

Der Jackpot Charlie hat das Geld an sich genommen und sofort gedacht, dass er der Anni alles doppelt und dreifach auf ihr Konto zurücküberweisen und sein Glück mit ihr teilen will. Aber je näher er auf seiner Flucht der langen Gerade im Silbertannenwald gekommen ist, desto klarer ist ihm geworden, dass er sie nicht mehr treffen wird können, auch wenn es jetzt im Silbertannenwald immer fürchterlicher stürmt und noch dichter schneit und er nichts lieber täte als zur Anni ins warme Bett zu kriechen, die Anni hat einfach so ein Talent für Wärme.

Aber es gibt ja Telefonzellen in Rio de Janeiro, und von dort aus wird er sie anrufen und sich ihr erklären. Und wenn er sich erst das kleine Wettbüro eingerichtet und die dazugehörige Lizenz vom Gangsterboss gekauft hat, und wenn ihm dann die ganzen braungebrannten, hartärschigen brasilianischen Chicas mit ihren wippenden Brüstchen beim Hals heraus hängen werden, wer weiß, fragt sich der Jackpot Charlie, ob er der Anni nicht nächstes Jahr zu Weihnachten die geschriebene Wahrheit und ein 1st-class-Flugticket in ein Kuvert stecken und ihr per Luftpost zukommen lassen wird, „danke, Anni", wird er ihr schreiben, „danke und immer wieder danke. Du warst die erste Frau, bei der ich Wärme gespürt habe." Aber bitte jetzt nicht mir böse sein, Anni, in Brasilien ist es auch sehr warm.

Gleich hat er es geschafft. Wenn er es jetzt noch durch den stetig stärker werdenden Schneefall hinüber zur Abzweigung nach Goisern schafft, dann ist er praktisch durch. Der Jackpot Charlie freut sich darauf. Er nimmt das Geld büschelweise vom Beifahrersitz und wirft es großzügig beim Fenster hinaus.

„Das ist für euch, Tiere des Waldes!", ruft er gut gelaunt. Ein Waisenkind wünscht sich ja immer, dass es den anderen auch gut geht, wenn man selbst gerade Glück gehabt und doch noch den Premium-Number-One-Super-Jackpot gewonnen hat, und er hat ja auch gehört, dass die kleinen Bambis im Wald jetzt allesamt Waisen sind, seit der Biermösel ihren Papa, den 18-Ender, umgenietet hat.

Aber da springt ihm die Hirschkuh Bernadette mit dem Arsch voran in die Windschutzscheibe, und wenn man sein Leben lang kein Glück hat, dann kommt halt auch noch Pech hinzu: Sie tut es auf der Fahrerseite, womit sein endgültiges Ende nur noch eine Frage von Millisekunden ist: Gleich wird er tot sein, weiß jetzt auch der Kaltenböck Karli alias Jackpot Charlie, und den Traum vom großen Jackpot wird er doch mit ins Grab nehmen müssen. Mit beschwingtem Shubidu-Walk wird er hinübertänzeln ins Jenseits, auf das er sich plötzlich freut, denn: Denn trotz allem fühlt er sich endlich glücklich und befreit wie ein Spinnradtreter im 19. Jahrhundert, der gerade einem Manchester-Kapitalisten das Licht ausgeblasen hat.

Dann sieht der Jackpot Charlie noch einmal das Licht in der Ferne, das aus dem See hinauf in den Himmel scheint, und er seufzt wehmütig:

„Das Licht Anni, schau, das Licht!"

Happy Birthday to You!

„Also gut, lieber Herr Jesus“, gibt der Biermösel ja gerne zu, wie er in seine Kirche hineinstolpert, „hin und wieder muss ich ja auch selber schmunzeln, wenn ich an dein Wiegenfest denke und an all die Fälle, wo zum Beispiel bei der lieben verarmten Familie der ganze selbstgebastelte Adventkalender auseinanderfällt, bevor das goldgelockte Kleinkind mit seiner Rotzglocke das alles entscheidende 24. Fensterl aufreißen kann. Und dann weinen die armen Kinderlein, und die überforderten Eltern weinen gleich mit dazu, und so was ist dann schon auch immer wieder sehr erheiternd, lieber Herr Jesus, das geb ich ja gerne zu!“

„Oder“, erinnert sich der Biermösel an einen Fall, zu dem ihn der Herr Doktor Krisper routinemäßig hinzugezogen hat: „Die intakte Bürgersfamilie füttert die überflüssig gewordene Omama bis in die Zeit weit nach der Heuernte hinein noch mit den ganzen vertrockneten Weihnachtskeksen, bis sie dann endlich (endlich!) an den steinharten Bröseln erstickt, wie es der hundsgemeine Plan dahinter war, ohne dass die Omama aber im Testament die Fürsorge von der Schwiegertochter gewürdigt hätte, ein größeres Anliegen war ihr dann doch die Tierecke in der Blindenzeitung, halleluja, lieber Herr Jesus, da klopf auch ich mir vor Freude immer auf die Schenkel, Schadenfreude ist halt doch die schönste Freude!“

„Oder“, und das gefällt dem Biermösel immer wieder besonders gut, „wenn weit nach Ostern die liebe Familie doch noch einmal die Kerzen am Christbaum anzündet – ein allerletztes Mal, Vati! Wegen dem Glanz in den Kinderaugen, Vati! –, und dann brennt der ganze verdorrte Kaktus und mit ihm der ganze auf Kredit finanzierte Eigenheimtraum ohne Feuerversicherung, einmal mehr leck ich mir alle zehn Finger ab, lieber Herr Jesus, dass ich auf den ganzen Wahnsinn mit den eigenen vier Wänden geschissen habe, du aber könntest es dir ruhig ein bisserl gemütlicher einrichten da herinnen", schließt der Biermösel den ersten Teil seiner Predigt ab.

Zuvor hat der Biermösel eine weitere Halbjahresration von den gelben Tabletten gefressen, während einer weiteren sehr unwürdigen Rumpelfahrt weg vom Doktor Krisper hin zur rettenden Schlafkammer im Auerhahn.

Nach halber Strecke aber war er wegen der katastrophal geräumten Straßen so dermaßen parterre, so furchtbar niedergeschlagen, so komplett durch den Wind, dass er das bis dahin Undenkbare getan und vor den immer gewaltigeren Schneestürmen, bei Einbruch der Dämmerung, Zuflucht in den vier Wänden vom Religionsgründer gesucht hat, aber „Kreuzkruzifixnocheinmal", hat er sich gedacht, „mit dem muss ich ja sowieso einmal den ganzen Beschwerdekatalog durchgehen!"

Schon beim Weihwasserkessel aber kriegt der Biermösel den Mund nicht mehr auf und murmelt nur ein schnelles „Lieber Jesus, gib doch zu, dass ich klüger bin als du", wie er es vom Alten und bei den Roten Falken gelernt hat. Das vorschriftsmäßige „Im Namen des Vaters und des Sohnes und des Heiligen Geistes Amen" will ihm nicht über die Lippen kommen. Aber da ist der liebe Herr Jesus auch ein bisserl selber schuld. „Auge um Auge, Zahn um Zahn" ist nach wie vor dem Biermösel seine bewährte Devise, „Wie du mir, so ich dir!" mag ihm als Parole immer noch am besten gefallen. Bis in die eingewachsenen Zehennägel hinein ist der Biermösel alttestamentarisch, wenn er auf jemanden nicht gut zu sprechen ist, und auf den Herrn Jesus ist er seit seiner Geburt im Stall gar nicht gut zu sprechen, weil er ihm kein schöneres Leben als dem Burt Reynolds beschert hat, mit noch mehr Weibern auf ihren Schaffellen und Rotbuchenholzfeuer aus ihren Kaminen.

Stattdessen lässt er ihn das ganze Leid der Welt alleine tragen, „Herrgottnocheinmal!", schreit der Biermösel jetzt, „hättest du nicht dem Jackpot Charlie die Arschlochkarte zustecken können, dem Jackpot Charlie, dem Jackpot Charlie!"

Der Biermösel schüttelt unzufrieden den Kopf über diese kleine Eruption, wie er sich langsam weiter in Richtung Kreuz vorwagt. Früher hätte das Kirchenschiff gewackelt wie der in Seenot geratene Fischkutter, wenn er einmal tief Luft geholt hätte. Aber heute ist er der Einzige, der in Not geraten ist und SOS funkt. Mehr als ein laues Mailüfterl bringt seine einst so gefürchtete Trompete nicht mehr hervor, und anscheißen tut sich schon gar keiner mehr vor ihm, wenn er einmal ein bisserl lauter wird. Schön langsam fragt er sich, ob die gelben Tabletten wirklich die richtigen für ihn sind, oder ob er nicht lieber auf die blauen umsteigen soll, weg von der Sonne, hin zum Ozean?

Wie lebt der Jesus, wie denkt er, was treibt ihn um?, fragt sich der Biermösel, wie er einen ersten Rundum-Adlerblick riskiert. Als Sohn des Waldes sticht ihm natürlich sofort die alte Bestuhlung ins Adlerauge, und der Kennerblick zeigt ihm den gewaltigen Wurm, der da drinnen sein muss, halleluja, die Möblage schaut beim Herrn Jesus ja gar nicht viel anders aus als bei ihnen zu Hause im Auerhahn. Nach außen hin also Gotteshaus, nach innen hin Wirtshaus, groß ja, heimelig nein, so lässt sich der erste Eindruck zusammenfassen, begeistert ist er nicht. In den ewigen vier Wänden drüben am Friedhof in Ischl kann es nicht abweisender und kälter sein, denkt sich der Biermösel, „abweisender und kälter ist es nur noch in den Herzen von den Weibern, nicht wahr, lieber Herr Jesus, und trotzdem hängst du im Lendenschurz da oben am Kreuz herum, pass auf, dass du es dir nicht unten herum komplett vertust!“ Was den Umgang mit der alles beherrschenden Kälte im Tal anbelangt, sind sich der Jesus und er überraschend fremd, muss der Biermösel leider sagen, da ist er dem Eisbären näher und der Jesus dem Tarzan.

Der Biermösel versinkt jetzt noch ein bisserl weiter in seinem Wetterfleck und rutscht in die steinharte Kirchenbank hinein, wo ihm augenblicklich der Schmerz in den Arsch fährt.

„Mit deiner Kirchenbank kann ich auch nicht zufrieden sein!", wendet er sich wieder direkt an den Herrn Jesus, „da bin sogar ich besser dran! Weil wenn ich auch sonst nichts mehr habe, so hab ich wenigstens mein Schafwollpolsterl auf meiner Ofenbank drüben im Auerhahn. Bei diesen harten Bänken brauchst du dich gar nicht wundern, wenn du am Stock gehst, was das Publikumsinteresse anbelangt! Sogar die Punschhütte draußen vor der Tür ist jeden Tag besser besucht als die Predigt von deinem Hochwürden, und die ganzen pafümierten Trotteln und Trampeln unter Vorsitz vom Jackpot Charlie führen sich dort jedes Mal ärger auf als deine Kreuzritter im finstersten Mittelalter, was sagst du dazu, keine entschiedene Meinung?"

„Ich aber sage dir", richtet sich der Biermösel in der Kirchenbank leicht auf und nimmt die Haltung der römischen Gelehrten im Senat ein, während er doch durch und durch Gendarm aus dem Ausseerland bleibt, mit einer Flasche Schnaps im Wetterfleck, die er jetzt anzapft: „Insbesondere das mit der immer weiter um sich greifenden Verweichlichung ist ja nicht mehr zum Aushalten und nur deine Schuld, was glaubst denn du? Du machst es dir einfach und schleimst dich bei der breiten Volksmasse mit Vergebung und Erlösung ein! Mir aber hängen sofort die Zottelträger von Amnesty International am Arsch, wenn ich an die Doppelläufige und eine dazupassende Stirn wie die vom Jackpot Charlie oder vom Shubidu Jack auch nur denke. So aber macht das Ermitteln überhaupt keinen Spaß!"

„Und erst die Weiber!", findet der Biermösel so sehr Gefallen an seiner Brandrede, dass er jetzt überhaupt aufsteht und den Wetterfleck zurückwirft wie der Anwalt im Gerichtsfilm: „Die Weiber haben dein Neues Testament gebraucht wie die empfindliche Haut den nässenden Ausschlag! Seit du der Sünderin alles vergeben hast, sind sie obenauf, und jetzt sag, lieber Herr Jesus, hast du das wirklich so gewollt mit den Weibern?"

Der Biermösel lehnt sich weiter nach vor und prostet dem Jesus mit versöhnlicher Geste zu.

„Wenn du Augen hast zum Sehen, dann sieh zu, dass das mit den Weibern in meinem Leben besser wird! Siehst du nicht, dass ich Liebeskummer habe, mehr als der einzelne Mensch ertragen kann? Dass ausschließlich Spott und Hohn meine treuen Begleiter sind und mir im Spätherbst sogar der Damm gebrochen ist, wie ich die Anni hab packen wollen, sag einmal, hast du was auf den Augen, dass du das nicht siehst?"

Der Biermösel lehnt sich noch weiter nach vor und schaut den Herrn Jesus mit seinem süßesten Lächeln an:

„Kannst du das mit der Anni nicht wieder in Ordnung bringen und den Jackpot Charlie über den Jordan schicken?", fleht er ihn an. „Du weißt doch als Einziger außer mir, wie einsam ein Mensch sein kann, du da oben am Kreuz, ich da herunten in Aussee, ungeliebt wie der eitrige Zahn sind wir beide, gemieden und verspottet wie der Nichttrinker am Punschstand, also häng dich ins Geschirr und tu endlich was für mich, sonst gründe ich meine eigene Religion, Prostmahlzeit!"

Der Biermösel schmeißt die leere Flasche weit ins Kirchenschiff hinein, dass er das Echo vom Aufprall am Heiligen Sebastian erst viel später hört, und fährt dann fort, mit dem Herrn Jesus ins Gericht zu gehen:

„Wenn ich mir nämlich anschaue, wie weit es die Christenheit und die Muselmanerei bisher gebracht haben, dann wird es Zeit, dass einmal einer mit der Husqvarna in den Menschenwald hinein geht und die schadhaften Bäume herausholt! Da gehört manches anders gedacht, vieles anders geplant und alles anders gemacht!

Nehmen wir zum Beispiel nur den Rock'n'Roll-Wahnsinn, lieber Herr Jesus! Warst du vielleicht eingejointelt, wie du den Blödsinn geschaffen hast? Oder denk an den Musikantenstadl mit dem depperten Moik – alles in deinem Sinn? Überhaupt der ganze Musikterror im BAHO-Supermarkt vom Schuster Ronnie und am Eislaufplatz unten am See? Herr Jesus, wenn du Ohren hast zu hören, dann hör dir den Scheißdreck einmal an, so viel Knoblauch kann gar nicht wachsen, wie ich mir jeden Tag und jede Nacht in die Ohren stecken könnte, wenn ich das höre!"

Der alte Pole unten in Rom mit seiner Verehrung für das Lamm und der Muselmane unten in Istanbul mit seiner strikten Meidung vom Schwein vermögen den Biermösel auch nicht aus seinem Musentempel herauszulocken, da ist nichts dabei, was ihm das Wasser im Mund zusammenlaufen lässt, vom stoischen Asiaten mit seinen rituellen Hundeschlachtungen und -verspeisungen will er erst gar nicht reden. Zeit wird es also, dass einer das Schwein in den Mittelpunkt der Verehrung und Anbetung stellt, das kann der Welt mit ihrer immensen Dauerkrise nur gut tun.

„Hör endlich auf zu jammern, du Pfeife, ihr kapiert das mit dem freien Willen einfach nicht!", hört der Biermösel auf einmal den Jesus vom Kreuz herunter sprechen. „Wenn ihr euch dauernd die Schädel einhauen müsst, dann geh halt du hinaus und versöhne die Welt!"

„Wie?", fragt der Biermösel.

„Lass dir was einfallen!"

„Was?"

„Na irgendwas! Israel-Palästina, Nord-Süd, Ost-West, Mann-Frau, Löwe-Schaf – hab ich vielleicht wissen können, dass ihr euch so blöd aufführt?"

„Geht auch Silbertanne-Rotbuche?"

„Von mir aus auch Silbertanne-Rotbuche!", sagt der Jesus schon ungehalten wie der Wirt, der seinen letzten Gast nicht los wird. „Aber kümmere dich endlich darum!"

Na Moment!, denkt sich der Biermösel, so schnell schießen die Komantschen nicht! Wenn ich dem jetzt den kleinen Finger gebe und mich um den Weltfrieden auch noch kümmere, dann will der das nächste Mal die ganze Hand von mir, sprich: Dann will er vielleicht, dass ich mir den Lauf von der Glock abschneide, zwei Löcher hineinbohre, mich als Mayr aus den

Anden verkleide und ihm „El Condor Pasa“ vorpfeife, genau so ein Typ ist das nämlich!

„Bin ich nicht!“

„Was bist du dann für einer?“

„Ich bin, der ich bin.“

Na bumsti, denkt sich der Biermösel und kratzt sich hinterm Ohrwascherl. Was soll denn das jetzt wieder heißen?

Wie der Biermösel das Rätsel aber nicht und nicht lösen kann, steht er genervt auf, sodass nicht nur die wurmstichige Holzbank kracht, sondern auch sein morsches Knochengebälk, und er sagt:

„Eine Frage noch!“

„Eine letzte!“, sagt der Herr Jesus.

„Die Roswitha, meine Schwester, die kennst du ja.“

„Was ist mit der?“, seufzt der Jesus.

„Wenn sie jetzt immer ohne mich in ihrer Kammer liegt und bis in die frühen Morgenstunden den *Club Lagrima* auf *Radio Schmalz* aufdreht, wenn sie dabei den Shubidu Jack hört und ihr die Tränen in Sturzbächen über die roten Wangen rinnen und sie geheimnisvolle Zeilen auf dem Kellnerblock notiert, von denen ich fast schon glaube, dass es Gedichte sind, sag schon, hat das was zu bedeuten?“

„Na, was glaubst du!“

Da ballt der Biermösel wütend die Fäuste in seiner Lodenhose und stellt sich vor, wie er die Nachtigall aus 500 Metern mit der Doppelläufigen von der Bühne herunterballern wird, wenn er morgen in Goisern auftritt, peng, peng, peng!

„Das schau ich mir an!“, hört er den Jesus lachen.

„Na gut“, zieht der Biermösel ein bisserl den Schwanz ein, „vielleicht nicht aus 500 Metern, aber mit der Gleitsichtbrille …“

Wie es dem Biermösel in der Kirche doch ein bisserl langweilig wird und er sich zur Weiterfahrt bereitmachen will, wie er dabei hofft, dass er endlich das beruhigende Geräusch vom Lindbichler seiner Schaufel draußen hört, da fällt sein Adlerblick auf etwas, das seitlich im Kirchenschiff steht und wie ein holzgeschnitzter Musentempel ausschaut, oder besser gesagt: wie ein mobiles Scheißhaus aus Holz, wahrscheinlich für die ganzen Schäfchen vom Herrn Jesus, die es sich unten herum auch komplett vertan haben und die volle Länge Gottesdienst nicht mehr durchstehen, ohne dass ihnen der Damm bricht, sehr löblich im Grunde. Aber es ist auch ein Scheißhaus, bei dem die Türen quietschen, wenn man sie aufmacht und eintritt, „schämst dich gar nicht?", fragt der Biermösel den Jesus. „Und warum hast du es zweigeteilt? Und was soll das Fenster mit den Gitterstäben in der Mitte, die mich mehr an Sing Sing erinnern als an ein Plumpsklo? Und vor allem: „Wo ist denn da überhaupt die Muschel?"

Da schlägt der Biermösel dem Herrn Jesus gönnerhaft vor, dass er ihm einen Termin mit dem Wollatz vermittelt, damit der ihm das ordentlich herrichtet. Aber davon will der Herr Jesus nichts wissen, weder vom Wollatz noch von einem Komplettum- und Neubau von etwas, das von dieser Welt ist.

Der Herr Jesus ist vielmehr nahe daran, dass er vom Kreuz herabspringt und sich von seiner mäßig erfolgreichen Love-&-Peace-Politik endgültig verabschiedet, so sehr geht ihm der Affenmensch da unten auf die Nerven, dass er ihm gerne einen Finger ins Auge stechen möchte, oder irgendwas in der Art, er hat ja keine Ahnung, wie man sich prügelt.

Aber bevor er sich dazu hinreißen lässt, hören sie beide, wie hinten im Kirchenschiff das Tor aufgeht und die Seebachwirtin ungefragt hereingestiefelt kommt und gleich wieder eine furchtbare Sauerei anrichtet, so wie sie das auch bei ihm immer macht. Dann latscht sie einfach nach vor zum Jesus, wo sie sich bäuchlings auf den kalten Steinboden wirft, sich bekreuzigt und zum Jammern anfängt: „Jesus, du da oben am Kreuz, der du für uns geboren worden bist (und so weiter, ich hab nicht so viel Zeit heute), das glaubst du jetzt nicht, aber meine Goldhaube ist immer noch nicht aufgetaucht, und jetzt weiß ich nicht, wie ich dir morgen zur höheren Ehre gereichen soll, wenn ich ‚Stille Nacht, Heilige Nacht' ohne Goldhaube singen muss. Und dann ist überhaupt noch Folgendes zu vermelden, hör zu: Der Lindbichler, der eigentlich U-Boot-Kapitän hätte werden wollen und immer zu der dreckigen Hure hinüber ins Haus von der Frevlerin fährt, pfui pfui pfui, der ist zusammen mit seinem Unimog abgängig! Und jetzt schneit es schön langsam alle Straßen bis hinauf zu den Baumwipfeln zu, und wenn das so weitergeht, können deine Schäfchen morgen vielleicht nicht zu dir in die Christmette kommen und mir nicht beim ‚Stille Nacht, Heilige Nacht'-Singen zuhören, weil der moderne Mensch ja heute nicht gerne zu Fuß geht, wenn der Schnee so hoch liegt, und jetzt bitt' ich dich, Jesukindi da drinnen in der Krippe, ich bitte dich inständig: Kümmere dich darum!"

„Seebachwirtin", hört die Seebachwirtin auf einmal eine süßliche Stimme aus dem Beichtstuhl, von der sie glaubt, dass sie dem Jesus gehört. Und wie sie sich schon freut, dass er endlich mit ihr redet, und wie sie hingeht und ihm die Hand schütteln will, zittert auf einmal das Kirchenschiff doch noch wegen dem gewaltigen Donnergroll, der auf das furchtbare „Geh scheißen!" folgt, das der Biermösel mit seiner Trompete hinausbläst.

Da scheißt sich die Seebachwirtin – wie ihr geheißen! – in die Hosen und läuft mit hinaufgezogenem Kittel schreiend aus der Kirche, und dann hört der Biermösel den Jesus, mit versöhnter und sanfter Stimme:

„Danke, danke, danke. Das hat mich selbst schon lange in den Fingern gejuckt, dass ich die Pharisäerin aus dem Tempel jage, aber was den gepflegten Wutausbruch betrifft, sind mir ja leider die Hände gebunden, wie du weißt, also hast du jetzt doch noch eine Frage gut, ich antworte dir."

„Was?", fragt der Biermösel kleinlaut.

„Du meine Güte, dir wird doch irgendeine Frage einfallen!"

„Mir fällt aber keine ein!"

Der müsste doch wissen, dass er nicht gut ist, wenn er unter Druck gesetzt wird, und dass dann manchmal sogar der Damm bricht, der sieht doch alles!

„Mir fallen hunderte ein“, sagt der Jesus jetzt ein bisschen von oben herab, „dutzende, meine Güte, einmal möchte ich Ermittler sein! Wo ist der Wollatz verblieben, zum Beispiel. Oder frag mich Folgendes: „Warum räumt der Lindbichler nicht mehr, ha, was glaubst du?‘“

„Räumt er nicht mehr?“

„Nein. Danke, das war's.“

„Das gilt nicht!“

„Geh endlich!“

„Sicher nicht!“

Der Biermösel kommt langsam aus dem Beichtstuhl herausgekrochen, in dem er nach einem Holzwurm gesucht hat, den er vielleicht hätte essen können, er hat mittlerweile so einen Hunger beisammen, und einen Durst auch. Mit trockenem Mund steht er vor dem Jesus und schaut ihn an. Jetzt fällt ihm auch ein, was er ihn gerne gefragt hätte: „Erwarten mich viele Jungfrauen drüben im Himmel, wenn ich dann hoffentlich bald sterben werde?“

Aber der Jesus antwortet nicht mehr. Also will er ihn stattdessen bei seiner Ehre packen.

„Na gut“, sagt der Biermösel zum Jesus, „ganz glaub ich das ja immer noch nicht, dass es dich gibt.“

„Obwohl ich die ganze Zeit mit dir rede?“, fragt der Jesus beleidigt zurück.

„Das kann ja auch an den Tabletten liegen.“

„Und dann würdest du endlich glauben, du Spinner?“

„Wenn du den Weihwasserkessel da drüben in einen gut Gebrannten verwandeln kannst, dann schaut die Sache anders aus.“

„In einen vom Tötschinger, nehm ich an.“

„Ja sicher, was glaubst denn du?“

„Na dann: Simsalabim!"

Augenblicklich durchflutet den Biermösel ein ungekanntes Gefühl von wohliger Wärme, wie der Marillenschnapsduft endlich den lästigen Geruch vom Weihrauch im Kirchenschiff verdrängt, und er denkt auf einmal nur noch positiv über den Herrn Jesus Christus, der ihm bisher so fremd war.

Der ist ein anderes Kaliber als die ganzen Depperten, denkt er, die er vom Stammtisch und von den Punschhütten kennt und mit denen er es sonst immer zu tun hat. Mit dem kann man gut reden, vielleicht sogar besser als mit den Fleischhauern vom Schlachthof in Wels, Unterabteilung Schwein. Bei dem wird er jetzt vielleicht öfter auf einen Sprung vorbeischauen, nicht zuletzt deshalb, weil der Schnaps wirklich prima schmeckt, wie er nach einer ersten Probe sagen muss.

„Danke. Danke. Danke und immer wieder danke", ruft er ihm zu. „Bist ein klasser Bursche, ehrlich, ich mag dich. Wenn du auch einmal was brauchst, weil die Leute wieder sündigen und dich beleidigen oder mit nassen Fetzen nach dir werfen – ruf 133, die Gendarmerie, dein Freund und Helfer."

„Gracius", sagt der Jesus.

„Pregus", sagt der Biermösel, und dann denkt er sich:

Ja ja, wir zwei harmonieren halt schon sehr gut. Das passt einfach hinten und vorne zusammen mit uns zwei.

„Biermösel", trübt der Jesus dann vom Kreuz herunter ein bisserl das allzu voreilige Resümee: „Ich weiß, das muss ich auf meine eigene Kappe nehmen, aber sei so gut und roll deine Stutzen wieder hinauf, deine Venen sind ja wirklich nicht zum Anschauen."

Wie der Biermösel seine Stutzen wieder hinaufgezogen hat und er sich klammheimlich ein bisserl darüber freut, dass sogar der Herr Jesus immensen Respekt vor seinen Venen hat; wie er sich mit einer tiefen Kniebeuge von ihm verabschiedet und sogar den Hut vor ihm zieht; wie er sich dann zur Stärkung vor der Weiterfahrt über den Weihwasserkessel beugt und den gesegneten Schnaps in einem Zug aussäuft, da prostet er ihm noch einmal zu und sagt:

„Falls wir uns nicht mehr sehen – Frohe Weihnachten! Oder anders herum ausgedrückt: Happy birthday to you!“

„Krispär, Krispär an Biermääääsel“, hört der Biermösel dann den Doktor Krisper nach ihm rufen, wie die Glocken am Kirchturm 7 Uhr läuten und er längst das Nachtmahl zu sich nehmen sollte, „Krisper, Krisper an Biermösel“, hört er ihn, wie er das Kirchenschiff endlich verlässt und hinaustritt in die stürmische See, „Krisper, Krisper an Biermösel“, hört der lästige Hund nicht auf, nach ihm zu funken. Aber er kann die Fips mit dem CB-Funkgerät daran einfach nirgends finden, weil die Straßen nicht geräumt sind und alles meterhoch zugeschneit ist, ganz so, wie die Seebachwirtin es angedeutet hat. „Krisper, Krisper an Biermösel“, orientiert er sich dann bei seiner verzweifelten Suche nach der Fips aber an der knarrenden Stimme vom Doktor Krisper, und endlich, nach einer halben Stunde, während der ihn ganze Schulklassen mit Schneeballsalven bombardiert und dabei höhnisch lachend gefragt haben, nach was es denn da riecht (und sich so für seine allherbstliche Pädagogik rächen), findet er endlich seine einzig treue Rosinante und nimmt den Funkspruch entgegen, „Krisper, Krisper an Biermösel, hörst du mich?“

„Was ist denn?“

„Hab ich entdeckt in langer Gerade in Silbertannenwald japanische Kleinwagen mit Hirschkuh drinnen, was sitzt auf Mann, was ausschaut wie Jackpot Charlie, sprich: wie Reste von Jackpot Charlie, weil ist er mehr Ragout als Mensch.“

„Komme!“

Wie der Biermösel dann auf der Fips über den Schnee dahinkriecht wie die Schnecke über den Salat, wie er herumschlingert und es ihn wieder alle zwei Meter abwechselnd auf den Scheißer und auf den Schädel haut, fragt er sich voll Angst und Schrecken: Wo ist denn jetzt wirklich der Lindbichler?

Schon nach kurzer Fahrt entlang der Uferstraße und dann hinaus aus dem Ort, hinaus auf die Bundesstraße und weiter in Richtung langer Gerade im Silbertannenwald, muss er die Fahrt aber schon wieder unterbrechen, weil die Tabletten zusammen mit dem ganzen Schnaps aus dem Weihwasserkessel so eine treibende Wirkung erzeugen und der vermeintliche Musentempel sich ja leider als Beichtstuhl entpuppt hat, in dem er sich nicht entleeren hat können, kleines, dickes Minus, lieber Herr Jesus.

Mit seinem tropfenden Bächlein segnet der Biermösel dann schnell, schnell den Schnee am Straßenrand und bohrt ein weiteres gelbes Loch hinein, neben all die anderen gelben Löcher und braunen Würste, die die Straßenränder zieren, seit jeder dahergelaufene Staatsschauspieler, der sich da einen Zweitwohnsitz leisten kann, sein Hundi zum Äußerln führt, da bleibt für die Bedürfnisse von den Einheimischen kein freies Platzerl mehr. Alles in der Gegend ist so zugeschissen und zugewischelt von den Fiffis und Waldis, dass nicht einmal mehr die Anni mit dem Meister Proper und seinem Bruder Wisch & Weg den Schnee noch weiß kriegen täte, „Herrgottnocheinmal", schreit er schwach in die Natur hinaus, „Anni, Anni, Anni!"

Wie mag es ihr gehen?

Der Biermösel erreicht endlich die Abzweigung nach Goisern und biegt dann in die lange Gerade im Silbertannenwald ein. Und dann sieht er schon den Doktor Krisper in seiner Lodentracht bei einem havarierten japanischen Kleinwagen stehen und mit dem weißen Taschentuch winken, und wie es ad-hoc-mäßig ausschaut, muss er sich dieses Mal gar nicht erst hinsetzen wie der Fliegenfischer und in aller Ruhe darauf warten, dass ihm das Schicksal seine Feinde vor die Füße spült.

Kaum hat er nämlich abgeschwungen wie die Eiskunstläuferin nach der Kür, sieht er schon den Jackpot Charlie mit der Hirschkuh im Auto, was wirklich deppert ausschaut, und im Umkreis von hundert Metern tanzen jede Menge Geldscheine im Wind herum, was dann eigentlich sehr gut ausschaut und zusammen mit dem Licht aus den Scheinwerfern, die ein bisserl in die Höhe ragen, fast eine vorweihnachtliche Stimmung erzeugt.

„Tragisch", sagt der Biermösel zum Doktor Krisper, „sehr, sehr tragisch das alles."

Aber insgeheim denkt er natürlich: So tragisch dann auch wieder nicht. Schließlich ist es der Jackpot Charlie, der da unter der Hirschkuh Bernadette sitzt und dem er das denkbar schlechteste, mieseste, erbärmlichste, hundsgemeinste Ende an den Hals gewünscht hat, also kein Mitleid, wo kein Mitleid angebracht ist!

Mitleid eher mit sich selbst, schweift der Biermösel dann ein bisserl ab, wie er den Unfallort inspiziert, weil er jetzt endlich einmal vorm Doktor Krisper hätte glänzen können und ihm sagen, warum der Jackpot Charlie ausgerechnet ein Flugticket nach Rio de Janeiro mit am Beifahrersitz geführt hat, das ihm der Herr Doktor jetzt aushändigt und das auf einen gewissen Jean-Marie Raff-Kahn lautet, wer ist denn das schon wieder?

Er Kompletttrottel täte es wissen, und alles andere auch, wenn er dem Herrn Jesus in der Kirche die alles entscheidenden richtigen Fragen gestellt hätte und den einmaligen Jackpot nicht mit der Frage nach der Umwandlung von Weihwasser in Marillenschnaps verbraten hätte – der abgängige Chinese aus dem Spätherbst samt den zwei abgängigen deutschen Sexbestien; die abgängige blonde Russin, die der Puffkaiser Schlevsky ins Land geschleppt hat und die ihren Weg nach Nowaja Semlja nicht und nicht findet, „wo sind sie, was war ihr Schicksal, wie hast du alles aufgeklärt, Biermösel, erzähl, wie war es wirklich!", hätte ihn die schwarzhaarige Raubkatze von den Hauptnachrichten im Staatsfunk gefragt, ein Eintrag in „Der Kriminalist" wäre nur noch Formsache gewesen, um eine Fotostrecke mit ihm auf den Schaffellen von den Weibern vor ihren offenen Kaminen hätte das „Sex ohne Zensur"-Hefterl betteln müssen.

Aber so?

Weil er sich nicht erklären kann, was da passiert ist, kriegt er den Mund nicht auf und muss sich stattdessen das Allgemeinwissen vom Doktor Krisper anhören, „hab ich dir erzählt, Biermösel, dass ich habe Wollatz geschickt nach Nang-Pu zu meine Bruder um neue Geländewagen mit Spitzen-GPS?"

„Und weiter?"

„Damit er nicht mehr ist Gefahr für andere auf Straße?"

„Ist jeder in Gegend Gefahr auf Straße", redet der Biermösel schon genauso deppert wie der Doktor Krisper, der ihm weiters erzählt:

„Ist jedenfalls Geländewagen aus Autokonzern von Konzernlenker, was heißt Raff-Kahn wie Name auf Flugticket und was hat sich nach furchtbare Tod von Schlevsky oben in Flachdachneubau auf Gebirgskamm eingekauft, über Vermittlung von Jackpot Charlie."

„Und jetzt?"

„Hab ich gehört Gras wachsen, dass GPS in Geländewagen nicht funktioniert."

„Und weiter?"

„Ist Wollatz verschellt."

„Und Raff-Kahn?", fragt der Biermösel, der bald wirklich an den gelben Pillen verzweifelt.

„Biermösel, bist du Inspektor oder bist du Bierfahrer?", sagt der Krisper mitleidig. „Weiß ich wirklich nicht alles, kann ich nicht wissen alles, bin ich nur Doktor, also: Soll ich retten Hirschkuh, was lebt noch ein bisschen, mit Defibrillator. Oder soll ich lieber erläääsen Hirschkuh mit Spritze, sprich: mit Todesspritze?"

„Erläääse ich Hirschkuh lieber selbst mit Spritze, sprich: mit Bleispritze", sagt der Biermösel zum Doktor Krisper, und für einen kurzen Augenblick der Vorfreude schießt ihm das warme Blut wieder zurück in die Venen. Dann zieht er mit seinen klammen Fingern die Glock aus dem Halfter und ballert die Hirschkuh aus der Hüfte heraus per Gnadenschuss über den

Haufen, hinüber in die ewigen Jagdgründe zu ihrem Gatten, dem kapitalen 18-Ender, den er schon im Spätherbst vorgeschickt hat. Er feuert dabei gleich ein ganzes Magazin leer, weil er schon lange nicht mehr herumgefeuert hat, und bei jedem Schuss achtet er penibel darauf, dass die Kugel nicht nur die Hirschkuh Bernadette durchschlägt, sondern auch dem Jackpot Charlie darunter noch ein Loch in die Verkleidung reißt, „ein bisschen Spaß muss sein", sagt er beinahe fröhlich zum Doktor Krisper, „dann ist die Welt voll Sonnenschein."

„Glatte Durchschüsse, bravo, bravo, bravo!", bestätigt der diensteifrige Doktor Krisper anerkennend, als er die beiden Leichname inspiziert und ihnen gedanklich den Totenschein ausstellt.

„Da schaust du mit den Augen, was?", sagt der Biermösel, und wie er sich am Arsch kratzt, weil er sich jetzt doch schon länger nicht mehr gewaschen hat, fällt ihm endlich ein, was er den Doktor Krisper schon die ganze Zeit fragen wollte:

„Was machst denn du überhaupt im Silbertannenwald, ha? Holst du dir auch eine Silbertanne wie all die anderen, und schmückst sie dir zu Hause, wie all die anderen, sei ehrlich, du Judas!"

„Aber nein, Biermösel", kann der Doktor Krisper den Biermösel wieder halbwegs beruhigen, „bin ich ja ehemalige Kommunist und stehe ich Wahnsinn mit Weihnachten kritisch gegenüber wie du und Kommunistische Manifest zusammen."

„Was dann?"

„Weißt du, Biermösel", könnte ihm der Doktor Krisper die Wahrheit auftischen, „bin ich immer auf Suche nach frische Blut von Hirschkuhe, was ist aber nicht deswegen, weil bin ich Sohn von Dracula drüben in Rumänien, was bin ich nicht, sondern weil bin ich passionierte Sportmediziner und seit Neuesten auch Präsidente von Gewichtheberverband in deine scheene Land Eeesterrreich."

„Und weiter?", täte der Biermösel skeptisch fragen.

„Na, will ich irgendwann führen Land wieder zu lichten olympischen Höhen, was aber wird schwierig ohne Stimulans, weil in diese Land alle verwääähnt und brustschwach, also mische ich blaue und gelbe Pillen mit viel rote Blut von Hirschkuh zusammen, was ich finde auf Straße, weil lange Gerade in Silbertannenwald in letzter Zeit ist mehr Schlachtfeld als Straße …"

„Na und!", täte der Biermösel beleidigt schreien. „Was hab ich damit zu tun?"

„Na, gar nichts, Biermösel. Will nur sagen: Mache ich starke Popeye aus schwache Eeesterrreicher, sprich: Blutdoping, verstehst?"

Aber der Doktor Krisper sagt lieber nichts. Der Biermösel würde nämlich gar nichts verstehen, ist sich der Doktor Krisper sicher, nicht in dem erbärmlichen Zustand, in dem er sich befindet, seit er ihn wegen seiner Kreuzigung drüben im Krautacker vom Brunner-Bauern erstkontaktiert hat, um Allerheiligen herum muss das gewesen sein. Der einst so Wütende steht nur noch da wie ein Schlaganfallpatient und starrt ihn verständnislos an wie seine Arzthandschrift, „muss ich mir machen Sorgen um dich, Biermösel?"

„Musst du dir machen nicht!", verdrängt der Biermösel aber das Offensichtliche, während er fast im Stehen einschläft.

Stattdessen macht er sich selbst Sorgen darüber, was passieren wird, wenn sich die Seebachwirtin mit einem dauernden „Ich hab dir ja gesagt, dass im Silbertannenwald noch was Furchtbares passieren wird" als Prophetin darstellt, sobald sie von diesem Schlamassel erfährt. Und er fragt sich, wie das mit den Jägern weiter gehen täte, wenn sie ihm den Tod von der Hirschkuh auch noch in die Schuhe schieben wollen, tauchen sie dann jede Nacht bei ihm auf?

Der Biermösel entscheidet sich dafür, dass er die ganze Sache zwei, drei Etagen weiter oben ansiedeln und als Terroranschlag für die Texasranger vom Sondereinsatzkommando aufbereiten wird. Er erinnert sich an den Grundkurs „Arbeiten mit militärischen Waffen" in der Gendarmerieschule, in dem er weiß Gott nicht der Schlechteste war, auch wenn er in den meisten anderen Grundkursen schon der Schlechteste war.

Er schüttelt den Schnee von den zugeschneiten Schuhen und geht ruhig zu seiner Fips, wo er aus der Satteltasche eine schöne Handgranate herausnimmt, die er nebst allem anderen Zeug jetzt immer mit sich herumführt, seit ihn sogar die Teufel belästigen, nur mit ein paar gekreuzten harten Würsten wird sich die Drecksbagage das nächste Mal nicht mehr vertreiben lassen.

Wie er mit der Handgranate zurückkommt zum Unfallort, ist er aber zu schwach, als dass er das Feuerwerk noch selbst zünden könnte, also gibt er sie dem Herrn Doktor und sagt, freilich ohne dass er ihn vorher zum Hilfssheriff ernannt hat, wie er das bei der Roswitha immer tut, wenn sie die Schlagoberssspritze in Anschlag bringt:

„Tu es!"

Das aber wundert den Doktor Krisper. Denn erfahrungsgemäß verzichtet der Biermösel äußerst ungern darauf, irgendwas selbst krachen zu lassen. Allzu oft hat er ihn schon nach missglückten Schießübungen hinten am Schießstand vom Auerhahn erstversorgt, wenn wieder irgendwelche Mörser und Granaten nicht richtig gezündet und ihm ein paar Löcher in weiß Gott welche Körperteile geschlagen haben.

Der Doktor Krisper schaut dem Biermösel daher mit prüfendem Blick tief in die Augen, und dabei sieht er, dass seine Pupillen enorm verengt sind, was unüblich ist bei einem so starken Alkoholiker, und wie er ihm einen medizinisch begründeten Arschtritt verpasst, der seine Reflexe prüfen soll, wackelt der Biermösel nicht einmal mit den Ohren, geschweige denn, dass er ihn mit seinen gefürchteten Totschlägern in kleine Stücke reißt.

„Bist du dir vielleicht manches Mal vorgekommen ein bissi verweichlicht in letzte Zeit, wie stinkende Ricotta-Streichkäse in Kofferraum von Urlaubsauto?“

„Wie was?“

„Wie Schwamm, was ist nass.“

„So ungefähr, ja.“

Das erhärtet jetzt leider seinen furchtbaren Verdacht. Dass er nämlich 60 Kilo Streichkäse der verweichlichten Sorte vor sich stehen hat. Und wenn sich jetzt nicht doch noch alles als böser Traum herausstellt, dann ist er leider einem einmalig kolossalen Irrtum erlegen und hat den Biermösel schlicht und einfach medikamentös falsch eingestellt, sprich: falsche Tabletten für falsche Patienten, sprich: hoffentlich reagiert der alte Schlauch jetzt nicht allzu alttestamentarisch, wenn er ihm gleich reinen Wein einschenken wird:

„Biermösel, muss ich dir was beichten, was fällt mir gar nicht leicht.“

„Sprich“, sagt der Biermösel gönnerhaft. Dabei baumelt er hin und her wie ein Pendel.

„Baue ich ja gelbe Tabletten wie Sonne, wie du weißt, und baue ich blaue wie Ozean, und auch rote für Papa, damit Mutti wieder quietscht, wenn liegen beide zusammen in Kiste, verstehst du?“

„Und weiter?“

„Blöd wie Ziege, das ich bin, muss ich haben verwechselt Sonne mit Ozean, sprich: Tabletten für dich mit Tabletten für Wollatz, sprich: Tabletten für Stimmungsaufhellung mit Tabletten für Stimmungsdämpfung, sprich: kleine Verwechslung, große Wirkung, bist du mir jetzt sehr bääse?“

„Dazu von mir vielleicht nur zwei Worte“, sagt der Biermösel nach einer halbstündigen Schrecksekunde, die es gedauert hat, bis er endlich den gewaltigen Wurstzeigefinger der rechten Hand an die Nase vom Doktor geführt hat.

„Du tot!“

Bei einem solchen Delikt will der Biermösel die linke Faust „Krankenhaus“ erst gar nicht als Vorhut ausfahren, da will er lieber gleich den Atomsprengkopf zünden. Aber sein rechter Hammer stürzt schon ab, noch bevor er die Koordinaten richtig eingestellt hat, und der Doktor Krisper fängt das Mäusepfötchen ohne Mühe ab.

„Biermösel, hörst du mir zu“, sagt er und rettet sich in seine Dritt- oder Viertausbildung als Gesprächstherapeut, „hab ich gemacht Fehler, was tut mir wirklich sehr leid. Aber kann Mensch nicht immer nur auf Scheißhaus sitzen und anschauen, was er hat hineingestellt für schäääne Krapfen in Muschel, verstehst? Muss Mensch auch irgendwann drücken Spülknopf, sprich: Musst du können auch vergeben und vergessen, dass habe ich gemacht unverzeihliche Fehler.“

Der Doktor Krisper merkt, dass der Biermösel langsam die Kontrolle über Situation und Körper verliert, als er nach einer weiteren halben Stunde noch immer reglos dasteht und sich zuschneien lässt wie ein Vogelhäuschen. Aber als er endlich den Mund aufmacht, merkt der Herr Doktor, dass sein schwierigster Patient einfach nur sehr, sehr langsam denkt.

„Apropos Verzeihen“, sagt der Biermösel. „Was machen wir denn mit der Anni, der muss das ja beigebracht werden, dass der JC tot ist, schonend und einfühlsam, ich hab sie ja freigegeben.“

„Kennst du den?“, sagt der Doktor Krisper, der grundsätzlich im feinsinnigen Humor die beste Medizin sieht:

„Fällt das Gruber Franzi von Gerüst auf Baustelle herunter, ist er tot wie Arbeitnehmerschutz in Zeiten von Globalisierung, finden ihn seine Kollega, sagt der eine: Wer bringt es schonend bei Frau von Franzi? Sagen alle: Muss es machen der Siegi, was ist einfühlsamste von uns allen, sprich: Fast ist er metrosexuell. Fährt Siegi also zu Frau von Franzi, läutet er an ihre Tür und sagt er: Sind Sie die Witwe Gruber? Sagt die Frau: Gruber ja, Witwe nein. Sagt der Siegi: Was wetten?“

„Verstehst?"

„Verstehe nicht", sagt der Biermösel.

„Na, bin ich einfühlsam wie Siegi und muss ich fahren mit dir zu Anni und bringe ich ihr furchtbare Katastrophe schonend bei."

„Verstehe", sagt der Biermösel und nimmt dem Doktor Krisper die Handgranate weg. Dann schleppt er sich zum Wrack, reißt am Bügel und wirft sie endlich hinein.

„Genug geplaudert!"

„Deckung!", schreit der Doktor Krisper, der insgesamt mehr der vorsichtige Typ ist, und wirft sich theatralisch in seiner Lodentracht hinter einen Schneehaufen.

Der Biermösel aber hat nicht mehr die Kraft, dass er sich mit einem eingesprungenen Biermösel in Sicherheit bringt. Die Druckwelle erreicht ihn, wie er noch keine zehn Meter vom Wrack entfernt ist. Dann steht er da wie der Rauchfangkehrer, und seine Pudelhaube hängt ihm herunter wie dem Dackel die Ohren, und wie er all das brennende Geld und auch das andere Zeug vom Himmel herabfallen sieht, ärgert er sich wieder, dass er den ersten Grundsatz bei Autosprengungen komplett ignoriert hat: Immer zuerst in den Kofferraum schauen!

Wie Goldmarie steht er da, hält den Wetterfleck auf. Er lässt die ganzen und die halb verbrannten Geldscheine hineinfallen, und wie er ungefähr 10.000 Euro beisammen hat, packt er zusammen und weiß, wie er sich vielleicht doch wieder bei der Anni zurück ins Spiel bringen kann.

Genau in diesem Augenblick aber kommt leider das Schaukelpferd, das es bei der Explosion fast bis an den Rand vom Universum gefeuert hat, wieder von seiner Reise zu den Sternen zurück und trifft den Biermösel volley am Schädel, sodass auch ihm eine Träne über die Wange läuft.

Da ist er endlich so weit, dass er die beleidigte Leberwurscht ablegt und den Doktor Krisper endlich fragt:

„Hast vielleicht eine blaue für mich, blau wie der Ozean?"

„Sicher", sagt der Doktor Krisper, und haut das Schaukelpferd weit in den Wald hinein. Dann nimmt er den Biermösel einfühlsam an der Hand und führt ihn zurück zur Fips. Dabei streicht er ihm den Schnee von den Schultern und sieht ihm aufmunternd in die Augen:

„Sag ich immer: Scheiß dich nicht an – lebe!"

„Soll heißen?"

„Ist Titel von Positiv-Denke-Ratgeber-Buch, an was arbeite ich in meine Freizeit seit über dreißig Jahre mindestens. Positiv Denke ist überhaupt sehr sehr wichtig für Kopf und Seele."

„Drauf geschissen", sagt der Biermösel.

Buße

Der Lindbichler, fragt sich der Biermösel besorgt, wie er den Doktor Krisper mit der Doppelläufigen in der Hand zwingt, dass er mit seinen nackten Händen die Fips freiräumt und fahrtauglich macht, warum räumt denn der Lindbichler den Schnee nicht mehr von den Straßen und leitet ihn sicher durch alle Stürme nach Hause, wird ihm doch nichts passiert sein?

„Musst du immer denken positiv, Biermösel", erinnert ihn der Doktor Krisper, der ja in seinem schwierigsten Patienten liest wie in einem offenen Buch. „Vielleicht ist Lindbichler ja nur gefahren in Tauchurlaub und räumt er nach Weihnachten gut erholt weiter Straßen leer?"

Aber das mag der Biermösel gar nicht, wenn einer in ihm liest. Also hebt er sofort den mahnenden Zeigefinger und sticht dem Krisper damit mitten hinein ins Auge, damit er nicht mehr so gut lesen kann. Dann befiehlt er ihm, dass er sich gefälligst niederknien soll.

Der Biermösel hat sich nämlich zu einem weiteren Akt der Selbstjustiz hinreißen lassen. Zwar könnte er die Sache wegen der falschen Medikamentierung auch mit Hilfe von einem Patientenanwalt regeln, aber warum sollte er das tun, wenn er stattdessen endlich einmal im Leben über eine menschliche Leiter die Fips besteigen kann? Also tritt er dem knieenden Herrn Doktor mit den schweren Bergschuhen zuerst auf die Füße, dann auf die Knie, dann auf die Schenkel, dann in den Schritt, bevor er – „hoppla!" – noch einmal abrutscht und er ihm – „aua!" – auf die zarten Doktorhände springt und dort stehen bleibt, „tut das weh?"

„Ja!"

„Gut", sagt der Biermösel zufrieden mit der Wirkung der blauen Tabletten, und zum Drüberstreuen verpasst er dem Krisper gleich noch eine Kopfnuss. „Warum also Tauchurlaub?"

„Weißt du, Biermösel, hat Lindbichler ja sehr schlechte Haut, schlechter als Roswitha, sprich: Lichtkrankheit, was heißt: verträgt keine Sonne. Wenn Lindbichler sich bewegt, dann er staubt wie Bett von Frau Holle, aber hab ich mir zugelegt kleine Handstaubsauger, also kein Problem für mich als Herr Doktor, verstehst?"

„Und weiter? Kruzifixnocheinmal, du kannst wirklich ganz schlecht erzählen!"

„Hat Lindbichler oft gesagt: Doktor, deine Salbe ist keine Hilfe, deine Salbe ist eine Haufen Scheiß. Hilfe ist es nur, wenn Franzi Kubelik mich berührt ganz sanft mit ihre kleine, zarte Finger, dann liegt meine Seele auf Engelshaar, hat er gesagt."

„Das hat er gesagt?", wiederholt der Biermösel skeptisch, wie er endlich von der zerquetschten Hand vom Doktor Krisper heruntersteigt und ihm einen gewaltigen Arschtritt verpasst, der ihm signalisieren soll: Jetzt ist es an der Zeit, dass du mich die paar hundert Meter weit anschiebst, die wir bis zur Abzweigung nach Goisern hinaus brauchen, so lange wird das schon dauern, bis bei dem Sauwetter endlich der Motor anspringt.

„Und jetzt erzähl weiter!"

„Hat Lindbichler auch oft geträumt, dass er möchte fahren mit Franzi Kubelik in U-Boot mit Namen Nautilus hinunter zu Tiefen von Ozean, wo kein Licht mehr kommt hin und seine Haut nicht mehr verbrennt. Weiß jeder in Ort, dass er oft mit Franzi Kubelik in Unimog ist hinausgefahren zu Mitte von zugefrorene See, was ist verboten zwar, wo er aber hat mit ihr geträumt von bessere Leben in andere Welt in Wasser unten …"

„In Wasser unten?"

„In Wasser unten, freilich. Und wo er ihr morgen, Heilige Abend, hat schenken wollen kleine Schneegestöber mit Eifelturm von Paris drinnen, was hat höchste Lift von Welt und was hat er ihr gekauft auf Weihnachtsmarkt in Ischl drüben als Geschenk, sprich: Romantik pur."

Normalerweise lässt der Biermösel ja immer einen sehr schönen fahren auf das immer weiter um sich greifende Problem mit der Romantik pur. Aber jetzt kommen auch ihm die Tränen, wie der Doktor Krisper vom Lindbichler und der Franzi Kubelik erzählt, und je langsamer und beschwerlicher es durch die immer gewaltigeren Schneestürme vorwärts geht, desto stärker nagt auch in ihm die Gewissheit, dass dem armen Kerl was passiert sein muss und er die Straßen nie wieder wird räumen können.

„Ist Wollatz verschellt, ist Lindbichler verschellt, sind wirklich viele verschellt in letzte Zeit", leistet sich der Doktor Krisper keuchend eine kleine Spitze gegen die Ermittlungserfolge vom Biermösel, „muss ich mir machen Sorgen um gute Menschen in schäääne Gegend?"

„Musst du dir ausschließlich machen Sorgen um dich in tiefe finstere Wald drinnen", denkt sich der Biermösel nach weiteren zwei Kilometern auf der Bundesstraße, nach denen er endlich merkt, dass er den Doktor Krisper an der Abzweigung nach Goisern verloren hat, freilich nicht ganz ohne Absicht dahinter, sondern mehr aus Gründen der Pädagogik.

Der verwechselt keine Tabletten mehr, ist sich der Biermösel jetzt fast sicher, wie er sich endlich mit einem schönen Kreisel einbremst und auf den Giftmischer wartet.

Der Biermösel probiert skeptisch ein paar weitere von den blauen Tabletten, die ihm aber noch nicht ganz so gut schmecken wie die gelben, an die hätte er sich wirklich gewöhnen können, wenn sie nicht den genau gegenteiligen Effekt gehabt hätten, aber geschmacklich: einmalig!

Andererseits steht er mit jeder blauen Tablette wieder sicherer in den Schuhen, langsam füllt sich der leere Speicher wieder, und die Verweichlichung fließt ab wie das Überwasser aus dem Stausee in Kaprun, oder anders herum ausgedrückt: Der schlafende Riese streckt die Glieder weit von sich und gähnt schon wieder, bald ist er wach.

Wie der Doktor Kripser dann endlich auftaucht, mit seiner trockenen Zunge weit unten bei den Knien, mit ein paar wirklich schönen Blutblasen an den Füßen in seinen genagelten Schuhen und einem zerrissenen Hosenbein nach einer unfreundlichen Begegnung mit einer streunenden Kampfhundmaschine von irgendeinem depperten Staatsschauspieler, da lässt der Biermösel aber noch immer keine Gnade walten und ihn aufsitzen.

Stattdessen lässt er ihn über eine Strecke von gut drei Kilometern neben sich herlaufen, damit sein Kreislauf nicht allzu abrupt absackt und damit er auch wirklich versteht, dass man einen Gendarmen nicht falsch medikamentiert, „nie und unter keinen Umständen, verstehst?"

„Verstehe."

Wenn er jetzt ein Lasso dabei hätte, täte er es sogar machen wie der Indianer mit dem Ponydieb und den Doktor Krisper hinter sich herschleifen, bis ihm die Haut abfällt. Aber weil er gerade keins dabei hat und auch keinen Marterpfahl, an den er ihn mit dem Lasso fesseln und an dem er ihn anschließend mit der Husqvarna skalpieren könnte, gibt er ihm halt noch einen Arschtritt und erteilt er ihm halt nach einem weiteren schmerzhaften Negerbussi auf die Schenkerl doch die Absolution, allerdings nicht, ohne dass er ihm vorher mit zwei gestreckten Fingern in seinen Augen die Zusicherung abringt, dass er ihn lebenslänglich mit den blauen Tabletten versorgen wird, wenn er nicht den ganzen Kreuzweg noch einmal mit ihm gehen will. Und falls sich das mit der Anni doch noch irgendwann in Richtung Romantik pur einrenken sollte, dann will er auch die roten Tabletten für den Vati, damit Mutti wieder quietscht, „hast du mich verstanden, Krisper, und kannst du mir das versprechen?"

„Verstanden und versprochen."

Nach all den Wochen ohne Aerodynamik, in denen sich der Biermösel vorgekommen ist wie der Lawinentote unter der Lawine, gleitet er jetzt mit dem Doktor Krisper am Sozius endlich wieder vergleichsweise leicht dahin wie die Nussschale über den stürmischen Ozean. Sie fliegen hinüber in Richtung Anni, auf der insgeheim natürlich immer noch seine ganzen Hoffnungen auf einen erfüllten Heiligen Abend zu zweit ruhen wie die sanften Finger von der Franzi Kubelik auf der geschuppten Haut vom Lindbichler, der noch immer nicht räumt.

Wie sie endlich das kleine Haus von der Anni erreichen und sich durch den hohen Schnee bis hin zur Haustür vorkämpfen, da hören sie von drinnen ein wirklich einmalig falsches „Stille Nacht, Heilige Nacht", und dann fragt die Jenny die Mama, ob sie die zweite und dritte Strophe auch noch singen sollen, also Frage an Doktor Krisper: „Was ist denn da drinnen los?"

„Bitte nicht die zweite und die dritte auch noch!", sind sich der Biermösel und der Krisper ausnahmsweise einig, und auch von der Anni hören sie dazu ein deutliches „Gnäd, please!", eine Putzfrau muss heutzutage auch Englisch können.

Die Anni sitzt weinend mit der Goldhaube von der Seebachwirtin auf ihrem Schädel in der engen Küche, und auf dem kleinen Tisch vor ihr liegt lieblos aufgetürmt der ganze Haufen Kleingeld aus dem Opferstock, mit einer kleinen Masche oben drauf, als Sahnehäubchen.

Nicht ausgeschlossen, dass sich die Anni über die zwei Geschenke irgendwann gefreut hätte, sind sich der Biermösel und der Doktor Krisper auch darin einig, morgen zum Beispiel, wenn der richtige Tag dafür gewesen wäre. Aber die Zwillinge haben sich komplett im Datum geirrt und stehen jetzt wie der Ochs und der Esel im Stall vor der Krippe bei ihrer Mama und sind so eingejointelt, dass sie gar nicht sagen könnten, ob sie die Anni jetzt einen Tag zu früh überrascht haben oder 364 zu spät, je nachdem, ob man positiv denkt oder negativ.

„Hört auf zu singen, ihr habt mir eh schon genug angetan", hören sie die Anni verzweifelt jammern, „Holt mir lieber den Biermösel und sagt ihm, dass er den Jackpot Charlie erschießen soll, auf den ich hineingefallen bin wie ein Teenager, und dann soll er bitte mich gleich dazu erschießen, ich bin einfach zu blöd zum Leben."

„Bin schon da", meldet sich der Biermösel überraschend für die Anni und ihre Zwillinge aus seinem Versteck hinter der Küchentür, „aber erschießen werd ich den Jackpot Charlie nicht mehr brauchen", sagt er gleich dazu, „der liegt schon tot unter der Bernadette."

Der Doktor Krisper kann dem Biermösel leider nicht mehr rechtzeitig in die Kniekehle treten und ihn so daran erinnern, dass immer der Einfühlsame reden soll, wenn die schlechte Nachricht überbracht werden muss, da schreit die Anni schon außer sich:

„Wer ist die Bernadette?"

„Eine Hirschkuh", zieht der einfühlsame Doktor Krisper die Sache an sich und versucht zu retten, was nicht mehr zu retten ist, „und nicht einmal eine besonders schöne, wie ich meine."

Aber da schreit die Anni erst recht wie am Spieß, und jetzt sieht auch der Doktor Krisper ein:

Hätte er geschwiegen, wäre er vielleicht im Viert- oder Fünftberuf Philosoph geworden.

„Zum Dienstlichen", drängt der Biermösel.

„Lieber sterben als Zwiebelschälerin", antwortet die Jenny ungerührt auf seine Fragen nach dem Warum, Wieso, Weshalb, „lieber ein Brandzeichen am Arsch, als dass ich noch weiter im männerdominierten Beruf vom Hufschmied mein Glück versuche", sagt die Manu, und dann streicht sie sich weiter die Fingernägel rot, nachdem sie wochenlang nur das Schwarze unter den Nägeln hervorgeholt hat.

„Motiv?"

„Na irgendwas haben wir der Mama ja trotzdem schenken wollen, auch wenn die Gesellschaft für uns keine Verwendung hat und wir deswegen arm sind und kein Geld haben!"

Sehr schön gesagt, denkt sich der Biermösel, und damit ist im Prinzip alles besprochen, da braucht er wirklich nicht mehr viel ermitteln.

Ein bisserl enttäuscht ist er natürlich schon von den Zwillingen, dass er sich wieder so getäuscht hat in ihnen. Aber darüber tröstet er sich mit ihrer inneren und äußeren Distanz zur Arbeit hinweg, die ihm wirklich sehr gut gefällt und die ihn stark an seine eigene innere und äußere Distanz zur Arbeit erinnert, zumindest was das betrifft, sind ihm die zwei Mäderl wirklich sehr ähnlich, denkt er zufrieden, da ist er ihnen so nahe wie dem Jesus, der sich ja auch keinen Haxen ausgerissen hat. Also will er bei ihnen zwei auf die Pädagogik lieber verzichten, die Stutzen oben und die Venen eingepackt lassen. Soll doch der König der Einfühlsamen die mahnenden Worte an sie richten, und der Krisper kramt auch schon in der Innentasche von seinem Lodensakko nach einer entsprechenden Broschüre von seiner Bundesregierung, irgendwo muss er doch was Passendes finden, irgendwas Gschmackiges über das kulturelle Erbe von Goldhauben und Opferstöcken und dass man das alles nicht angreifen oder gar stehlen darf, weil der Goldhaubendiebstahl die Republik in den Grundfesten erschüttert, die Deppenrepublik, wie der Biermösel präzisieren täte.

Der Doktor Krisper findet dann mit seinen zerquetschten Fingern jedoch nur den Ladenhüter-Prospekt von der Prostata-Vorsorge, nicht ganz passend zwar, aber besser als gar kein Aufruf, „Also immer schön den Kamin kehren!“, feilt er mit dem vorhandenen Material schnell an einer passenden Parteirede, „immer lieber pflegen die Hausarbeit als suchen schnelle sexuelle Abenteuer in Dorfdiscostadel, pfui, pfui, pfui“, spannt er einen gewagten Bogen, „immer putzen fegen wischen kehren, lieber heiraten und sich vermehren“, reimt er sich dann sogar was zusammen, bevor er fragt:

„Okay?“

„Okay“, sagen die beiden und zeigen dem Doktor Krisper zufrieden ihre Fingernägel. Die sind röter als die Pille für den Vati, damit Mutti wieder quietscht, denkt sich der Biermösel bewundernd und hofft, dass sie wenigstens den Nagellack bezahlt haben.

Dann wendet er sich der Anni zu. Sanft zieht er ihr die teuflische Goldhaube vom Schädel und wischt ihr mit den Riesenwurschtfingern ein paar Tränen aus dem Gesicht.

„Anni, wir machen es so“, sagt er zu ihr. „Das bisserl Kleingeld sollen sich die Zwillinge bitte einfach behalten und sich dafür einen Nagellackentferner kaufen. Die Goldhaube aber gibst du mir lieber, die versenke ich gleich heute noch im See, dann gibt es keine Beweise. Ganz weit draußen werd ich ein Loch dafür bohren und sie hineinschmeißen, weil – darf ich ehrlich sein? – so was Klerikales steht dir überhaupt nicht, besser steht dir das blaue Kopftuch von den Kommunisten, mit dem schaust du einfach hundertmal besser aus.“

„Finde ich auch“, mischt sich der Doktor Krisper ein.

„Wirklich?“, schluchzt die Anni.

„Aber freilich“, sagt der Biermösel.

Dabei hat der Biermösel aus den Adleraugenwinkeln heraus den Kontoauszug von ihrem neu eingerichteten Konto auf dem Küchentisch liegen gesehen, und da hat er sofort kapiert, dass nicht nur die wirklich gelungene Überraschung von ihren Töchtern der Grund für ihre Tränen war. Wenn sie nämlich das Geld, das er ihr im Spätherbst gegeben hat, irgendwann auf das Konto gelegt hat, dann ist es jetzt ganz sicher nicht mehr drauf, dafür ist das Minus nämlich zu dick, das davor steht.

Bin ich froh, denkt sich der Biermösel jetzt bei diesem Anblick, bin ich wirklich froh, dass ich den Jackpot Charlie noch mit Blei extra betankt habe. Und wenn sich jetzt draußen die Schneeberge nicht minütlich immer noch weiter auftürmen täten, dann täte er jetzt sogar zum Unfallort zurückkehren und mit der Doppelläufigen noch ein paar Schäuferl nachlegen.

Aber da streckt ihm die Anni wieder ihre Hände entgegen, damit er sie verhaften soll, und sie erklärt sich wieder bereit, dass sie noch einen Kredit („noch einen!") bei der Ackerbau- und Viehzuchtbank aufnehmen wird, damit sie den Schaden beheben kann, den ihre Zwillinge schon wieder angerichtet haben, „ich tu alles für dich, Biermösel, wenn ihr die zwei nur in ein gutes Heim bringt, sie sind ja im Grunde keine schlechten Menschen, wie ich immer sage, sie leben nur in einer schlechten Welt."

„So ist es", sagt der Biermösel, und auch der Doktor Krisper nickt zustimmend.

„Jenny, Manu, kommt her und kniet euch nieder!", sagt die Anni. „Und jetzt wascht dem Biermösel bitte die Füße, damit er sieht, wie gut ihr seid."

Da mischt sich wieder der Doktor Krisper ein und lacht: „Falsches Fest, Anni, komplett falsches Fest!"

„Na und?", denkt sich der Biermösel beleidigt, „wenn sie mir justament die Füße waschen wollen!"

Wie die beiden dann schon bei der Tür stehen und sich verabschieden wollen, da dreht die Anni *Radio Schmalz* auf, wegen der vorweihnachtlichen Stimmung, und sie hören den Weihnachtssuperhit vom Shubidu Jack aus dem Jahre Schnee, „Schleim, Schleim, Schleim, it's christmas time". Und dann fragt die Anni den Biermösel mit treuherzigem Blick, ob sie nicht nach Weihnachten wieder zu ihm kommen und ihm das Scheißhaus putzen darf, jetzt wird sie das Geld nämlich dringender brauchen denn je.

„Aber freilich", sagt der Biermösel und umfasst den Duftbaum, den er tief in seinem Wetterfleck mit sich herumträgt. „Und wenn der Wollatz doch noch einmal auftaucht aus seiner Verschellung, dann kannst du ab nächstem Jahr bei mir einen wirklich einmaligen Musentempel herauswischen, das wäre dann mein Weihnachtsgeschenk an dich, sozusagen."

Da verpasst ihm der Doktor Krisper doch noch den Tritt in die Kniekehle, den er schon so lange anbringen wollte, und er erinnert ihn mit der gewissen Handbewegung daran, dass sie ja noch jede Menge Bares für die Anni im Silbertannenwald gesammelt haben, das hätte der Biermösel jetzt fast vergessen, so verliebt schaut er sie an.

Der Biermösel drückt der Anni also die 10.000 Euro in die Hand und noch ein bisserl mehr dazu. Dann schaut er ihr tief in die Augen und umschließt ihre vom vielen Putzen geröteten und aufgerauten Finger mit seinen riesigen Pratzen, was ihr nach den manikürten Kugelschreiberhänden vom Jackpot Charlie einen wohligen Schauer der Geborgenheit und Sicherheit über den Rücken jagt.

„Kauf dir ein paar Honigwachskerzen darum", sagt er, „drüben am Weihnachtsmarkt in Ischl."

Da ist die Anni so beschämt, weil sie den Biermösel immer wieder so verkennt und falsch einschätzt, und mit einer Träne im Auge fragt sie ihn, ob er nicht überhaupt mit ihr und den Zwillingen morgen Weihnachten feiern will, „die Jenny hat weiß Gott genug Zwiebel geschält, sodass sich ein Zwiebelrostbraten für vier locker ausgeht, wenn auch vielleicht mit mehr Zwiebel als mit Rostbraten."

„Mhhm!", läuft dem Biermösel augenblicklich das Wasser im Mund zusammen, und fast ist er schon versucht, die Einladung anzunehmen, er hat dann wirklich schon sehr lange nichts mehr gegessen. Aber so viel weiß auch einer wie er über die Liebe, dass man nicht gleich in die hinterlassenen Hauspatschen vom Nebenbuhler hineinschlüpfen darf, kaum dass sie ungenützt im Vorzimmer herumstehen, schon gar nicht, wenn man die eigenen Schuhe schon ein paar Tage nicht mehr ausgezogen hat, das ist das eine Problem. Das andere ist – und das tut dann wirklich weh –, dass auch die Anni eine Silbertanne als Christbaum im Wohnzimmer stehen hat. Also sagt er mit Wehmut in der Stimme und Sehnsucht im Blick:

„Nächstes Mal, Anni, nächstes Mal feiere ich mit dir und den Zwillingen Weihnachten."

Da hat er Extremtrottel freilich nicht bedacht, dass nächstes Mal im Falle von Weihnachten erst in genau einem Jahr ist.

Beim Hinausgehen klopft ihm der Doktor Krisper tröstend auf die Schulter und meint:

„Biermääääsel! Always look on the bright side of life."

„Sagt wer schon wieder?", fragt der Biermösel und rennt mit dem Schädel gegen den Türstock, damit sich der Schmerz vom Herzen wieder in den Schädel hinauf verflüchtigt.

„Singt Shubidu Jack in seine Welthit."

„Und heißt was?"

„Mach es wie die Sonnenuhr, zähl die heit'ren Stunden nur."

„Meine Antwort kennst du ja", sagt der Biermösel.

Santa Klausi

Wie der Grasmuck dann im Auftrag vom Biermösel freudlos, aber routiniert und komplett besoffen aus dem Puff von der gachblonden Discowirtin in die Pension Goldenes Kalb herübergewatschelt kommt und dort mit seinen Bergschuhen alles nass macht und willentlich eine Riesensauerei anrichtet, damit die Faulpelze aus der Fremdenverkehrsbranche, die er allesamt aus Prinzip nicht leiden kann, endlich auch einmal was zu arbeiten haben; wie er den Sheriffsstern herausholt und damit den so genannten Portier einschüchtert, der ein komplett unqualifizierter, total verschreckter, astreiner Saisonniernigerianer auf der Flucht ist; wie er den Idi Amin Dada beim Krawattl packt und ihn anschreit, wo denn bitte bei ihm die seit geraumer Zeit weltweit gesuchten, von Interpol gejagten, vielleicht einzeln, vielleicht aber auch im Verbund agierenden Goldhaubendiebe einquartiert sind, da misst er bei Durchsicht des Melderegisters dem Namen Klaus Kastenberger mit der Nationalitätszugehörigkeit Deutschland zunächst keine besondere Bedeutung bei, er kann ja nicht wissen, dass sich dahinter der Shubidu Jack verbirgt.

Wenn er das aber wüsste, dann täte der Grasmuck trotz längst notwendiger, jedoch aus Gründen der Scheiß-Angst immer wieder verschleppter Hüftoperation selbst unter größten Schmerzen geschwind wie der Wind hinaufhüpfen auf Zimmer Nummero 4 im ersten Stock und sich ein Autogramm von ihm holen, weil er ein Fan vom Shubidu Jack ist, seit ihm sein besinnliches „Maus, Maus, zuckersüße Maus, ich bin dein Santa Claus" schon als Teenager immer die Adventszeit versüßt hat, wenngleich er auch später während seiner gemeinsamen Zeit mit dem Biermösel in der Gendarmerieschule oben in Linz immer „Humpa Humpa Humpa, gleich wird's dumpa dumpa dumpa" von den Radinger Spitzbuben hat hören müssen, gerade zu Weihnachten ist er ja mit dem Biermösel oft ganz alleine oben in Linz gelegen, während die anderen Schweinderl im Schlafsaal alle Familienurlaub gekriegt haben, sie beide aber nicht, weil sie keine Familie gehabt haben. Das, weiß vielleicht nur noch der Biermösel besser als der Grasmuck, ist dann gerade vor Weihnachten schon sehr bitter, daher vielleicht auch die Einsamkeitsgefühle vom Grasmuck, die er seither bevorzugt, wenn auch erfolglos drüben im Puff von der Discowirtin ersäuft, in das er jetzt am liebsten gleich wieder hinübergehen täte, weil ihm der Bimbo nicht und nicht sagen will, wo die Goldhaubendiebe sind.

Aber!

Das illegale Scheinasylantentum und die verschärfte Gesetzgebung bringen es Gott sei Dank mit sich, dass sich sogar ein zwei Meter hoher afrikanischer Baum in die Hosen scheißt, sobald er ein Ordnungsorgan auch nur sieht. Anders ist es nicht zu erklären, dass sich der Saisoniernigerianer auf einmal den Arsch hält wie nach einer schmerzhaften Prostata-Vorsorgeuntersuchung beim Doktor Krisper, und dass es auf einmal stinkt wie in der Hölle, wenn gerade alle Abflussreiniger auf Montage im Himmel oben sind. Das alles ist auf einmal höchst verdächtig!

Weil der Grasmuck jetzt aber um nichts weniger geschult ist als der Biermösel, wenn es um das Erkennen von verdächtigen Situationen geht, zieht er vorsichtshalber lieber die Glock und bohrt dem Portier in seinen großen Nasenlöchern herum. Dann prüft er mit Kennerblick und Lesebrille auf der Nase die Augenpartie vom schwarzen Mann, und wenig überraschend muss er feststellen, dass diese gerötet ist bis hinein ins Stammhirn, was nichts anderes heißt, als dass er eingejointelt ist, und das im Dienst!

Wie der feine Herr Portier auch nicht mehr aufhören will zu zittern, ist für den Grasmuck klar, dass er unerwartet doch auf die richtige Spur geraten ist, und er freut sich schon darauf, dass er dem Biermösel endlich einmal eine Freude machen und ihm die Goldhaube auf dem Silbertablett servieren kann, als Weihnachtsgeschenk ist das heuer sicher besser als schon wieder eine Flasche Schnaps vom Tötschinger, auch wenn der Schnaps vom Tötschinger wirklich einmalig ist.

„Was?", fragt der Grasmuck streng und lehnt sich weit zum Portier in die Portiersloge hinein, während er mit der Glock die enge Holzstiege hinaufdeutet. „Was geht da oben vor sich?" Ein Satz, den er schon oft im Freitagskrimi gehört hat.

„Ronaldo Schuster am Apparat", hörte der Shubidu Jack vor ein paar Tagen diese aufgedrehte, durch und durch unsympathische Stimme am anderen Ende der Leitung, als er einen überraschenden Anruf entgegennahm, „Ronaldo Schuster, immer locker, immer Vollgas!", schrie er ihm ins Ohr. Der Shubidu Jack hatte schon lange kein Management mehr, das ihm unseriöse Angebote vom Hals hielt. Genau genommen hatte er schon lange nicht einmal mehr unseriöse Angebote. Also wollte er nicht gleich auflegen, als der Kerl ihn mit seinem strengen Dialekt einfach duzte und sagte:

„Hör zu, Shubidu, Vorschlag: Comeback des Jahres! Was hältst du davon?"

„Wann?", war seine schlichte Frage. „Und wo?" „Zu Weihnachten in Goisern", war die nicht minder schlichte Antwort.

Bis dahin hatte der Shubidu Jack noch nie von einem Ort Goisern und einem Konzertveranstalter names Ronaldo Schuster gehört. Aber was sollte auf einen von der ganzen Welt verlachten Knallchargen und Pausenclown der Schlagerszene denn Schlimmeres warten als das, was er ohnehin hatte: ein einsames Leben in einem schäbigen Dauerquartier am Rande von Augsburg. Noch keine 60 Jahre alt, aber schon lange in den Club Lagrima auf *Radio Schmalz* abgeschoben, da soll keine Träne ungeweint bleiben?

Drei Tage zuvor hatte er einen Termin bei seinem neuen Arbeitsmarktbetreuer, der den Schweiß der neuen Zeiten ausdünstete. Ein junger Furzkissenfurzer, der noch nie von „Shubidu Jack" gehört hatte und ihn als Klaus Kastenberger in seiner Datei führte, erlernter Beruf: Keiner. Hautfarbe: Schwarz. Nationalität: Deutsch.

„Haha!", lachte der über ihn, „du willst ein Deutscher sein?", entsprechend respektlos behandelte er ihn, so wie die liebe Familie ihre überflüssig gewordene Oma behandelt. „Du bist am Ende, Kastenberger", sagte er, „aber ich geb dir noch eine Chance. Da wäre dieser Weihnachtsmann-Ein-Euro-Job im Einkaufszentrum von Augsburg-Süd, Santa Klausi sozusagen, aber oho", lachte er, „das geht ja gar nicht, du bist ja schwarz wie die Nase vom Schneemann, da würden die armen Kinder doch denken, hier sitzt der Schornsteinfeger, der für Santa Claus den Kamin kehrt, damit er darin landen kann. Mal sehen, was wir sonst noch haben."

Er hatte noch diesen anderen Ein-Euro-Job als Backgroundsänger für die Augsburger Puppenkiste, aber daraus wurde dann auch nichts, weil der Jack nicht mehr wollte.

Den ganzen Nachmittag über ist er nun in seinen Tighty Whities vor einem matten Spiegel gestanden und hat noch einmal die alten Posen geübt, ein Glas Rasierwasser in der einen Hand, ein Glas Möbelpolitur in der anderen, zu edlerem Zeug hat es nicht mehr gereicht, die Minibar war leer, bis auf die Mäusescheiße, die er darin gefunden hat.

Er probte die Kusshand fürs Publikum, das Fangen der Höschen, die ihm die Damen immer zuwarfen, den geschmeidigen Shubudi-Walk, der ihn zumindest in Deutschland und Österreich weltberühmt machte.

Aber das alte Gefühl wollte sich nicht mehr einstellen. Er spürte das Brennen der Scheinwerfer nicht und hörte nicht mehr das Tosen des Applauses.

Müde sank er in den einzigen Stuhl im Zimmer. Dort saß er dann und starrte auf den Spannteppichboden, der mit allen möglichen human fluids („wäääh!“) bekleckert war. Er starrte auf die rot-weiß-rote Bettwäsche, die grünen Vorhänge, das Hirschgeweih an der Wand und ein Bild der hiesigen Bundesregierung darunter. Er dachte: How low can you go? Das Goldene Kalb in Goisern ist definitiv nicht das Mirage in Vegas!

Dann blickte er beim Fenster hinaus und beobachtete diesen besoffenen Gendarmen, der in dichtem Schneefall breitbeinig aus dem gegenüberliegenden Puff zum Goldenen Kalb herübergewankt kam, ähnlich diesem Spaßaffen Ronaldo Schuster mit seinem weißen Häkelkäppchen auf dem kahlen Schädel und seinem blondierten Klobrillenbart, der ihn heute früh am Bahnhof in Nang-Pu abholte und dabei mit dieser anbiedernden Karikatur eines Shubidu-Walk auf ihn zugestürmt kam. Dass dieser Idiot sein Comeback-Konzert ausgerechnet für den 24. Dezember, 22 Uhr in seinem Bahnhofsrestaurant vis-à-vis der Pfarrkirche von Goisern ansetzen würde, das hätte der Jack dann noch irgendwie ertragen, weil ihm alles lieber war als Augsburger Puppenkiste. Ein deutsches Nachkriegskind mit einem Besatzungsneger als Vater und einer Mutti, die sich für ihn schämte und ihn lieber gleich zu Omi gab, bevor sie ihn auch nur einmal an ihren Brüsten nuckeln ließ, hofft ja bis zum Schluss, dass alles irgendwie gut ausgehen wird.

Aber als ihm der Ronaldo Schuster diese eine Teilnahmekarte am großen BAHO-Gewinnspiel in die Hand drückte, mit der man ein Backstage-Treffen mit ihm gewinnen konnte, da wusste der Jack, dass nicht nur seine Karriere endgültig zu Ende war, sondern sein ganzes Leben.

Nun liegt er in der Badewanne seines Zimmers und klatscht mit der flachen Hand eine weitere Stubenfliege auf seiner imposanten Wampe tot, mit einem wehmütigen „howdy!“ schickt er sie voraus ins Jenseits. Dann zieht er sich die goldene Duschhaube über, die da in der Dusche lag und die jetzt seinen gewaltigen Afro zähmt. Dann lehnt er sich entspannt zurück, während das Blut langsam aus seinen Adern fließt, die er sich an den Handgelenken aufgeschlitzt hat. Ein verweichlichter, weibischer Selbstmord, gewiss. Aber er wuchs bei Omi auf, also wo hätte er lernen sollen, was Männlichkeit ist? In der Schlagerszene vielleicht?

Der Jack hebt jetzt diese eine Teilnahmekarte vom Badezimmerboden auf und liest den Absender. Aus Aussee kommst du also, Roswitha, denkt er sofort mit zärtlichen Gefühlen, als er diese verschnörkelte, ganz und gar unsichere Handschrift liest. Das soll ja eine schöne Gegend sein, aber zur Zeit schwer erreichbar, wie er im Radio gehört hat. Alles steht bis zu den Augenbrauen im Schnee, weiße Weihnachten, wie sie im Buche stehen, Kettenpflicht inklusive. (Da fällt ihm ein Witz ein, mit dem ihn die kleinen süßen deutschen Kinder immer gequält haben, wenn er schwarzer Neger mit ihnen im weißen Schnee spielen wollte: „Kennst du den Unterschied zwischen einem schwarzen Semperit-Stahlgürtelreifen und einem schwarzen Südstaatenneger? Nein? Also hör zu: Der schwarze Stahlgürtelreifen singt keinen Blues, wenn man ihm die Ketten anlegt!")

Sehr, sehr witzig, die Deutschen!

Der Jack betrachtet die Rückseite der Karte, wo der Veranstalter die Teilnehmerinnen am Gewinnspiel dazu einlädt, ein paar persönliche Zeilen über sich selbst zu verfassen. Er liest ein fantastisches Schweinebratenrezept, das ihm das Wasser im Mund zusammenlaufen lässt. Und dann liest er noch, ganz unten und ganz klein hingekritzelt, ein Gedicht:

„Sie ist so schön, die rote Rose
so lebendig und fröhlich immer
doch mitten auf der Steppe
das ist doch unfair!"

Und darunter:

„Verstehst, Jack?"

Mal sehen, denkt der Shubidu Jack und kratzt sich am Eiersack. Wenn ich das jetzt richtig verstehe, dann ist das ein Hilfeschrei. Also versucht er sich anhand des Gedichtes diese Frau vorzustellen, die solch wunderbare Zeilen zu schreiben imstande ist. „Schön wie eine rote Rose" wird sie wohl sein, so viel ist klar, „lebendig und fröhlich immer" ist sie vom Wesen her – mach es wie die Sonnenuhr, zähl die heit'ren Stunden nur, so ein Typ ist das.

Aber Obacht! „Mitten auf der Steppe", schreibt sie dann weiter, das klingt gar nicht gut. Vermutlich steckt sie in einer unglücklichen Beziehung und ist sexuell unausgelastet. Ganz sicher lebt sie mit einem Schaf von einem Mann zusammen, mit einem Holzkopf, der sie nicht ordentlich zu nehmen vermag und obendrein ihre Gefühle nicht versteht. Daher verdorrt die wunderschöne rote Rose „mitten auf der Steppe!", das ist ebenso gut formuliert, wie es „unfair" ist, sehr gut! Besser kann man die Scheiße des Lebens nicht beschreiben, mein süßes Mädchen Roswitha.

Selbst in seinen besten Zeiten hatte ihm niemand solche eindrückliche Lyrik verfasst. Er kam ja über „Shubidu shabada" kaum mal hinaus, „highway ho, highway hey, highwayriders are okay" war da schon nahe an Dostojewski. Gestern hätte der Shubidu diesen Text noch gestohlen und dem Ronaldo Schuster vorgeschlagen, dass er „Red roses on steppe" zur Melodie von dem beschissenen Song singt, den er ihm aus seiner persönlichen Feder andienen und mit dem er ihn groß rausbringen wollte, samt eigenem Text, und der ging so:

„Wenn Kerzenwachs die Hoden tränkt
Lametta an der Vorhaut hängt
Und Tannengrün die Eichel spickt
Hast du den Weihnachtsbaum gefickt!"

Und so einen Scheißdreck sollte er singen?

Hätte er die Karte dieser Roswitha früher gelesen, wäre er sofort aus der Badewanne gehüpft, in sein Schlangenlederhaut-

Jacket geschlüpft und zu dieser roten Rose in ihre Steppe im Gasthaus gefahren. Wer weiß, denkt er jetzt, ob nicht sie seine Miss Shubidu geworden wäre, the one and only, nach der er sich sein Leben lang gesehnt hat? Er stellt sich ihr Lächeln vor, ihre zarte Hand, ihre stämmige Figur, das ausladende Becken, die strammen Beinchen – solides Schreinerhandwerk, eine richtige Muttersau mit prallen Brüsten voll dicker weißer Milch vorne dran und einem Schinken hinten am Arsch, in den er sich hätte verbeißen können.

Als sich der Shubidu Jack zurücklehnt, um zu sterben, blickt er noch einmal zum Deckenspiegel des Badezimmers hinauf, und plötzlich muss er sogar noch einmal lachen. Denn eingegossen in das weiße Email der Badewanne sieht er plötzlich die Farben Deutschlands: das Gold seiner Duschhaube, das Schwarz seiner Wampe, das Rot seines Blutes. Sollte der Neger Neger Schornsteinfeger am Ende also doch als Deutscher sterben?

Da kracht die Tür, und dieser Bulle, den er vorhin vom Puff herüberkommen sah, fällt in sein Zimmer herein wie ein Sack. Er stolpert über das Fauteuil und kracht auf die Nase, aus der augenblicklich das Blut strömt. Langsam rappelt er sich wieder hoch und blickt sich um, als müsste er sich erst orientieren. Der Kerl hat mächtig einen in der Krone, schüttelt der Shubidu Jack den Kopf, als er mit gezogener Knarre zu ihm herein ins Bad gestürmt kommt und ihm sofort sein goldenes Handtuch vom Schädel reißen will.

„Her mit der Goldhaube!“, schreit der Penner ihn an.

„Meinst du die?“, fragt der Shubidu Jack, zieht sich die Duschhaube herunter und reicht sie ihm. Er ist dabei im Angesicht des nahenden Todes ganz ruhig, er verspürt noch nicht einmal Gram gegen diese elend besoffene Kreatur, die ihn beim Sterben stört und ihn jetzt verdattert und mit großen strahlenden Augen und zitternder Hand anschaut.

„Gibt's denn so was?!", stammelt der Idiot plötzlich und schlägt seine Hände vor dem Gesicht zusammen wie ein elendes Waschweib. „Bist du vielleicht der Shubidu Jack?!"

„Persönlich", sagt der Jack betont kühl. Aber ein wenig ehrt es ihn schon, dass ihn der Affe erkannt hat, trotz des extrem unwürdigen Aussehens. Verlegen spielt er mit seinen Fingern, und plötzlich will er nicht mehr ausschließen, dass sein Leben doch noch versöhnt endet, vor Publikum nämlich, wie es immer sein Traum war.

„Kannst du bitte ‚Maus, Maus, zuckersüße Maus, ich bin dein Santa Claus' für mich singen?", fragt der Bulle und fällt vor ihm auf die Knie. Dann lässt er seine Knarre fallen und umfasst zitternd seine kalte Hand.

Als dann auch noch der andere Bimbo von unten in der Rezeption zu ihnen heraufgestürmt kommt und fragt, ob sie hier vielleicht eine Rolle Klopapier hätten; als der Grasmuck ihn stattdessen zu sich herwinkt und ihm erklärt, dass das der Shubidu Jack ist, da ist die sentimentale Runde komplett, und der Jack fängt „Maus, Maus, zuckersüße Maus, ich bin dein Santa Claus" zu singen an, ebenso einfühlsam wie inbrünstig. Nachdem er die erste Strophe beendet hat, fassen sich alle drei an den Händen und stecken ihre Köpfe zusammen, und jeder von ihnen verspürt in seiner Einsamkeit plötzlich die Wärme der Liebe, welche das Leben manchmal auch als Geschenk unter den Christbaum zu legen bereit ist, nur halt leider nicht bei ihnen.

„Soll ich jetzt noch ‚Alles hat ein Ende, nur die Wurst hat zwei' singen?", fragt der Shubidu Jack dann, nachdem er die beiden anderen zu Tränen gerührt hat.

Aber schon ihr begeistertes Klatschen hört er nicht mehr.

Löcher, noch und nöcher

„Ich brauch mehr blaue!“, schreit der Biermösel auf der stürmischen Fahrt weg von der Anni zurück zum Doktor Krisper, der hinten auf der Fips sitzt und sich im dichtesten Schneetreiben ängstlich an ihn klammert. Was auch sonst reden, wenn man gerade gemeinsam das Tageswerk vollbracht und eine schwierige Prüfung für das Patienten-Arzt-Verhältnis hinter sich hat?

„Warum bist du überhaupt bei der ‚Hilf dir selbst, wir helfen dir nicht!‘-Partei, wie kann ein studierter Mensch so deppert sein?“, probiert es der Biermösel aus der gewissen Verlegenheit heraus politisch, und der Doktor Krisper gibt bereitwillig Auskunft:

„Hat folgende längere Geschichte“, erzählt er begeistert. „War ich immer wertkonservativ und habe ich auch in Bulgarien schon immer getragen lieber Lodentracht und genagelte Schuhe als graue kommunistische Anzüge Marke Mao oder Hippiesandalen, was waren Einfluss von Westen, sprich: Hab ich immer gespielt lieber Cello in Hausmusik als Poker in Hinterhofbumsen und hab ich nie gehabt Säääähnsucht nach Rock'n'Roll-Wahnsinn wie gachblonde Discowirtin und Mick Jagger, sprich: Hab ich lieber immer getrunken Tee als gesoffen Bier kübelweise, verstehst?“

„Verstehe ich nicht“, sagt der Biermösel fassungslos und verlangt nach mehr von den blauen Tabletten.

„Hab ich immer gehabt größere Vertrauen in freie Marktwirtschaft als in Planwirtschaft aus Politbüro“, erzählt der Doktor weiter, während er fortfährt, seinen schwierigsten Patienten zu füttern, „sprich: Hab ich immer mehr bevorzugt Leistungsgedanke als Verteilungswahnsinn von Kommunistische Manifest, sprich …“

„Warum du beigetreten bist?!", schreit ihn der Biermösel an, und diesmal funktioniert die Trompete schon wieder ganz ordentlich.

„Na vielleicht allzu lange Rede kurze Sinn", schließt der Krisper seine Rede ab: „Hat mir letztes Jahr zu Weihnachten ‚Hilf dir selbst, wir helfen dir nicht!'-Partei sehr, sehr ansprechende Liedbuch von Parteigranden geschickt, sprich: War ich nicht mehr zu halten, hab ich Partei beitreten müssen! Verstehst?"

Der Biermösel ist jetzt auf die Uferstraße eingebogen und fährt mit dem Doktor Krisper hinten drauf ruhig dahin. Mit seinen Bergschuhen auf der Straße hält er das Gleichgewicht, und mit dem tiefen Profil in seinen Reifen, das er mit dem Taschenfeitel hineingeschnitten hat, gräbt er sich durch den immer höher liegenden Schnee wie die Baggerschaufel durch den Dreck. Soll er ihm sagen, dass er das nicht versteht? Dann hört er vielleicht überhaupt nicht mehr auf zu reden, also zieht er es vor zu schweigen.

Schon nach kurzer Fahrt aber klopft ihm der Doktor Krisper wieder von hinten auf die Schulter und deutet mit der rechten Hand begeistert hinaus auf den See:

„Biermösel, schau!", schreit er wie das Kleinkind, das zum ersten Mal den Christbaum sieht. „Schau, das Licht, was leuchtet aus See heraus, hinauf in den Himmel!"

Da fährt der Biermösel den Ellenbogen aus und – hoppla! – schon liegt der Doktor Krisper ein paar Meter hinter ihm auf seinem Scheißer und schreit ihm „Biermääääsel! Frohe Weihnachten, falls wir uns nicht mehr sehen!" nach, der ist wirklich ein durch und durch positiver Mensch.

Der Biermösel erreicht dann endlich die Birke ganz hinten am anderen Ende vom See, wo er normalerweise alle Sachen und Beweisstücke hineinwirft, die er nicht mehr brauchen kann oder nicht mehr sehen will. Eine Birke ist für seine Fips gerade noch gut genug, also lehnt er sie vertrauensvoll dagegen. Aber kaum steht sie dort, ist sie schon wieder bis oben hin zugeschneit, Aussee wird keine Wüstenstadt mehr werden.

Der Biermösel selbst war nie wertkonservativ, aber auch kein unbedingter Verfechter der Moderne, denkt er jetzt an die politische Ausrichtung vom Doktor Krisper. Was er wirklich mag ist die Doppelläufige einerseits und die Husqvarna andererseits. Er nimmt beide aus der Satteltasche von der Fips und schultert sie. Dann nimmt er noch die zwei harten geselchten Schweinswürste heraus, die er jetzt immer mit sich führt wie der John Wayne seine zwei Karotten für den Bronco. Langsam und ruhig, mit der neu gewonnenen Kraft in den Sohlen, macht er sich auf übers Eis wie der Eskimo zu den Fischgründen, immer weiter hinaus zur Mitte vom See.

Eine leise Sorge überkommt ihn dabei, wie er auf seiner Wanderung zum Gebirgskamm hinaufschaut, wo ja der Flachdachneubau vom Wollatz steht samt dem Musterscheißhaus, das er sich gerne mit ihm zusammen angeschaut hätte – was, wenn sich das vor Weihnachten jetzt nicht mehr ausgeht, weil er den Wollatz nicht und nicht erreicht?

Vielleicht kann er ja heute selbst noch hinauffahren und den neuen Eigentümer mit der vorgehaltenen Glock fragen, ob er über die Feiertage ein, zwei Tage lang Probe sitzen kann, man soll die Katze schließlich nicht im Sack kaufen, ein neues Scheißhaus ist eine Entscheidung fürs Leben. Und wer weiß, denkt er jetzt sogar sehr positiv in Anlehnung an den Doktor Krisper, vielleicht kommt er mit dem neuen Eigentümer ja sogar ins Gespräch und sie unterhalten sich gut auf gleicher Augenhöhe und selber Wellenlänge, vorausgesetzt natürlich, dass er kein komplett gestörtes Verhältnis zum Scheißen hat.

Andererseits sollte er natürlich vorher die Frage klären, warum der Jackpot Charlie ein Flugticket ausgerechnet vom neuen Eigentümer bei sich im Auto gehabt hat und so viel Bargeld gleich mit dazu, wo der ja nicht dafür bekannt war, dass er dem Papst seine Sorgen und dem Rothschild sein Geld gehabt hat. Es wird ihn doch hoffentlich dort nicht schon wieder ein Blutbad erwarten, wenn im Frühling die Gefriertruhe Ausseerland abtaut und ans Tageslicht bringt, was sich über den Winter an Schrecklichem zugetragen hat?

Der Biermösel ist jetzt weit genug draußen. Er nimmt die Husqvarna, zieht das Starterkabel, bringt sie auf Touren und schneidet ein ordentliches Loch ins Eis. Dann wirft er die Goldhaube hinein und alle schlechten Gedanken an die Anni und ihre verlorene Zeit mit dem Jackpot Charlie gleich mit dazu.

Aber so wie der eine oder andere Krapfen in der Klomuschel einfach picken bleibt und sich hartnäckig dagegen sträubt, dass er von den Fluten aus dem Spülkasten mitgerissen wird hinunter in den Kanal des Vergessens, so ist jetzt auch die Goldhaube störrisch und uneinsichtig. Sie treibt an der Oberfläche dahin, stolz und eingebildet wie die Weiber vom Singkreis, zäh und provokant wie die depperte Seebachwirtin selbst, sodass wieder einmal nur das Feuer aus der Glock helfen wird.

Ruhig zieht der Biermösel sie aus dem Halfter und montiert den Schalldämpfer vorne drauf. Heute will er nicht mehr Lärm machen als unbedingt nötig, sodass er nicht auch noch Schaulustige anlockt, die ihn dann wieder mit allem möglichen Zeugs bewerfen. Dann ballert er aus der Hüfte heraus eine schöne Ladung auf die Haube des Bösen, während er sich die Seebachwirtin darunter vorstellt und wie sich ein Loch nach dem anderen in ihrem Schädel auftut. „Kümmere dich endlich um deine Löcher im Schädel!“, täte er ihr am liebsten zurufen.

„Derrick, Derrick an Biermösel“, hört er auf einmal den Klugscheißer wieder, von dem er gehofft hat, dass er ihn nie wieder hören wird, sobald er nur die gelben Tabletten abgesetzt hat. „Warum schneidest du Blödi denn extra ein kleines Loch in die Mitte vom See, wo doch zwei Meter weiter das große Loch ist?“

„Was geht denn dich das an, wo ich meine Löcher hineinschneide?"

Ganz scheint der Biermösel das finstere Tal der gelben Sonne mit seinen vielen Stimmen, die ihm aus den dortigen tiefsten Höhlen heraus zurufen und ihm mit ihren Ratschlägen den letzten Nerv ziehen, noch nicht hinter sich gelassen zu haben. Da wird er die Dosierung von den blauen noch deutlich erhöhen müssen, damit die gelbe Sonne endlich im blauen Ozean versinkt, bildlich gesprochen.

Dass er das riesige Loch gleich neben dem seinen gar nicht gesehen hat, das kann er dann aber eh nicht behaupten. Der Biermösel mag nur einfach nicht glauben, was ihm der Doktor Krisper erzählt hat und was eigentlich auch ein Blinder sieht, trotz dichtestem Schneefall und schwärzester Finsternis:

Dass da wirklich ein Licht aus dem See heraus scheint, hinauf in den Himmel.

Er will sich damit nicht beschäftigen, weil man ja nie weiß, was in einem Loch auf einen wartet, aus dem das Licht heraus scheint. Aber dann geht er doch die paar Schritte hinüber und stellt sich an den ausgefransten Rand und schaut hinein.

„Was sagst jetzt?", fragt der Derrick schon wieder. „Das scheint ja wirklich ein einmaliges Rätsel zu sein, da kannst du jetzt mal zeigen, was du draufhast!"

Der Biermösel hofft insgeheim immer noch, dass da vielleicht der Stern von Bethlehem eingeschlagen hat und jetzt ganz weit unten im Todeskampf liegt und deshalb immer noch glüht.

Aber diese Hoffnung versiegt ebenso schnell, wie in den letzten Tagen die Hoffnung auf ein erfülltes Weihnachten zu zweit versiegt ist, als er ein kleines Packerl auf dem Eis neben dem Loch findet, mit einer schönen Masche drum herum und einem roten Herzerl dran. Der Biermösel hebt es auf, und obwohl es natürlich einen Tag zu früh ist, reißt er es auf und schaut hinein. Das Packerl ist aber nicht für ihn, weil er sich kein Schneegestöber mit dem Eifelturm in Paris drinnen gewünscht hat. „Der Eifelturm hat den höchsten Lift", erinnert er sich an die Worte vom Doktor Krisper.

Der Biermösel steckt das Schneegestöber in die Tasche von seinem Wetterfleck. Er will das alles immer noch nicht glauben. Vielleicht hat es der Lindbichler ja nur verloren, wie er das letzte Mal mit der Franzi da heraußen war und sie wild herumgeschmust haben?

„Und wieso dann das Loch, du Pfeife?", fragt der Derrick.

Kein Zweifel mehr, dass das die Scheinwerfer vom Lindbichler seinem Unimog sind, die da von unten heraus leuchten hinauf in den Himmel. Und kein Zweifel auch, dass der Unimog mit der ganzen Weihnachtsbeleuchtung drum herum jetzt wirklich wie ein U-Boot ausschaut. Du meine Güte, denkt sich der Biermösel, wie er sich endlich traut hinunterzuschauen. Er möchte sich heute gar nicht vorstellen, was das für Aussee bedeutet, wenn der Lindbichler nie wieder räumen wird.

Anders als der Jackpot Charlie ist der Lindbichler ein wirklicher Verlust für das Tal, bedauert der Biermösel den Abgang vom Lindbichler hinunter zu den Fischen. Die Welt wird um einiges ärmer sein ohne ihn, wenn sie auch voller sein wird, voller mit Schnee. Gut für ihn, denkt sich der Biermösel, dass er endlich U-Boot-Kapitän geworden ist, schlecht aber für die Menschheit. Oder anders ausgedrückt: Traum erfüllt, aber das Land in große Schwierigkeiten gestürzt.

Flugschnee, Pulverschnee, Nassschnee, Graupelschnee, trockenen, nassen, dreckigen, weißen, angeschissenen, angebrunzten, angespiebenen Schnee. Schnee, Schnee, Schnee – der Lindbichler war der Einzige, der ihn hat bändigen können. Er hat ihn gezähmt, gepfählt, gemartert, gestanzt, gestapelt, gehoben und geschimpft hat er ihn auch, aber verflucht hat er ihn nie, denn der Schnee war seine Rettung.

Der Biermösel erinnert sich, wie ihm der Doktor Krisper damals freudig erzählt hat, dass er den sehr schwierigen Problemboy Lindbichler, den nicht einmal seine Venen in der Schulpädagogik beeindruckt haben und der in der Folge immer mit einem Fuß im Kriminal gestanden ist und heute wahrscheinlich Goldhaubendieb wäre, dass er ihn endlich als Schnupperlehrling bei der Straßenmeisterei untergebracht hat.

Weil er so groß und stark war, dass der Schwarzenegger drüben in Kalifornien gegen ihn wie eine schmale Krawatte im Wind hängt, haben sie ihm gleich den schweren Magirus Deutz mit der Fünf-Meter-Schaufel weggenommen und (auch die Straßenmeisterei muss sparen!) ihm einen geleasten kleinen Unimog mit schmaler Schaufel hergestellt.

„Das muss genügen", haben sie gesagt.

„Das wird genügen!", hat der Lindbichler angeblich gesagt, und dann hat er angefangen zu räumen.

Der Biermösel hat ihn dann oft mit nacktem Oberkörper und bei offenen Fenstern im Führerhaus gesehen, weil die Kälte und der Schnee die Schmerzen auf seiner Haut gelindert haben, besser als die Salbe vom Doktor Krisper die Schmerzen am Arsch von der Roswitha lindert. Manchmal auch, wenn er zu lange bei der Franzi drüben im Puff Händchen halten war und ihm die Zeit knapp geworden ist, hat er dann einfach den ersten Gang eingelegt und den Unimog mit Standgas rollen lassen, während er selbst aus dem Unimog gesprungen ist und mit der Schneeschaufel die Gegenfahrbahn auch gleich geräumt und den Schnee hinaus in die Wälder gewuchtet hat, eins-zwo-eins-zwo, so war der Lindbichler, ein Heiliger war er.

Oder aber es hat sich die wohlige Routine bei ihm breit gemacht, wenn der Schneesturm mal pausiert und er ein bisserl kürzer hat treten können und er entspannt in seinem Führerhaus oben gethront ist und die lange Gerade im Silbertannenwald mit seinem Scheinwerfer hunderte Meter weit ausgeleuchtet hat. Dann hat er einfach die Augen geschlossen und sich vorgestellt, dass er die Hebel von seinem U-Boot betätigt und die Schnauze von seinem stählernen Koloss hinunterdrückt und damit die Wassermassen verdrängt, und los ist sie gegangen, die Reise hinunter in die ewigen Nächte der See, wo niemand ihn ausspotten und keiner ihm weh tun hat können, außer vielleicht der Haifisch mit seinen Zähnen, vorm Haifisch mit seinen Zähnen hat sogar der Lindbichler mit seinen Muskelbergen sich gefürchtet, das hat der Doktor Krisper ihm einmal erzählt, als seine Erzählungen noch ein bisserl Schwung und Pep gehabt haben.

Der Biermösel reißt sich jetzt ein paar gefrorene Tränenbäche von seinen Wangen, die an ihm hängen wie die Eiszapfen vor seinem Fenster am Gendarmerieposten, weil er jetzt daran denken muss, wie ihn der Lindbichler zu Allerheiligen aus dem Krautacker vom Brunner-Bauern gerettet hat, knapp bevor die Krähen ihm die Augen ausgehackt haben.

Als ewigen Dank dafür holt er jetzt die zwei harten Schweinswürste aus seinem Wetterfleck heraus und wirft sie zusammen mit dem Schneegestöber als Grabbeigabe hinein ins Wasser, wo sie – anders als die Goldhaube – gleich versinken und abtauchen zu dem, für den sie bestimmt sind. Auch wenn der Lindbichler und die Franzi Kubelik ganz sicher in den Himmel kommen: Wer weiß denn schon, will der Biermösel auf Nummer Sicher gehen, welche Teufel ihnen dabei auf dem Weg dorthin über den Weg laufen.

„Zeig ihnen die harten Schweinswürste!“, ruft ihm der Biermösel zu. „Da scheißen sich sogar die Teufel bis zu ihren Hörnern hinauf an.“

„Frohe Weihnachten!“, ruft er dann noch, bevor er die Doppelläufige nimmt und zweimal auf die Scheinwerfer da unten feuert. Dann ist es endlich wieder finster, kein Licht ist mehr zu sehen, das aus dem See heraus in den Himmel hinauf leuchtet.

Wie er die Husqvarna und die Doppelläufige schultern und schnell von hier verschwinden will, weil er das Loch nicht mehr sehen kann, in dem der Lindbichler und die Franzi Kubelik eingebrochen und für immer versunken sind, hört er schon wieder den Derrick:

„Warum sind sie denn überhaupt eingebrochen und versunken? Und was ist deiner bescheidenen Meinung nach mit der zweiten Reifenspur, die zum Loch führt, ha? Die wäre doch eine sprichwörtliche Fährte, deren Spur du mit der Nase aufnehmen könntest, wenn du nicht so furchtbar unästhetische Nasenhaare hättest, die darin herumstehen wie deine Rotbuchen im Wald!"

Und was ist das jetzt für eine blöde Stimme, fragt sich der Biermösel auf einmal selbst, die da aus dem Loch heraus zu hören ist, seit er das Licht gelöscht hat. Hat er eine Büchse geöffnet, die sich dann wieder nicht schließen lässt?

„Jetzt nach links!", hört er die Stimme mechanisch und monoton zwitschern, „bei der nächsten Ampel nach links! Nach links!"

„Und weiter?", fragt der Biermösel, bis er endlich merkt, dass das die Dagmar Koller ist, die zu einem fehlerhaften GPS gehören muss.

Da entdeckt er mit seinen Adleraugen endlich den zweiten Wagen da unten neben dem Unimog vom Lindbichler. Ein riesiges schwarzes Ungetüm, groß wie ein Panzer, schwer wie ein Schiff. Und er erinnert sich wieder an die Worte vom Doktor Krisper, der ihm geschildert hat, wohin er den Wollatz geschickt hat, damit er sich genau so ein Geschoß zulegt. Im Nachhinein ist es vielleicht gar nicht so schlecht, dass der Doktor Krisper so viel redet, denkt sich der Biermösel.

„Du also auch, Wollatz?", fragt er besorgt. „Komplett vom rechten Weg abgekommen und im Blindflug in den Unimog vom Lindbichler hineingedonnert, sodass ihr alle miteinander eingebrochen und abgesoffen seid, war es so?"

„So und nicht anders war es!", hört er den Derrick zufrieden. „Darum würde ich meinen Harry nie um einen Wagen mit GPS schicken!"

Auch wenn der Biermösel jetzt alle Rätsel gelöst hat: Die Dagmar Koller da unten hört noch immer nicht auf zu reden. Es ist genau so, wie er immer sagt: Bei den Weibern musst du das Mundwerk extra erschießen, wenn du sie zum Schweigen bringen willst.

Also schiebt er jetzt langsam die 10-Millimeter-Munition in die Doppelläufige hinein, weil es bei der Koller ohne panzerbrechende Munition nicht gehen wird. Dann zielt er dem schwarzen Ungetüm da unten genau zwischen die Augen und endlich –

Stille Nacht.

Nur noch der Sternenhimmel thront über ihm, weit hinter den dicken Wolken verborgen, die nicht aufhören wollen, Schnee auf das Ausseerland zu zuckern, den der Lindbichler nie wieder wegräumen wird.

Wie der Biermösel langsam zurückgeht zur Fips, da ist er froh, dass er sich mit dem gewissen Weitblick eine von den 10-mm-Patronen aufgehoben hat. Er denkt nämlich besinnlich daran, dass morgen Weihnachten ist und heute Freitag. Und wenn er das Fernsehprogramm während der letzten Jahrzehnte richtig studiert hat, dann ist am Freitag auch noch nie was Gescheites im Staatsfunk gelaufen, im Gegenteil, der Freitag ist der schlimmste Tag von allen, weil da der Derrick ermittelt, und auf den scheißt er.

Heute aber kann es sehr gut sein, dass er sich den anschaut, wenn er nach Hause kommt und immer noch nicht die häusliche Routine zurückgekehrt sein wird. Heute kann es gut sein, dass er das Problem mit dem Derrick endgültig löst und ihn aus dem Fernseher herausschießt wie das Huhn von der Stange.

Darauf freut er sich, wie er die Birke erreicht und wieder alles in die Satteltaschen von der ausgegrabenen Fips packt. Darauf freut er sich heute wirklich.

Nowaja Semlja!

Nach einer weiteren sehr furchtbaren Nacht, während der die Roswitha die letzte Chance verstreichen hat lassen und ihm wieder nicht die Hand zur Versöhnung gereicht hat; während der sie stattdessen wieder nur in ihrer Kammer herumgetänzelt ist und geheimnisvolle Zeilen in ihren Kellnerblock geschrieben hat; während der sie ein paar saubere Unterhosen und harte Würste aufs Bett gelegt hat und dann einen Rucksack dazu, der ihm schon sehr viel über ihre Pläne verraten hat; wie er sich dann aus dem Bett geschält und die Vorhänge zur Seite geschoben, wie er dabei mit schwacher Hand den 24. Dezember begrüßt hat, wieder einmal und hungriger noch nach einem erfüllten Leben als die Jahre zuvor, hungrig nach Schwein, nach Bier, nach Schnaps und den Weibern und nach den blauen Tabletten in Kübeln, jedoch mit Schmerzen in den Füßen, in den Knien, im Arsch, im Magen, am Schädel und im Zahn. Wie er also insgesamt schon mehr Kadaver als Mensch war, mehr Gekreuzigter als strahlender Erlöser, da hat er gewusst, dass seine Reise ins Herz der Finsternis noch immer nicht zu Ende ist und die Götter noch eine letzte Nettigkeit für ihn bereithalten, und wirklich:

„Grasmuck, Grasmuck an Biermösel, Grasmuck, Grasmuck an Biermösel, hörst du mich, Grasmuck an Biermösel, hörst du mich?", hat er den Funkspruch vom komplett besoffenen Grasmuck empfangen, der sich so angehört hat, wie wenn er gerade aus dem Puff herausgestolpert ist: „Seit gestern liegt der Shubidu Jack tot in der Pension zum Goldenen Kalb herüben in Goisern, und das glaubst du jetzt vielleicht nicht, aber der Narr hält eine Postkarte mit einem Gedicht von deiner Schwester in der Hand."

Das glaubt der Biermösel jetzt wirklich nicht, aber er hat ja auch nicht geglaubt, dass der Jesus sein Weihwasser in den Tötschinger verwandeln kann, also:

„Lies vor!"

Und wie der Grasmuck das Gedicht vorgelesen hat – vorgestammelt hat! –, schlechter, als der Doktor Krisper je erzählen könnte, da hat der Biermösel endlich gewusst, was die Roswitha die ganze Zeit in ihren Kellnerblock geschrieben hat.

Was kann ein einzelner Mensch ertragen, hat er sich dann gefragt, nachdem er den Funkspruch mit dem Grasmuck beendet hat, weil der dann auch noch mit ihm zu streiten angefangen und den Bereitschaftsdienst nicht an seiner Stelle hat übernehmen wollen („Ich will wieder ins Puff hinüber!", hat er geschrien. Du hast ja eh die Roswitha, ich hab überhaupt niemanden!").

Wie er dann beim Fenster hinausgeschaut hat, da hat er draußen im jungfräulichen Schnee die frischen Spuren entdeckt, die zu den Sulzfüßen von der Roswitha gehörten und vom Auerhahn weggeführt haben, und wie er durch das Loch in ihre Kammer hinübergeschaut hat, da war sie nicht mehr da.

Jetzt sitzt der Biermösel endgültig von allen verlassen auf seinem Musentempel in Aussee herüben und ärgert sich fürchterlich, dass er den Jackpot vom Adventkalender schon gestern ausgesoffen hat. Als Trost dafür hat er sich ein paar ausgesucht trockene, ausgesucht schöne Rotbuchenholzscheiter auf seinem Scheißhaus um die Klomuschel herum gruppiert, weil letztlich auch er jetzt nicht mehr auf die gewisse weihnachtliche Stimmung verzichten will, jetzt haben sie ihn endlich so weit! Kann ja sein, denkt er sich, dass er es ein bisserl zu weit getrieben hat mit seiner Verachtung für das Weihnachtsfest und seine Symbolik, und dass das auch ein Grund dafür ist, dass ihm die Roswitha davongelaufen ist.

Also versucht er, auf seine Art und in letzter Sekunde doch noch auf den Zug in Richtung Gefühlsduselei aufzuspringen und aus den Buchenholzscheitern einen Adventkranz zu formen, obwohl das natürlich zu spät und nicht einfach ist und ohne Nadeln und Kerzen obendrein ganz schön deppert ausschaut.

Zum Trübsalblasen aber ist das ideal, wenn er die Buchenscheiter immer wieder umgruppiert und sich dann fragt, ob das vielleicht endlich wie ein Adventkranz ausschaut. Das tut es aber nicht.

Nach ein paar Stunden dann, während der er herumgruppiert hat und immer wieder herumgruppiert, da fällt ihm auf, dass er mit den bloßen Fingernägeln aus dem Rotbuchenholzscheit einen schönen Rotbuchenholzchristbaumständer mit einem schönen Loch in der Mitte drin geschnitzt hat. Und wie er nachdenklich aus der Tasche in seinem Wetterfleck den Duftbaum von der Anni hervorkramt, wie er das viel zu große Loch im Rotbuchenholzchristbaumständer dann anschaut und den viel zu kleinen Stamm vom Duftbaum dazu; wie er den Stamm dann zum Loch führt und das Loch zum Stamm, da erinnert er sich an die Anni und wie er sie im Spätherbst hat packen wollen. Und auf einmal fällt ihm ein, wie er vielleicht doch noch den Weltfrieden retten und die auf ewig verfeindeten Pole dieser Welt miteinander versöhnen könnte, so wie es ihm der Herr Jesus Christus aufgetragen hat, da fällt es ihm endlich ein!

Der Biermösel steckt sich den Weihnachtsständer samt dem Duftbaum in seinen Wetterfleck. Er sperrt den Posten zu und scheißt so wie der Grasmuck auf den Bereitschaftsdienst zu Weihnachten, zu dem immer die einsamen Junggesellen verdonnert werden, nie aber die glücklichen Familienväter. Er gräbt draußen vor dem Posten die Fips aus und schwingt sich darauf, und los geht die Friedensfahrt hinüber zum Silbertannenwald, wo vielleicht die Lösung von allen Problemen der Menschheit auf ihn wartet.

Weil der Biermösel sich dann aber nicht allzu lange freiwillig im Silbertannenwald aufhalten will, springt er während der Fahrt durch die lange Gerade nur kurz von der Fips herunter und hechtet mit einer flüssig-eleganten Bewegung in den Silbertannenwald hinauf, während er die Fips im Leerlauf langsam weiterrollen lässt. Dann haut er mit einer hauruckartigen Bewegung und mit der nackten Faust die erstbeste Silbertanne um, schultert sie, gleitet mit ihr über den harten Schnee wieder hinunter in Richtung Straßenrand, hebt dort ab wie der Goldberger von der Schanze und kommt – genau wie er es geplant hat – nach nicht mehr als sechs Sekunden wieder auf der Fips zu sitzen, ganz sinnlos war es also doch nicht, dass er vor 35 Jahren in der Gendarmerieschule oben in Linz das Zusatztraining „Mac Gyver" absolviert hat, ganz sinnlos ist im Prinzip sowieso nie was, wenn man es genau nimmt, vielleicht hat es ja sogar einen Sinn gehabt, dass ihn die Anni und die Roswitha verlassen haben, weil vielleicht sogar er durch das demütige Hinnehmen von diesen Windungen des Schicksals noch einmal an Statur gewinnt und endlich zum alles ertragenden Fliegenfischer wird?

Aber darauf scheißt er!

Wie er nämlich mit der depperten Silbertanne in der einen Hand und dem Rotbuchenholzchristbaumständer in der anderen wieder dahinfährt, hinaus aus dem Wald des Grauens, da denkt er mit großer Entschiedenheit, dass er gar kein Fliegenfischer sein will!

Also stoppt er die Fips noch einmal ab, rammt die Silbertanne in den Schnee und geht zurück hinauf in den Wald. Mit seinen zwei patentierten Fäusten „Krankenhaus" und „Friedhof" haut er noch paar Festmeter Silbertannen um und überantwortet sie dem Borkenkäfer im Frühling, aus Wut auf die katholische Kirche, aus Rache an den Bundesforsten. Und bevor er vollends zum laschen Friedensengel wird und seine Herkunft als Biermösel verleugnet, bevor er der Rotbuche vielleicht sogar abschwört und sich an einer Silbertanne aufhängt, damit das ganze Drama mit ihm endlich ein Ende hat, da haut er noch einen halben Wald heraus, aus Spaß diesmal, aus Freude an der zurückgewonnenen Kraft.

Weil endlich spürt er die innerliche und äußerliche Komplettrage wieder in sich. Endlich haben die blauen die gelben Tabletten in seinem Körper so weit zurückgedrängt, dass er wieder er selbst ist und der Verweichlichung mit noch ein paar umgehauten Silbertannen endgültig widersagt.

Scheiß doch überhaupt auf ein friedliches Weihnachtsfest zu zweit! Scheiß doch auf die ganzen Schaffelle vor den Kaminen von den Weibern (die dann auch noch mit dem falschen Holz befeuert werden)! Hauptsache, seine alte Persönlichkeit fließt jetzt wieder zurück in seine morschen Knochen! Hauptsache, der Haudrauf in ihm hat wieder den Metrosexuellen verdrängt, halleluja!

Endlich hat der Biermösel den halben Gebirgskamm kahl geschlagen, sodass die Förster und Jäger aus der Hölle morgen Früh wieder schön blöd schauen und sich fragen werden: Ist denn da einer von uns mit seinem grün gestrichenen Geländewagen wegen fehlerhaftem GPS vom rechten Weg abgekommen und hat alles niedergemäht? Wer oder was könnte denn sonst so eine Schneise in unsere Wälder schlagen?

„Der Biermösel nach seiner Auferstehung!", täte er ihnen zurufen. „Der steht jetzt wieder fest in seinen Schuhen!"

Und kaum steht er wieder fest in seinen Schuhen, da sieht er in der Ferne schon wieder ein Licht. Es ist die Roswitha, und die zieht mit ihrer Laterne, und ihre Laterne mit ihr, rabimmelrabammelrabumm.

„Der Autobus ist halt nicht gefahren", flennt sie gleich Rotz und Wasser und versucht sich so in der Art der Weiber mit Tränen in den Augen für den Ausbruch aus der häuslichen Routine zu rechtfertigen.

Aber so leicht will der Biermösel sie jetzt trotz seiner Bemühungen um den Weltfrieden nicht davonkommen lassen! Also fragt er sie scheinheilig, wohin denn der Autobus hätte fahren sollen, „sagst du es mir endlich!?"

Wie die Roswitha aber nichts sagt, sondern nur melancholisch die Schneeflocken beobachtet, die sich auf den Biermösel legen, will er sie mit dem gewissen Wissensvorsprung, den ihm der Funkspruch vom Grasmuck verschafft hat, festnageln und ihr auf ewige Zeiten ein schlechtes Gewissen einbrennen:

„Wird dir vielleicht manchmal ein bisserl die Zeit lang, ha?", fragt er sie.

„Warum fragst so deppert?", schreit ihn die Roswitha an.

„Oder anders herum ausgedrückt", bohrt der Biermösel weiter in ihrer Wunde herum: „Schreibst du vielleicht manchmal Gedichte in deinen Kellnerblock hinein, kann denn das sein?"

„Was geht denn dich das an, was ich in meinen Kellnerblock hineinschreibe!", rotzt die Roswitha standhaft zurück. Und wie die im Nahkampf geschulte Doppelagentin verpasst sie ihm einen Tritt ins Knie und zieht ihm die Handtasche über, aus der ein Foto vom Shubidu Jack herausfällt, während sie ihm mit ihrem Blick signalisiert:

„Mit dir werd' ich sicher nicht über meine musische Ader reden, darüber, was meine Seele bedrückt, was mein Herz Tag und Nacht umtreibt, wohin meine Sehnsucht sich wendet und was mein Leid und mein Glück ist, kurz: über alles, worüber eine Frau Gedichte in ihren Kellnerblock schreibt, du Affe im Training!"

Dann lass es halt bleiben, denkt sich der Biermösel resigniert. Und anstatt dass er weiter mit ihr streitet, reicht er ihr dieses eine Mal lieber versöhnlich seine Pratze und hilft ihr auf die Fips hinauf. Dann fragt er sie:

„Fahren wir endlich heim, Roswitha?", und sie antwortet:

„Ja, fahren wir endlich heim, Biermösel."

Wie er dann mit der Roswitha forciert über die Bundesstraße in Richtung Auerhahn dahinfliegt, da fragt er seine Schwester einfühlsam, ob ihr das Tempo eh passt, mit dem er unterwegs ist, oder ob sie es lieber hätte, dass er ein bisserl Gas wegnimmt. Wie er sie weiters fragt, ob er die Kurven anschneiden und dann zwecks Schaudereffekt dahindriften soll, oder ob er lieber wie eine Pfarrersköchin fahren soll, die auch das Vertrauen in den Herrgott nicht davon abhalten kann, dass sie sich anscheißt, da klammert sich die Roswitha fest an ihn wie das Affenbaby an die Affenmutti und hüpft hinten auf dem Sitz auf und ab und schreit:

„Schneller, Biermösel, schneller, schneller, schneller!"

Als kleine Vorausleistung für den vielleicht doch noch geglückten Heiligen Abend zu zweit kramt der Biermösel dann sogar noch den Duftbaum aus seinem Wetterfleck heraus. Er steckt ihn sich in den Mund und kaut fest darauf herum, so ein eitriger Zahn ist nämlich kein Vademecumgum, da braucht man schon einen guten Magen auch für das Frohe Weihnachtsbussi, und wer weiß, was sich heute noch an unheiliger Zweisamkeit zwischen ihm und der Roswitha ergibt, wo er schon die Silbertanne und die Rotbuche miteinander versöhnt hat! Jetzt wird er wenigstens den ganzen Heiligen Abend von innen heraus gut duften.

Kaum dass der Biermösel dann die Tür zum Auerhahn zugedrückt und von innen versperrt hat, mit einer Leichtigkeit diesmal, die nichts mehr von dem Schwächling erahnen lässt, der er noch vor ein paar Stunden war, da zieht die Roswitha schon ihren Mantel aus, nimmt die gestrickte Pudelhaube ab, hängt sich die Küchenschürze um, facht das Feuer im Ofen an und schiebt das Schweinsbraterl ins Rohr. In einem Guss und mit einer Eleganz erledigt sie das, wie eine Eiskunstläuferin die Kür erledigt, und der Biermösel beobachtet zufrieden die Rückkehr der häuslichen Routine.

„Machst mir auch einen Besoffenen Kapuziner mit viel Schlag?", schreit er dann in die Küche hinein, während er den Stamm von der verhassten Silbertanne in das enge Loch vom Rotbuchenholzchristbaumständer hineinrammt, als weitere kleine Vorausleistung für einen gelungenen Heiligen Abend zu zweit. Und wie die Roswitha ihn dabei herumscheißen und den Baum immer brutaler ins Loch hineinschieben sieht, hinein und wieder heraus und wieder hinein, bis er die Rotbuche mit der Silbertanne beinahe spaltet, da freut sie sich schon auch ein bisserl darauf, dass er sie heute nach der Bescherung am Hintergestell einschmieren wird. Und weil die Vorfreude die schönste Freude ist, tut auch sie ihm einen Gefallen, um den er sie schon lange gebeten hat: Mit einem eleganten Schwinger aus der rechten Hüfte heraus stellt sie ihm die gusseiserne Bratpfanne ins Gesicht, sodass es ihm den Problemzahn endlich heraushaut und sich zusammen mit dem Zahn auch der Schmerz verabschiedet.

„Siehst du!", schreit er sie zufrieden an: „Wir harmonieren doch eh!"

Wie der Biermösel dann die Weihnachtsgans, die selbstverständlich ein Schweinsbraterl war, verschlungen hat und dann noch ein bisserl deppert in seinem Winkerl auf seinem Schafwollpolsterl herumsitzt und sich dabei zufrieden die Kerzen am Christbaum anschaut; wie er dabei ein gewaltiges Junggesellenlied nach dem anderen in die Stube hineinbläst, welche die Flammen an den Kerzen am Baum zum Lodern bringen und sie beide explodieren lassen, da hört er dann endlich wieder, was er die letzten Tage so schmerzlich vermisst hat, und jetzt endlich ist er sich sicher, dass die häusliche Routine endgültig zurückgekehrt ist:

„Kommst du dann?", schreit die Roswitha aus ihrer Kammer herunter. „Kommst du dann und schmierst mich ein?"

„Freilich komm ich!", schreit der Biermösel zurück. „Freilich komm ich und schmier dich ein!"

Dann löscht er mit einem gewaltigen Trompetenstoß die Kerzerln am Christbaum und sagt zu dem depperten Kaktus mit seinen grünen Silbertannennadeln:

„Nur damit wir uns richtig verstehen: Morgen schon werd ich mit dir die harten Schweinswürste selchen!“ Und als kleinen Vorgeschmack darauf reißt er der Silbertanne auf der einen Seite alle Zweigerl ab und steckt sie in den Ofen, so dass es schön raucht.

Wie er dann in die Kammer hinaufkommt, steht die Roswitha in ihrem rosaroten Flanellnachthemd beim Fenster und schaut hinunter auf den Schießstand hinterm Auerhahn.

„Mhm“, denkt sich der Biermösel, und es läuft ihm das Wasser im Mund zusammen: „Wie eine Mon Chéri schaut sie aus. Nicht mehr fabriksneu zwar, aber auch noch nicht ganz abgelaufen. Da will er den Krapfen der Unversöhntheit in seinem Scheißhaus nicht mehr länger anschauen, sondern den Spülknopf der endgültigen Versöhnung drücken, ganz so, wie es ihm der Doktor Krisper geraten hat:

„Der Shubidu Jack ist tot“, sagt der Biermösel einfühlsam, „aber falls es dich tröstet: Er ist mit einer Karte von dir in seinen Händen gestorben.“ (Dass er sich mit Gedanken an sie umgebracht hat, das will er ihr dann aber lieber verschweigen, man muss im Leben nicht alles aussprechen, wie er seit seinem Debakel bei der Anni weiß – aus Schaden ist sogar er noch klüger geworden.)

Aber die Roswitha sagt nur verträumt: „Ich weiß eh.“

Dann winkt sie ihn zu sich und deutet mit dem Finger beim Fenster hinaus, hinunter zu den Buchenscheiterstößen.

„Siehst du den Engel da unten?“, fragt sie ihn.

Da sieht auch der Biermösel das blondgelockte Mädchen im grünen Wetterfleck da draußen, wie es zwischen den Türmen umherirrt, sie mit großen ängstlichen Augen anstarrt und immer wieder „Nowaja Semlja?“ flüstert. Dabei hebt es fragend die Hände, sodass es im schwachen Lichterschein wirklich ausschaut, als hätte es darunter Flügerl –

„Nowaja Semlja?“

„Geh Roswitha!“, sagt der Biermösel ganz kühler Spielverderber und fantasieloser Holzschädel. „Das ist doch nur die platinblonde Russin, die der Puffkaiser Schlevsky im Spätherbst importiert hat und die jetzt ihren Weg nach Hause nicht mehr findet.“

Aber die Roswitha ist sich sicher:

„Das ist der Shubidu Jack in Engelsgestalt, der seinen Weg in den Himmel nicht findet, weil er lieber bei mir sein möchte.“

„Und was soll dann bitte ‚Nowaja Semlja‘ heißen?“, fragt der Biermösel blöd wie der Derrick und lästig wie die Seebachwirtin.

„Das ist Engelssprache und heißt ‚Frohe Weihnachten‘“, weiß die Roswitha.

Na bumsti, denkt sich der Biermösel. Vielleicht hat er seine Schwester ja wirklich komplett unterschätzt, und sie kann nicht nur Gedichte schreiben, sondern versteht sogar die Engelssprache, kann denn das sein?

Aber mit dem sicheren Instinkt von einem, der gerade seine häusliche Routine wieder zurückgewonnen hat und nicht mehr verlieren möchte, setzt sich der Biermösel jetzt einfach aufs Bett und will für dieses eine Mal lieber gar nichts mehr sagen, außer vielleicht noch so viel:

„Nowaja Semlja, Roswitha.“

„Dir auch, Biermösel.“

Dann ist die Nacht endlich still über dem Auerhahn, und heilig ist sie auch.

Manfred Rebhandl

Lebensabende und Blutbäder

Ein Biermösel-Krimi

Broschur
224 Seiten
Euro 15,–
ISBN: 3-7076-0075-0
www.czernin-verlag.com

Der Biermösel wartet in den permanenten Wetterkapriolen des Ausseerlandes auf das wohlverdiente Hinübergleiten in den Lebensabend. Doch leider halten den klapprigen Gendarmenkörper zwei schwerwiegende Delikte vom gemütlichen Warten ab: der Raub zweier Touristen-Handtaschen durch zwei mutmassliche Rotzbuben. Und das Verschwinden diverser Kampfhunde mutmasslich durch den Scheinasylanten Mao Tse Tung (nicht verwandt nicht verschwägert!)

Als dann auch noch der Nachtklubkönig Schlevsky aus dem deutschen Osten in gröbere private Turbulenzen gerät und vor diesen Zuflucht in seinem Flachdach-Refugium in Aussee sucht, weiß der Biermösel aus seiner gewissen Erfahrung heraus, dass wieder das Schlimmste passieren wird.
Und Recht hat er!

le Guide du routard

Directeur de collection et auteur
Philippe GLOAGUEN

Cofondateurs
Philippe GLOAGUEN et Michel DUVAL

Rédacteur en chef
Pierre JOSSE

Rédacteurs en chef adjoints
Amanda KERAVEL et Benoît LUCCHINI

Directrice de la coordination
Florence CHARMETANT

Directrice administrative
Bénédicte GLOAGUEN

Rédaction
Olivier PAGE, Véronique de CHARDON,
Isabelle AL SUBAIHI, Anne-Caroline DUMAS,
Carole BORDES, André PONCELET,
Marie BURIN des ROZIERS, Thierry BROUARD,
Géraldine LEMAUF-BEAUVOIS,
Anne POINSOT, Mathilde de BOISGROLLIER,
Alain PALLIER, Gavin's CLEMENTE-RUÏZ
et Fiona DEBRABANDER

INDE DU NORD

2009

Hachette

Avis aux hôteliers et aux restaurateurs

Les enquêteurs du *Guide du routard* travaillent dans le plus strict anonymat. Aucune réduction, aucun avantage quelconque, aucune rétribution n'est jamais demandé en contrepartie. Face aux aigrefins, la loi autorise les hôteliers et restaurateurs à porter plainte.

Hors-d'œuvre

Le *Guide du routard,* ce n'est pas comme le bon vin, il vieillit mal. On ne veut pas pousser à la consommation, mais évitez de partir avec une édition ancienne. Les modifications sont souvent importantes.

routard.com dépasse 1 million de visiteurs uniques par mois !

• ***routard.com*** • Sur notre site, tout pour préparer votre périple. Des fiches pratiques sur plus de 180 destinations, de nombreuses informations et des services : photos, cartes, météo, dossiers, agenda, itinéraires, billets d'avion, réservation d'hôtels, location de voitures, visas... Et aussi un vaste forum pour échanger ses bons plans, partager ses photos ou trouver son compagnon de voyage. Sans oublier *routard mag,* ses reportages, ses carnets de route et ses infos pour bien voyager. La boîte à outils indispensable du routard.

Petits restos des grands chefs

Ce qui est bon n'est pas forcément cher ! Partout en France, nous avons dégoté de bonnes petites tables de grands chefs aux prix aussi raisonnables que la cuisine est fameuse. Évidemment, tous les grands chefs n'ont pas été retenus : certains font payer cher leur nom pour une petite table qu'ils ne fréquentent guère. Au total, plus de 700 adresses réactualisées, retenues pour le plaisir des papilles sans pour autant ruiner votre portefeuille. À proximité des restaurants sélectionnés, 280 hôtels de charme pour prolonger la fête.

Nos meilleurs campings en France

Se réveiller au milieu des prés, dormir au bord de l'eau ou dans une hutte, voici nos 1 700 meilleures adresses en pleine nature. Du camping à la ferme aux équipements les plus sophistiqués, nous avons sélectionné les plus beaux emplacements : mer, montagne, campagne ou lac. Sans oublier les balades à proximité, les jeux pour enfants... Des centaines de réductions pour nos lecteurs.

Avis aux lecteurs

Les réductions accordées à nos lecteurs ne sont jamais demandées par nos rédacteurs afin de préserver leur indépendance. Les hôteliers et restaurateurs sont sollicités par une société de mailing, totalement indépendante de la rédaction, qui reste donc libre de ses choix. De même pour les autocollants et plaques émaillées.

Le contenu des annonces publicitaires insérées dans ce guide n'engage en rien la responsabilité de l'éditeur.

Mille excuses, on ne peut plus répondre individuellement aux centaines de CV reçus chaque année.